江戸夕しぐれ

市井稼業小説傑作選

縄田一男編

学研M文庫

目次

本書はオリジナル文庫です。

かあちゃん

山本周五郎

山本周五郎（やまもと　しゅうごろう）
一九〇三（明治三十六）年、山梨県生まれ。大正十四年、『須磨寺附近』で作家デビュー。昭和十八年、『日本婦道記』で直木賞に推されるが辞退。代表作に『樅ノ木は残った』『青べか物語』『赤ひげ診療譚』『さぶ』『虚空遍歴』『ながい坂』他。六七年没。

一

「ほんとだぜ、ちゃんと聞えるんだから、十四日と晦日《みそか》の晩には、毎月きまって、銭勘定をするんだから、まったくだぜ」

「おめえそれを聞いてるのか」

「聞くめえと思ったって、壁ひとえだから、聞えてくるんだからしょうがねえ」

「今日は晦日だぜ」と軽子《かるこ》らしい若者が云《い》った、「すると今夜もやるわけか」

「やらなくってよ」と初めの若者が云った、「毎月きまってるんだから、もう二年ごしってもの、欠かしたことがねえんだから」

二間に五間ほどの、細長い土間に、飯台が三つずつ二た側に並び、奥のほうの二た側に五人、酒を飲んでいる客がある。土間のつき当りが板場《いたば》で、片方に三尺の出入り口があり、その脇《わき》の腰掛に小女《こおんな》が三人、(眠そうな、腫《は》れぼったい顔で)腰掛けていて、客から注文があると、いかにもくたびれはてたという動作で、代る代る、酒や肴《さかな》をはこぶのであった。

食事を主とする店だろう。時刻は夜の十時ちかく、もうたてこむしおどきは過ぎて、この付近の飲む客だけが残っている、というようすであった。

奥の五人からはなれて、入口に近い飯台の一つに、二十二三になる若者が一人、つきだしの塩辛を舐《な》めながら、気ぶっせいな手つきで、陰気に飲んでいた。……これは馴染《なじみ》ではなく、通りがかりにはいったふりの客らしい。洗いざらしためくら縞《じま》の長半纏《ながばんてん》に、よれよれの三尺をしめ、すり減った麻裏草履をはいている。月代《さかやき》も髭《ひげ》もぶしょうったらしく伸びたままだし、眼《め》がくぼみ、頰《ほお》のこけた顔には、無気力な、「どうでもいいや」とでもいいたげな、投げやりな色がうかんでいた。

二人で飲んでいる軽子ふうの、若者たちの隣りの飯台に三人、中年者が二人と、痩《や》せているのに頭の禿《は》げた老人がいて、こっちの若者の話に割りこんだ。

「伝公はまたかあちゃんの話だな」と頭の禿げた老人がいった、「またなにかあったのか」

「例の銭勘定の話よ」

「よせよせ」と印半纏の男が云った、「ひとの銭勘定を頭痛に病むな、仮におめえが、首を縊《くく》らなくちゃあならねえほどせっぱ詰ったって、一文の融通をしてくれる望みもありゃあしねえ、あの一家の吝嗇《りんしょく》はもうお厨子《ずし》にへえったようなもんだ」

「唐《から》の漢字をひねりゃがったな」ともう一人の若者が云った、「そのお厨子へへえったりんしょくってなあんでえ」

「お勝つぁんもまえにはあんなじゃあなかった」と頭の禿げた老人が云った、「涙もろくて気の好《い》い、よく人の面倒をみるかみさんだった、亭主《ていしゅ》に死なれ、女手で五人の子供をそだてながら、……そりゃ子供たちも遊ばせちゃおかなかったけれども、自分たちが粥《かゆ》を啜《すす》るようななかでも、困ってる者があれば決して見ちゃあいなかった、必ずなにかかにかしてやったもんだ」

「あれでもか、へっ」と印半纏の男が首を振った、「あのごうつくばりがかい、へっ」

「このごろのことじゃねえ、まえの話だ」と老人が云った。

お勝つぁんは口は達者だ、大屋でも町役でもぽんぽんやりこめる。相手が誰《だれ》であろうと、こうと思ったら負けるもんじゃなかった。けれども気の好いのと、他人のために尽すことでは、この界隈《かいわい》で知らない者はなかった、と老人は云った。へっ、と印半纒の男は肩をすくめ、まえのことを百万遍唱えたって、こんにちの申し訳にはなるまい、と云った。

「あそこじゃあ一家ぜんぶで稼《かせ》いでる」と印半纒の男は続けた、「長男の市太は大工、次郎は左官、三郎は、——三郎はこのあいだまでぼて振をしていたっけ、いまはなにをしているか知らねえが」

「魚河岸《うおがし》へいってるぜ」と隣りの飯台の若者が云った、「まだ十七だってえのに、あのあぶってのはたいした野郎だ、魚河岸で才取《さいとり》みてえなことをやってるぜ」

「それから娘のおさんよ」と印半纒の男は続けた、「これがまたかあちゃんと競争で、仕立物でも繕いでも、解きもの張物なんでもやってのける、おまけに末っ子の七公だ、あれはまだ六つか七つだろう、それでさえ道から折れ釘《くぎ》であれ真鍮《しんちゅう》であれ、一文にでもなるとみれば拾って来て、屑屋《くずや》だの古金屋なんぞに売りつける、一家六人そろったあの稼ぎぶりは、まるっきりきちげえ沙汰《ざた》だ」

それもいい、稼ぐのは結構だ。しかし貧之人には貧之人のつきあいがある、貧之人同志は隣り近所が親類だ。お互いが頼りあい助けあわなければ、貧之人はやってゆけはしない、そうだろう、と印半纏の男は云った。

「姐《ねえ》や、あとをつけてくんな」と端にいた中年者が燗徳利《かんどくり》を振り、それから向き直って云った、「太兵衛《たへえ》のときのことか」

「太兵衛のときのこった」と印半纏の男が頷《うなず》いた、「おふくろは長患《ながわずら》い、太兵衛は仕事場で足を挫《くじ》く、小さいのが三人、どうにもしようがねえ、惨澹《さんたん》たるもんだ」

また唐の地口《じぐち》か、と若者の一人が云った。

「そこで長屋じゅうが相談して、ちっとずつ銭を集めることになった」

「おめえが世話人だっけな」と端にいた中年者が云った。

「おれが世話人を押しつけられた、年の暮、それこそ鐚《びた》一枚も惜しいときだったが、みんな気持よく出してくれた、ところがあのかあちゃん、――お勝つぁんは財布の紐《ひも》をしめた」

少女が酒を持って来た。端にいた中年の男は印半纏の男に酌《しゃく》をした。印半纏の男はそれを飲み、自分の燗徳利を取って、相手に酌をしながら、「お勝つぁんが曰《いわ》く、皆さんは幾らずつですかというんだ」と続けた。幾ら幾らときまってはいない、できるだけ出しあってるんだ。そうですか、ではうちではこれだけ、と云って出してよこしたのが二十文だった。おれはむっとしたから「刷毛《はけ》屋《や》の婆《ばあ》さんだって二十文出してくれた、お宅では一家そろって稼いでいるんだから、もうちっと色をつけてやってもらえまいか」とな、するとかあちゃんは、「そうですか」と云った。それで不足ならよして下さい、「うちが一家そろって稼ぐのは、そうしなければ追っつかないことがあるからするんで、洒落《しゃれ》や道楽でやってるわけじゃないんだから」という挨拶《あいさつ》だ。

「おめえ怒ったっけな」と頭の禿げた老人がくすくす笑った、「けじめをくわされたうえに道理をつっ込まれたんだからな」

「怒れもしねえや」と印半纏の男が云った、「——癪《しゃく》に障《さわ》るから二十文たたっ返してやったら、長屋じゅうが相談して集めてるものをおまえさんの一存で突っ返していいのかい、ってさ、ひでえもんだ、おらあわれとわが身に憐愍《れんびん》をもよおしたぜ」

端にいる中年の男が笑い、頭の禿げた老人が笑った。

「まえにはあんなじゃなかった」と老人が笑いながら云った、「まえには自分たちの口をつめても、他人の面倒をみたもんだ」

「そうかもしれねえ、だがあの稼ぎぶりはきちげえ沙汰だぜ」

「まったくだ」と軽子らしい若者の一人が云った、「どうまちがってあんなに稼ぐかさ、おれが壁越しに聞くだけでも、相当溜《た》めこんでるようなあんばいだぜ」

「いまにこのまわりの一帯の長屋でも買い占めるつもりじゃねえのか」と印半纏の男が云った、「女があのくらいの年で思いこむと、それこそ吃驚《びっくり》するようなことをやってのけるからな」

ちょうどそのとき、――

かれらからはなれて、独りで飲んでいた（見知らぬ）若い客が、少女を呼んで勘定をした。肴はつきだしの塩辛だけ、酒は一本。そしてその払いをすると、あとには文銭が一二枚しか残らなかったのを、少女は見た。若者はふところから手拭《てぬぐい》を出して頰冠《ほおかむ》りをし、それから、黙って出ていった。――こちらにいる五人は、その客がいたことにも気がつかなかったし、出ていったことも知らなかった。

お勝は銭勘定の手を止めて、前に並んでいる子供たちを眺《なが》めた。

「ちっとのま黙っていられないのかい、さぶ」とお勝は云った、「そう眼の前で饒舌《しゃべ》られたんじゃ勘定ができやしないよ」

「ざまあ、――」と次郎が低い声で云った。

「黙るよ」と三郎が云った、「兄貴が訊《き》くから返辞をしてたんだ、兄貴がつまらねえことを訊くから、……いいよ、黙るよ」

「おれ眠いよ」と七之助《しちのすけ》が云った、「おれのをさきにやってくんなよ、かあちゃん」

「あいよ」とお勝が云った、「七のをさきにしようね、すぐだよ」

お勝は勘定を続けた。

煤《すす》ぼけた四帖半《よじようはん》に、行燈《あんどん》が一つ。切り貼《ば》りをした唐紙《からかみ》の隣りは六帖で、そこではいま十九になる娘のおさんが、四人分の寝床を敷いている。こちらの障子の次は勝手になっており、なにか物の煮える美味《うま》そうな匂《にお》いがながれて来る。

——四帖半の壁にそって、古びて歪《ゆが》んだ鼠不入《ねずみいらず》が置かれ、その上の小さな仏壇には、燈明《とうみょう》がつけてあり、線香があがっている。親子六人が一本ずつあげたらしい、六本の線香が、もう三分の一ほどに小さくなって、しかしさかんに煙をあげていた。

「ばあさん」と三郎が六帖にいる姉に向って云った、「勝手をみなくってもいいのか、なにか焦《こ》げてるぜ」

「うどんのおつゆだ」と次郎がむっとした顔で云った、「おつゆが焦げるか」

「へえ、おつゆは焦げねえか」

お勝が「さぶ」と云った。

市太は欠伸《あくび》をした。彼は長男で二十歳になる、軀《からだ》は（大工という職に似あわしく）逞《たくま》しくひき緊《しま》っているが、角ばった肉の厚い顔は、暢《のん》びりとした感じで、紛れもなく総領の甚六《じんろく》であることを示している。次郎は十八だが、兄よりは老《ふ》けてみえた。おもながのきりっとした顔だちで、三郎と双生子《ふたご》かと思われるほどよく似ている。年も一つ違いなのだが、三郎がはしっこくて口達者なのに対し、次郎はむっつり屋で怒りっぽく、いつも「気にいらねえな」とでも云いたげな、ふきげんな渋い顔をしていた。

「寝床ができたわよ」と云いながら、おさんが出て来た、「眠ければ七ちゃんは寝たらどう」

「いやだ」と市太の膝《ひざ》によりかかったまま、七之助は頭を振った、「うどん喰《た》べてから寝るんだ」

彼は末っ子で七歳になる。すぐ上の三郎と十年のひらきがあるが、あいだに三人、源四郎、五郎吉、六次というのがいて、それぞれ早死をしたのであった。

「おさん」とお勝が云った、「七の分だけうどん温ためておやり、もう済むけれど、もたないかもしれないから」

おさんは勝手へいった。

彼女は厄年《やくどし》の十九になる。縹緻《きりょう》は父に似たそうで、（長男の市太と同様に）あまり見ばえはしないが、まるっこい愛嬌《あいきょう》のある眼鼻だちで、口かずの少ない割には、性分が明るく、笑い上戸《じょうご》であった。

お勝の脇には溜塗《ためぬり》の小箱があり、その中から出した紙包が五つ、膝の前にひろげてあった。そこにはおのおの小粒や銭がのっており、包んだ紙には、仮名文字で子供たちの名が書いてあるが「さん」としるした紙には、それに並べて「かあちゃん」と書いてあった。

「さあでたよ」とお勝が云った、「七は今月はよく稼いだね、ほら、これだけあるよ」

「それみんなか」と七之助は起き直った、「みんなそれおらのか」

「そうだよ、みんなだよ」

「幾らだ」と七之助は母親を見た。お勝はその高を云った。七之助は感心したように「ふーん」といい、「ぶっきり（飴《あめ》）なら十万も買えるね」と云った。

「温たまってよ」と勝手でおさんが云った、「持っていきましょうか」

「ああ、持って来ておくれ」とお勝が答えた。

市太がまた欠伸をし、それにつられたように、三郎も大きな欠伸をした。おさんが（盆にのせて）うどんの親椀《おやわん》を持って来た。うどんは山盛りになっており、いい匂いのする湯気を立てていた。おさんは弟の脇に坐《すわ》り、「熱いから気をつけてね」と云って、盆を弟の胸のところで支えていてやった。七之助は親椀を盆の上に置いたまま、片手で椀のふちを押え、そうしてふうふうと湯気を吹きながら、歯をむきだして喰べた。

市太の腹の中で「ぐう」という音がした。誰も気がつかなかったが、まもなく三郎の腹の中でも「ぐうぐう」という音がし、三郎は舌打ちをして、「よせやい」と呟《つぶや》いた。――喰べ終った七之助は、姉に伴《つ》れられて六帖へゆきながら、「かあちゃん、起こしてね」と云った。お勝は次の勘定をしながら「あいよ」と答えた。

「きっとだよ」と七之助は念を押した、「あんちゃんはおれのこと押出しちゃうんだもの」

「おいおい、本当かい」と市太が云った。

「大丈夫だよ」とお勝が云った、「かあちゃんが寝るときにはきっと抱いて来てあげるよ」

七之助は納得して去った。

その月の分の勘定が終ると、お勝はまた溜塗の箱の中から五つの包を出した。それには一つ一つ金高が書いてあって、お勝はその月の分を暗算でそれに加え、「ふん」と頷いてから、「あたり箱は」と膝の左右を見た。おさんが「あら忘れてたわ」と云って、六帖のほうへ取りに立った。

「どうなった、かあちゃん」と次郎が訊いた。

「だいたい纏《まと》まったらしいね」とお勝が云った、「いまちゃんとやってみるけれど、だいたいこれで纏まったらしいよ」

おさん、、お勝が硯箱《すずりばこ》を持って来た。

お勝が受取って、半分に割れた蓋《ふた》を取り、ふちの欠けた硯に水差の水を注ぐと、三郎がひきよせて墨を磨《す》った。墨は一寸くらいの歪んだ三角形に磨り減っており、力をいれて磨ると、砂でも混っているような音がした。

やがてお勝はちび筆を取り、五つの包紙へ金高を書き加えたのち、それをべつの反故紙《ほごがみ》の裏に写し取って、かなりひまどりながら総計を取った。「算盤《そろばん》があるといいんだけれど」とお勝は釵《かんざし》で頭を掻《か》きながら、「どうしても算盤が欲しいね」と口の中で呟いた。

市太が欠伸をした。すると彼の腹の中でまた「ぐう」という音がした。

「さあできた」とお勝が筆を置いた、「これでどうやらまにあいそうだよ」

「幾らになった」と次郎が訊いた。

「初めに決めたのにちょっと足りないだけだよ」とお勝はその総計を告げた、「源さんはいつ出るんだっけね、あんちゃん」

「来月の十七日だ」と市太が答えた。

「それなら充分まにあうよ」とお勝が云った、「あしかけ三年だったけど、やる気になってやれば案外できるもんだね」

そしてお勝は五つの紙包を見まもった。

市太も、次郎も三郎も、おさんも、いっときしんと、その紙包をみつめた。母親の言葉とその紙包とが、かれらのなかに（共通の）感慨をよび起こしたようである。お勝は深い溜息《ためいき》をつき、「さあ、うどんにしようかね」と云って、それらの包を箱の中へおさめ、立ちあがって、戸納《とだな》の下段へしまった。

母と娘とで、勝手からうどんを運んで来た。うどんは鍋《なべ》のまま、食器はまちまちで、三郎がまず親椀へ手を出したが、お勝はその手をすばやく叩《たた》いて、「がつがつするんじゃないよ」と云《い》った。三郎は「痛えな」と云い、箸《はし》を取って、その尖《さき》を舐《な》めた。するとまたお勝がその手を叩いた。三郎は「がつがつするな」と母親の口まねをした。

次郎がさきに喰べ終り、次に三郎、そして市太という順で、喰べ終った者から、順次に六帖へ立ってゆき、やがておさんと母親の二人だけになった。

「珍しいわね」とおさんが箸を置きながら云った、「うどんが残るわよ、かあちゃん」

「明日《あした》の朝おじやにすればいいよ」とお勝が云った、「あと片づけはいいから、終ったんなら寝ておしまい」

片づけてから寝るわ、とおさんが云った。あたしがするから寝ておしまい、とお勝が云った。朝が早いんだから、そして済まないけれど今夜は七と寝てやっておくれ。だって、とおさんは立ちながら云った。寝てもいいけれどお乳へ吸いつくんだもの。押えてればいいんだよ、半分眠ってるんだからちょっと押えてればすぐ眠ってしまうよ。あら眠りながらよ、とおさんは自分の茶碗《ちゃわん》と箸を持って、勝手へゆきながら云った。足をはさむぐらいはいいけど、あたしお乳へ触られるのだけはいやなのよ、乳首を摘《つま》まれたり吸われたりすると、眠っていてもとびあがってしまうわ。じゃあいいよ、とお勝が云った。あとであたしのほうへ伴《つ》れてくるから早く寝ておくれ。——そしてお勝は箸を置き、長火《なが》《ひ》鉢《ばち》の湯沸しを取って、茶碗に湯を注いだ。

娘が六帖へ去り、あと片づけを（手早く）済ませてから、お勝は行燈の片方に蔽《おお》いを掛けて、火鉢のそばへ坐り、仕立て物をひろげた。

「かあちゃん」と六帖で次郎の声がした、「かあちゃん、寝なくちゃだめだぜ」

「ああ」とお勝が云った、「いま寝るところだよ」

そして針を取りあげた。

三

お勝が幾らも針をはこばないうちに、唐紙をあけて、三郎が顔を出した。だめじゃねえか、と三郎は云った。寝なくっちゃだめだよ、かあちゃん、まいっちまうぜ。あいよ寝るよ、とお勝が云った。ここの区切りをつければいいんだから、おまえこそ起きて来たりしちゃあだめじゃないか。どうしたんだ、と云って次郎も顔を出し、すぐに、もっと唐紙をあけて、おさんも覗《のぞ》いた。次郎は怒ったような声で、「かあちゃん」と云った。うるさいね、お勝が云い返した。これは山田屋さんから日限を切って頼まれたんだからね、もう少しやっとかなければまにあわないんだから、そんなにうるさくしないで寝ちまっておくれ。だって、と三郎が云いかけると、お勝が「うるさいったらうるさいよ」ときめつけるように云った。

次郎が母親を睨《にら》みつけて去り、三郎もなにかぶつぶつ云いながら引込んだ。おさんは出て来ようとしたが、お勝が怖い顔で見ると、これも六帖へ戻って、唐紙を閉めた。

家の中が静かになり、壁ひとえ隣りから、酔っているらしい男の声で、やや暫《しばら》く、わけのわからない端唄《はうた》をうたうのが聞えて来た。お勝は縫いしろをきゅっとこきながら、「ああ飲んでばかりいて、軀《からだ》でもこわしたらどうするつもりだろう」と呟いた。

誓願寺の九つ（午前零時）が鳴り、やがて九つ半が鳴った。路次を出ると竪《たて》川《かわ》の河岸《かし》通りで、三つ目橋のほうから夜泣き蕎麦《そば》の声が聞えて来たが、それが聞えなくなると、お勝が居眠りを始めた。――生れつき健康そうな軀つきで、肩幅もがっちりしているし、いったいに肥えてはいるが、四十三歳という年よりは老けてみえるし、居眠りをしている顔には、深い疲労の色が（隠しようもなく）あらわれていた。

お勝は頭をがくりとさせて眼をさました。

縫いかけの物を膝に置き、両手でそっと眼を押えて、長い溜息をついた。そのとき、勝手口のほうでごとっという音が聞えた。お勝は長火鉢の火をみて、炭をつぎ足した。するとまた、勝手口で物音がし、路次のどぶ板のぎっときしむのが聞えた。――お勝はじっとそれを聞いていたが、やがてそっと立ちあがり、足音を忍ばせて障子のところまでいった。行燈は暗くしてあるけれども、影のうつらないように、壁へ軀をよせていると、まもなく雨戸のあく音がし、続いて、勝手のあげ蓋《ぶた》のきしむのが聞えた。

お勝は息をころしていた。

障子の向うで「はっ、はっ」と喘《あえ》ぐような荒い呼吸が聞えた。そこまで来て、ためらっているらしい。だがまもなく、障子がすっと五分ばかりあき、少しして二寸、さらに五寸というふうに、ひどくおずおずとあいてゆき、やがて一人の男が、用心ぶかく抜き足ではいって来た。

洗いざらした、めくら縞《じま》の長半纏《ながばんてん》の裾《すそ》を端折《はしょ》り、手拭《てぬぐい》で頬冠《ほおかむ》りをしていた。お勝は男がふるえているのを認めた。足ががくがくしているし、歯と歯の触れあう音まで聞えた。

「静かにしておくれ」とお勝が囁《ささや》いた。

男は「ううう」といって、とびあがりそうになった。

「大きな伜《せがれ》が三人いるんだから静かにしておくれ」とお勝が云った、「眼をさますといけないからね、わかったかい」

「静かにしろ」と男はひどく吃《ども》った、「騒ぐとためにならねえぞ」

「あたしは静かにするよ、騒ぎゃあしないから坐っておくれ」

「金を出せ」と男がふるえ声で云った。

「あぁいよ」とお勝が云った、「いま戸を閉めて来るから待っておくれ」

　そしてお勝が勝手へゆこうとすると、男が仰天したようすで、うしろからお勝の肩をつかんだ。お勝はその手を叩いた。すると、六帖のほうで「痛え」と云う寝言が聞えた。二人は軀を固くし、息をのんで、ようすをうかがった。寝言は三郎の声らしかったが、六帖はもうしんとして、市太の鼾《いびき》が聞えるばかりだった。

「そらごらんな」とお勝が男に云った、「みんなが眼をさましたらどうするの、戸を閉めて来るあいだぐらい待てないのかい」

　男はうしろへさがった。

　お勝は雨戸を閉め、障子を閉めて戻り、長火鉢の脇《わき》へ坐った。男は立ったまま「金を出せ」と云った。金のあることを知って来たんだ、早くしろ。お金はあるよ、とお勝が云った、少しぐらいならあげるから、ともかくそこへ坐りなね。ふざけるな、と男が云った。舐めやがると承知しねえぞ。お金はあげるって云ってるじゃないか、取って食やあしないからお坐りよ。――男はためらい、それからしぶしぶ坐ったが、膝《ひざ》はまだ見えるほどふるえていた。お勝は気がついて、ああそうだ、おまえさんおなかがすいてるんだろうと云った。残りものだけれどうどんがあるから温めてあげようね。よしてくれ、ごまかそうたってそうはいかねえぞ、と男が云った。ごまかすかどうか見ていればわかるよ、お勝はそういって立ち、勝手から鍋を持って来た。そして長火鉢の湯沸しをどけて、その鍋をかけた。

「早くしろ」と男が云った、「そんなもの食いたかあねえ、早く金を出せ」

「ひとこと聞くけれど、まだ若いのにどうしてこんなことをするんだい」

「食えねえからよ」と男は云った、「仕事をしようったって仕事もねえ、親きょうだいも親類も、頼りにする者もありゃあしねえ、食うことができねえからやるんだ」

「なんて世の中だろう、ほんとになんていう世の中だろうね」とお勝は太息《といき》をついた、「お上《かみ》には学問もできるし頭のいい偉い人がたくさんいるんだろうに、去年の御改革から、こっち、大商人のほかはどこもかしこも不景気になるばかりで、このままいったら貧乏人はみんな飢死をするよりしようがないようなありさまじゃないか」

「そんなことを聞きたかあねえ、出せといったら早く金を出したらどうだ」

わかったよ、お勝は云って、坐ったまま向き直り、戸納をあけて、溜塗《ためぬり》の箱を出した。男は伸びあがってお勝の手もとを見た。お勝は幾らかの銭を反故紙に包んで、箱を片づけようとした。すると男が「箱ごとよこせ」と云って立ちあがった。

「そんなはした銭が欲しくってへえったんじゃあねえ、その箱ぐるみこっちへよこせ」

お勝は男を屹《きっ》と見た。

男はうわずった声で、「よこさねえか」と云った。お勝は箱を取って膝の上に置き、それを両手で押えながら「そうかい」と云った。あたしは三人の伜を呼び起こすこともできたんだよ、でもそうはしなかったし、いまだってそうしようとは思わない、またおまえさんがどうしても欲しいというんなら、これをそっくりあげてもいいよ、けれどもそのまえに、これがどんな金かってことを話すから聞いておくれ、とお勝は云った。

男は黙っていた。

「話といったって手間はかからない」とお勝は続けた、「うちの市太という長男は大工だけれど、仕事さきの友達で源さんという人がいたんだよ」

いまから三年まえ、源さんが金に困ってつい悪いことをした。嫁をもらって一年半、子供が生れかかっていた。それだけではない、ほかに運の悪いことが重なっていたが、どうしても入用な二両ばかりの金に、せっぱ詰って、仕事場の帳場の金箱から、二両とちょっと盗んでしまった。――だが、それはすぐ露顕したうえ、源さんは牢《ろう》へ入れられた。棟梁《とうりょう》という人が因業《いんごう》で、どうしてももらい下げようとしなかった。刑期は二年と六カ月、という重いものであった。

「あたしは伜からその話を聞いた」とお勝は云った、「あそこから出て来ても、源さんはもう元の職にはかえれない、あそこの飯を食ったということは、御府内にはすぐ弘《ひろ》まってしまう、同業の世界は狭いものだから、――と伜が云ったよ」

お勝は二た晩考えた。

そして子供たちを集めて云った。源さんという人はあたし知らない、あんちゃんのほかは誰も知らないが、きっとみんな気の毒だと思ったことだろう。それで相談するんだが、元の職にかえれないというから、牢を出て来たとき困らないように、源さんの仕事を拵《こしら》えといてやりたい。それも熟練を要することはだめだし、日銭のはいるしょうばいがいい。あたしは「おでん燗酒《かんざけ》」の店がいいと思うが、みんなはどうか。いいけれども元手をどうする、と次郎が云った。あたしたちみんなで稼《かせ》ぐのさ、六人がそろって稼げば、二年六カ月のあいだにはそのくらいの元手は溜《た》まると思う。へっ、と七之助が云った。おらもか、——彼はまだ四つだった、そこでお勝が云った。——七はこのあいだ迷子《まいご》の犬を拾って来て、おらの飯を半分やるから飼ってくれ、って云ったじゃあないか、七が飯を半分にする気になれば、それが七の稼ぎになるんだよ、犬じゃあない、人を助けるためにそういう気持にはなれないかい。

なれるさ、と七之助は云った。おら飯を半分にするよ。それで相談はまとまった。四歳の末っ子の発言が、うまくみんなの気持をまとめたようである。それから一家で稼いだ、食う物、着る物、小遣、そして長屋のつきあいまで詰めた。去年の春からは、七之助までが拾い屋のようなことを始めた。——近所の評判はしぜん悪くなる、「けちんぼ一家」と噂《うわさ》をされ、路次の出入りにも、子供たちなどが「やあいけちんぼ」などと悪口を云う。だがみんなよくがまんして、なにを云われても相手にならず、辛抱づよく稼ぎに稼いだ。

「こうして二年五ケ月経《た》った」とお勝は云った、「——竪川の向う河岸で、緑町三丁目に空店《あきだな》があった、あたしたちはその家に手金を打ったし、しょうばいに必要な道具も、金さえ出せば、すぐまにあうようにしてある、そして、来月十七日には源さんが出て来るんだよ」

お勝はこう云って男の顔を見た。

四

「これはそういうお金なんだ」

とお勝は云った。

おまえさんがはいって来たとき、あたしは源さんのことを思いだした。根っからの泥棒《どろぼう》ならべつだけれど、このひどい不景気でひょっと魔がさしたのかもしれない。もしそうだったら話してみよう、そう思ったから騒ぎもせずに入れたのだ、とお勝は云った。

「あたしの云うことはこれだけだよ」

男は黙っていた。

「これがそのお金だよ」とお勝は溜塗の箱を膝からおろし、男のほうへ押しやりながら云った、「いまの話を聞いても、それでも持ってゆくというなら持っておいで」

そして長火鉢のほうへ向き直り、かけてある鍋の蓋《ふた》を取って、中のうどんを(焦《こ》げないように)掻《か》きまわした。

男が「あ」といってお勝のほうへ来た。

お勝は声を出そうとした。男は鼠不入《ねずみいらず》にのしかかって、ふっふっとなにかを吹いた。

「燈明《とうみよう》がね」と男はかすれた声で云った、「——燈心の先が落ちて、燃えだしたから」

「ああそうだ、有難う、消すのを忘れていたよ」とお勝が云った、「いまうどんをよそうから坐《すわ》っとくれ」

男は「なにいいんだ」と云《い》い、うなだれたまま、勝手のほうへゆこうとした。どうするの、とお勝が立ちながら訊《き》いた。男は「帰るんだよ」と云った。

「帰るって、帰るうちがあるのかい」

男は不決断に立停《たちど》まった。

「帰る処《ところ》があるのかい」とお勝が云った、「帰るあてもないのに、ただここを出ていってどうするつもりさ」

男は黙っていた。

お勝は男を静かに押しやり、「いいから坐ってうどんをお喰《た》べな、それから相談をしようじゃないの」と云った。こんなことも他生《たしよう》の縁のうちだろうからね、お坐りよ。そう云いながら勝手へいった。そして親椀《おやわん》と箸《はし》を持って来ると、男は頬冠りを取り、その手拭を鷲《わし》づかみにして、固くなって坐っていた。

お勝はうどんをよそってやった。男は固くなったまま喰べた。お勝は男の喰べるのを眺めていたが、ふと前掛で眼を拭《ふ》き、「なんていう世の中だろう、――」と呟《つぶや》いた。それから、その前掛で顔を掩《おお》って、嗚咽《おえつ》した。

男の眼からも涙がこぼれ落ちた。喰べていた手を膝におろし、深く頭を垂れて、そしてくっくと喉《のど》を詰らせた。

「今夜っからうちにいておくれ」とお勝は嗚咽しながら云った、「うちも狭いし、人数も多いけれど、まだ一人ぐらい割込めるし、飢死をしないくらいの喰べ物はあるよ、……仕事だって、三人の伜に捜させれば、なにかみつからないもんでもないからね」

「おばさん、――」と男は云った。

「あたしが頼むよ」とお勝が云った、「なんにも云わないで今夜からうちにいておくれ、お願いだよ」

　男は持った物を下に置き、腕で顔を押えながら、声をころして泣きだした。

　その夜、お勝が娘の寝床へはいってゆくと、おさんが眼をさまして「どうしたの」と訊いた。お勝は娘の耳へ口をよせて、笠間《かさま》から親類の者が来たのだ、と囁《ささや》いた。遠い親類だけれどね、「朝になったらひきあわせるよ」と云った。おさんはすぐに眠った。

　明くる朝、――

　お勝は彼を子供たちにひきあわせた。笠間の在に遠い親類がある。これまであまり縁がないから話さなかったけれど、そのうちの三男で名を勇吉といい、十七の年に江戸へ来て、錺屋《かざりや》に勤めていた。それが御改革からこっち仕事が少なくなり、いちど田舎へ帰ったが、田舎でもいいことはないので、うちを頼って出て来た。あたしは世話をしてあげたいが、みんなの気持はどうだろう、とお勝は訊いた。

「そんなこと断わるまでもねえさ」と次郎がぶすっと云った、「そうだろう、兄貴」

市太は頷《うなず》いて、男に云った。

「おらあ市太っていうんだ、よろしく頼むよ」

「よろしく頼むぜ勇さん」と三郎が云った、「みんなおれのことをさぶだのあぶだのって呼んでるが、本当の名は三郎ってんだ。尤《もっと》もそう呼びたければさぶでもあぶでもいいぜ」

三郎がむっとした顔で自分の名を告げると、七之助が「おらは七だ」と云い、それから姉を指さした。

「そしてね、この姉ちゃんはね」

「七ちゃん」とおさんがにらんだ。

「ばあさんてんだ」と三郎が云った、「ほんとだぜ勇さん、昔からばあさんていうんだ。そう呼ばねえと機嫌《きげん》が悪いくらいだぜ」

「さぶ、――」とお勝がにらんだ、「お調子に乗ってみっともないじゃないか、まだ話があるんだから静かにしておくれ」

「ざまあ、――」と次郎が口の中で云った。

お勝は勇吉の仕事のことを話した。

当人はなんでもすると云うし、こんなに不景気では職選びもできまい。どんな仕事でもいいから三人で捜してみておくれ、とお勝が云った。すると次郎が市太を見て「兄貴の帳場でおいまわしが要るって云ってやしなかったか」と云った。うんそうだ、そうだっけな、と市太が頷いた。ほんとかえ、とお勝が云った。そんならすぐに訊いてみておくれな。うん訊いてみよう、今日すぐに訊いてみるとしよう、市太が答えた。

「みなさん、済みません」と男が頭を下げて、初めて云った、「どうかよろしくお願いします」

「よしてくれ勇さん」と三郎が云った、「おれたちはこのとおりがらっぱちなんだ、そんなよそゆきの口をきかれると擽《くすぐ》ったくていけねえ、頼むからてめえおれでやってくれよ」

「ふん」と次郎が云った、「さぶのやつが、初めてまともなことを云やあがった」

なにを、と三郎が振向くと、「さあ飯だよ」と云って、お勝が立ちあがった。

食事を済ませて男たちが（七之助も）出てゆき、おさんが仕立て物を届けにいったあと、お勝は男に銭を渡して「湯へいっといで」と云い、湯屋のあるところを教えた。男はおとなしくでかけようとして、「おばさん」とお勝を見た。

「さっきの、——笠間の親類ってのは、ほんとのことなのかい」

「そんなこと気にしなくってもいいよ」とお勝が云った、「おまえさんが笠間だっていうからそう云っただけさ、うちの子たちはあたしを信用してるからね、そんなこと決して気にするんじゃないよ」

そして、「さあ早くいっといで」とせき立てた。男は頷いて、出ていった。

市太の帳場にくちがあって翌日から男はでかけることになった。おいまわしというのは普請場《ふしんば》の雑役で、骨の折れるわりに賃金はひどく安いが男はよろこんで働くと云った。

「——なにもかもうちの者と同じにするからね」とお勝が云った、「お客さま扱いはしないから、不足なことがあってもがまんしておくれよ」

お勝はそう念を押した。

困ったのは寝床の按配《あんばい》であったが、お勝とおさんが四帖半《よじょうはん》で共寝をし、七之助は市太と寝ることにきまった。そして新しい家族を一人加えた、新しい生活が始まった。——といっても、それは六人全部のことではない、「新しい生活」これまでと違う生活ということを実感しているのは、母親と娘と末っ子の三人であった。

母と娘は一人よけいに気を使わなければならないからで、特に朝食と弁当は娘の分担になっていたから、弁当のおかずには（おさんは）かなり苦心するようであった。

末っ子はすぐ男に馴染《なじ》んだ。男はあまり口かずの多いほうではないが、子供が好きな性分のようだし、話がうまかった。その話も一般のお伽《とぎ》ばなしではなく、自分で即興に作るらしい、ごく身近な出来事のなかで、子供の好みそうな筋を纏《まと》めて話すのだが、ときにはお勝やおさん、市太や次郎などでさえ、その話に聞き惚《ほ》れることがあった。

或《あ》る日、――みんながでかけて、母親と二人っきりで縫い物をしていたとき、おさんがふと母の顔を見て云った。

「ゆうべの勇さんの話、あんまり可哀《かわい》そうで、あたし涙が出てしようがなかったわ」

「あの子は哀れな話ばかりするよ」とお勝は云った、「もっと面白《おもしろ》いたねがありそうなもんじゃないか、あたしはああいう哀れっぽい話は嫌《きら》いだよ」

「あたしは好きだわ」とおさんは云った、「身につまされて、しいんと胸が熱くなってくるの、勇さんてきっと心持のやさしい人ね、そうじゃなければあんなにしんみりした話しかたなんかできないと思うわ」

「おまえ幾つだっけ」とお勝は娘を見た。

おさんは「あらいやだ」と云って、ちょっと赤くなり、羞《はじ》らいの表情をみせた、「いやだわかあちゃん、十九じゃないの」

「十九ねえ」とお勝は糸を緊《し》めた、「悲しい話が好きだなんていう年頃《としごろ》だね、あたしなんぞは辛《つら》い苦しいおもいを、自分で飽き飽きするほど味わって来たんだから、せめて話だけでも楽しい面白いものが聞いていたいよ」

「あたしねえ」とおさんが云った。母親の言葉は耳にいらず、自分のおもいだけ追っているらしい。「あたしねえかあちゃん」と針を髪で撫《な》でながら云った、「勇さんの話、みんな自分のことじゃないかって思うの」

お勝は「どうしてさ」と訊いた。

「そんな気がするのよ」とおさんは云った、「そんな気がしたときあたし、自分でもびっくりしたんだけれど、もしそうじゃなければ、あんなふうに話すことはできないと思うわ」

「手がお留守だよ」とお勝が云った、「おまえこのごろすっかりお饒舌《しゃべ》りになったね、話をするなら手を休めずにおしなね」

娘は（こんどこそ）赤くなり、「あら、あたし手を休めやしないわよ」と云った。

――この子はお饒舌りになって、このごろすぐに顔を赤くする、とお勝は思った。これまでこんなことはなかったのに、おかしな子だよ。

五

お勝の気づいたことを、同じように三郎が気づいた。彼はよく姉の顔を見てにやにや笑いをし「えへん」などとそら咳《ぜき》をしたりする。市太はもちろん感づかないし、次郎とくるとその弟のそぶりのほうが眼につくらしい。三郎を横眼で睨《にら》んだり、さも「へんな野郎だ」とでも云いたげにぐっと顔をしかめたりした。

男がいついてから六七日めの或る夜、――もう十二時ちかい時刻に、男がそっと四帖半へ出て来た。

みんなもう寝てしまって、お勝ひとりがそこで繕い物をしていた。お勝は不審そうに男を見た。男は脇《わき》に寝ているおさんを見た。娘は寝床の中であちら向きになり、かすかに寝息をたてて眠っていた。

「どうしたの」とお勝が囁き声で訊いた。

男は坐って「おばさん」と云った。

「どうしたのさ、寝衣《ねまき》なんかで風邪をひくじゃないの」とお勝が云った、「なにかあったのかい」

「云いにくいんだけど」と男が云った、「約束だから云うんだけれどね、おばさん、……おれのこと、みんなと同じようにしてくれないか」

「おや、同じようにしないことでもあるのかい」

「弁当のことなんだけれど」

「勇さん」とお勝が云った。お勝は針を休めて男を見た、「あたしは初めに断わった筈《はず》だよ、不足なこともあるだろうがこんな貧乏世帯《じょたい》だから」

「ちがうんだちがうんだ」と男は首を振って遮《さえぎ》った、「そうじゃないんだ、おばさん、おれは不足を云うんじゃあないんだ、おれだけ弁当が特別になってる、飯も多いしおかずも多い、仕事場で市ちゃんと喰べるからわかるんだけれど、おれの弁当はいつも市ちゃんより飯も多いしおかずも多いんだ」と男は云った、「おばさんは、――客扱いはしない、みんなと同じにするからって、云ってくれた、そういう約束だと思ってたけれど、弁当をあけるたびに、やっぱりおらあ他人なんだな、っていう気がして」

「ああ悪かった、堪忍《かんにん》しておくれ」とお勝が云った、「断わっとけばよかったけど、それは客扱いでもなく他人行儀でもない、勇さんが痩《や》せていて元気がないからって、おさんが心配してやってることなんだよ」

男はぎょっとしたようにお勝を見た。まるで自分の眼で自分の幽霊を見でもしたような、驚きと戸惑いの眼つきであった。

「あたしは話を聞いたから、勇さんがどんなに苦労したか知ってるよ」とお勝は続けた、「痩せもするだろうし元気のないのもあたりまえだ、けれどもまだ二十四という若ざかりだからね、もう少し太るまで、勇さんの食を多くしたらって、おさんが云うもんだから、断わらずにやって悪かったけれど」

「おばさん」と云って男は頭を垂れた。

「もうちっと肉が付いたら同じようにするからね、それまでのことだから辛抱しておくれ」とお勝が云った、「――そうでなくっても、他人の飯には棘《とげ》があるって、よく世間で云うくらいだからね」

「よくわかった、おばさん、済まねえ」と男は腕で眼を掩《おお》った、「おらあ、……こんなおもいをしたのは、初めてだ」
「泣くのはごめんだよ」
「初めてだ、おらあ、……生みの親にもこんなにされたこたあなかった」
「なんだって」とお勝は眼をあげた、「生みの親がどうしたって、勇さん、それだけはあたしゃ聞き捨てがならないよ」
「だっておばさん」
「だってもくそもないよ、あたしは親を悪く云う人間は大嫌いだ」とお勝は云った、「金持のことは知らないよ、金持なら子供にどんなことでもしてやれるだろう、貧乏人にはそんなまねはできやしない、喰《た》べたい物も喰べさせてやれないし着たい物も着せられない、遊びざかりの子を子守に出したり、骨もかたまらない子に蜆売《しじみ》りをさせたり、寺子屋へやる代りに走り使いにおいまわしたりするだろう、けれども親はやっぱり親だよ、――」とお勝は眼をうるませて云った、「貧乏人だって親の気持に変りはありゃしない、もしできるなら、どんなことだってしてやりたい、できるなら、……身の皮を剝《は》いでも子になにかしてやりたいのが親の情だよ、それができない親の辛い気持を、おまえさんいちどでも察してあげたことがあるのかい」

「悪かった、おれが悪かったよ」

「大嫌いだ、あたしは」とお勝は声をふるわせた、「子として親を悪く云うような人間は大嫌いだよ」

そのとき唐紙をあけて、三郎が「かあちゃん」と云いながら顔を出した。

「もういいじゃねえか、勇さんがあやまってるじゃねえか、堪忍してやんなよ」

「すっこんでな」とお勝が云った、「おまえの知ったこっちゃないよ」

「そうだろうけど」と三郎が云った、「ばあさんまで泣かしちゃってるぜ、かあちゃん」

お勝は娘のほうへ振向いた。

いつのまにか、おさんは蒲団《ふとん》を頭までかぶっていて、そこからくっくっと、忍び泣きの声がもれていた。お勝は「いいよ」と頷き、また繕い物を取りあげた。

「おばさん」と男は頭を下げた。

「いいよ」とお勝が云った、「もう寝ておくれ」

「もう九つになるぜ」と三郎が云った、「かあちゃんも寝なくっちゃだめだよ」

「うるさいね、わかってるよ」とお勝が云った、「ひとのことはいいからさっさと寝ちまいな」

三郎が引込み、男も六帖へ去った。

二人がいってしまうと、お勝は前掛で眼を拭《ふ》いた。おさんの忍び泣きも、しばらくしてやみ、そして誓願寺の鐘が九つを打ちはじめた。

日が経《た》って、十四日の晩、——いつもの銭勘定のあとで、うどんが出るとみんなが歓声をあげた。

「おっ、肝をつぶした」と三郎が云った、「てんぷらがへえってるぜ、かあちゃん」

七之助も「わあ」といった。

「静かにしないかねみっともない」とお勝が云った、「今夜は御苦労祝いなんだよ、おかげで源さんのほうはすっかり纏まったからね、みんながよく辛抱してくれたし、ほんのまねごとだけれど少し奢《おご》ったんだよ」

「それゃあよかった」と次郎が云った。

「うん」と市太が頷《うなず》いた、「そんならおれから、ひとこと礼を云わなくちゃならねえな」と彼はみんなの顔をゆっくり眺めまわし、おじぎをしながら云った、

「みんな、有難うよ」

「それっきりかい」と三郎はうどんを吹き吹き云った、「自分の友達のことじゃねえか、礼なら礼でもうちっと云いようがありそうなもんだ」

「うるさいね」とお勝が遮った、「喰べるうちぐらい黙っていられないのかい」

「ざまあ、――」と次郎が口の中で云った。

三郎が「ざまあ」と口まねをし、お勝がにらみつけた。すると三郎が「あっ」といって膝《ひざ》を進めた。

「忘れてた、かあちゃん」と三郎は云った、「銭があがるんだ銭が」

「銭がどうしたって」

「こんど新吹きの一朱銀が出るんだってよ」と三郎はいきごんだ、「河岸《かし》（魚河岸）で聞いたんだ、まだ誰も知らねえらしいが、その銀が悪いんで銭があがるっていうんだ、九十四文か、ことによると九十台を割るかもしれねえって話なんだ、だから明日いって小粒をみんな銭に替えて来ようと思うんだが」

「呆《あき》れた野郎だ」と次郎がふきげんに云った、「やま師みてえなことを云やがる」

「ねえかあちゃん」と三郎は云った、「河岸の話は早えんだ、しかもまちげえなしなんだから、ここで銭に替えておけば相当な儲《もう》けになるんだから、いいだろうあんちゃん」

「うん」と市太が云った、「そうさな」

「いやだよ、あたしゃごめんだよ」とお勝が云った、「これはみんながまともに稼《かせ》いで溜《た》めた金だし、源さんに必要なだけは纏まってるんだからね、そんなやまを賭《か》けて、もし外れでもしたらどうするのさ」

「外れっこなんかねえんだってば」

「まっぴらだよ」とお勝は云った、「あたしは儲けるんならまともに稼いで儲ける、そんな人の小股《こまた》をすくうようなことをした金なんか、一文だって欲しかあないよ」

「さようでござんすか、へ」と三郎は空になった茶碗《ちゃわん》をおさんのほうへ出し、「ざまあ」と云って首をすくめた。

「ばあさん」と三郎は云った、「茶碗を出してるんだぜ、済まねえがこっちも見てくんな」

おさんは赤くなった。彼女は男のほうを見ていた。男が喰べ終りそうなので、(二杯めをつけようと)見ていたのである。彼女は赤くなり、「あらごめんなさい」と云って茶碗を受取った。

「そうらまた赤くなった」と三郎は云った、「まるで竜田山《たつたやま》の夕焼みてえだ」

「竜田やまだってやがら」と次郎が云った。

「やまじゃいけねえのか。あたりめえよ。やまでいけなけりゃあなんだ。ありゃあ竜田川ってんだ、やまを云うんなら嵐山《あらしやま》だ。偉いよ、おめえは学者だよ」

と三郎が云った。

「おれ眠くなった」と七之助が箸《はし》を置いた、「勇ちゃんのおじちゃん、また寝ながら話してくれるね」

「ああ」と男が頷いた。

「やっぱり違うわね」とおさんが母親に云った、「今夜はうどんがよく売れたわ」

お勝が「正直なものさ」と微笑した。

それから三日めの十七日は、放免されて来る源さんのために、一家が仕事を休んだ。

市太と次郎が迎えにいったあと、お勝とおさんは家の中を片づけたり、祝いの酒肴《しゅこう》を用意したりした。——そのあいだに、三郎と男は七之助を伴《つ》れて、源さんの「新しい家」を見にいった。——そこは竪川を二つ目橋で渡り、三丁ばかり東へいった河岸っぷちで、路次の角といういい場所だった。お勝の気性が家主の気にいったそうで、古い建物に手をいれ、すぐにでも商売のできるように、造作が直してあった。三郎は男にその説明をしながら、「この造作は大屋持ちなんだぜ」といった。

「まったく」と彼は首を振った、「うちのかあちゃんときたひにゃ、——」

男は黙って頷いた。

市太たちは午後三時すぎに帰って来た。荷物を背負った源さんとそのかみさん、かみさんは女の子をおぶい、風呂敷包《ふろしきづつみ》を抱えていた。市太と次郎も、それぞれ包を持ってやっていたが、どうやらそれが全家財らしい。お勝はかれらを戸口で停《と》めて、小皿《こざら》に盛った浄《きよ》めの塩を（かれらの頭から）ふりかけた。

「あんたが源さんですね」とお勝が云った、「ここでいっときますけどね、その敷居を跨《また》いだら、それであんたはきれいになるんですよ、いまの波の花でいやなことはすっかり消えたんだから、こっちへはいったら、これまでのことはすっかり忘れて、新しく生れ変った源さんになるんですよ」

そして「さあはいって下さい」といった。

荷物はすぐ緑町のほうへ運ぶので、土間や上り框《がまち》に積んで置き、用意してあった膳《ぜん》の前へ、お勝が指図をしてみんなを坐《すわ》らせた。

源さんはほぼ二十四歳くらい。長い角ばった顔で、軀《からだ》も痩せているし、膚《はだ》の色も黒ずんでいた。三年ちかい牢屋《ろうや》ぐらしのためか、眉《まゆ》と眼《め》のくっついた陰気な顔だちが、いっそうしめっぽくくすんでみえた。——坐るとすぐに、おぶっていた女の子を抱いたかみさんは、まだ二十そこそこにしかみえない。軀もちんまりとまるく、顔もまるかった。少し赭《あか》い髪毛が性もよくないし、眼尻《めじり》が下って、どうみてもいい縹緻《きりよう》とはいえないが、ぜんたいにちまちまとした愛嬌《あいきよう》をもっていた。

「すげえぞ」と三郎がいった、「酒がつくんだな、かあちゃん」

「酒なんていわないでおくれ、ほんのかたちだけなんだから」

「それにしてもすげえや」と三郎は唇《くちびる》を舐《な》めた、「そうだとすると、おれは大きいのを貰《もら》うぜ」

並んでいる膳もまちまち、皿小鉢《こばち》もまちまち、盃《さかずき》らしいのは二つだけで、あとは湯呑《ゆのみ》だの子供茶碗だのを代用にしてあった。三郎はすばやく子供茶碗を取ったが、お勝の手もとを見て、お勝が燗徳利《かんどくり》を一本しか持っていないのを認めると、「まさかそれ一本きりじゃねえだろうな」と念を押した。

「きまってるじゃないか」とお勝がいった、「酒を飲むんじゃあない御祝儀《ごしゅうぎ》なんだからね」

「すると一本きりってわけか」

「念には及ばないよ」

「じゃあ小さいのにしよう」と三郎は茶碗を戻した、「ひとなめずつとなると、大きいのは損だ、大きいのは茶碗のまわりへくっついちゃうからな」

そして、市太の前にある盃へ手を伸ばした。お勝が「さぶ」といい、その手をぴしっと叩《たた》いた。

「痛え」と三郎が手を撫《な》でると、源さんのかみさんが笑いだし、次郎がこれより不機嫌《ふきげん》な顔はできない、とでもいいたそうに顔をしかめた。

「さ、ばあ……じゃない、おさん」とお勝がいった、「なんにもないが始めてもらおうかね、おまえ源さんからお酌《しゃく》をしておくれ」

六

鯖《さば》の塩焼、油揚と菜の煮びたし、豆腐の汁《しる》に、ほうれん草の浸し。そして、ひと啜《すす》りずつの酒という献立であった。

饒舌《しゃべ》るのは三郎ひとりで、みんなは殆《ほと》んど黙って喰《た》べた。市太がときどき源さんに話しかけたが、「以前の話はしないこと」とお勝が禁じたから、どうにも話の続けようがなかった。そのうえ源さんは黙りこんで、ものもろくに喰べず、うなだれて固くなっていたし、かみさんも（胸がいっぱいなのだろう）辞儀ばかりいって、――抱いた子にやしなってやるほかは、これもあまり箸《はし》を取ろうとはしなかった。

お勝はむりにすすめなかった。

「市ちゃん」としおどきをみて、お勝が市太に眼くばせをした、「いいね」

「うん」と市太が頷いた、「そうしよう」

お勝は立ってゆき、三つの紙包を持って来て坐った。

「源さん」とお勝はいった。「話は市から聞いたろうけれど、緑町三丁目にあんたちの家を借りて、すぐにでもしょうばいのできるようにしてあります」

源さんはこくっと頭を下げた。

「これが一年分の店賃《たなちん》」とお勝は包の一つを出した、「これがしょうばい道具一式の代」と二つめの包をさし出し、「これを一丁目の丸金《まるがね》へ持ってゆけば、道具はひと纏《まと》めにして渡してくれますよ、――それから」とお勝は三つめの包を押しやった、「これはしょうばいにとりつくまでの雑用、三月分をみてあるから足りるだろうと思うけれど、もし足りないときはまたなんとかしますからね」

源さんはまた低く頭を下げた。

「その金はあんたの物ですよ」とお勝はいった、「借りるんでも貰うでもない、正真正銘あんたたち二人の物、――あんたたちの悪いめぐりあわせと、三年間のお互いの辛抱がそのお金になったんですよ」

源さんは「うっ」と喉《のど》を詰らせた。

「おめでとう、源さん、おかみさん」とお勝はいった、「どうかしょうばいに精を出して下さいよ」

源さんが畳に手をついた、彼のかみさんも（子を抱いたまま）頭を下げた。

次郎は膝をつかんで天床《てんじょう》を見あげ、三郎は立ちあがって四帖半《よじょうはん》へいった。市太は途方にくれたように、まばたきをしながら片膝をゆらゆらさせ、おさんは前掛で眼を拭《ふ》いていた。

男は腕を組んで、折れるほど俯向《うつむ》き、眼をぎゅっとつむりながら、歯をくいしばった。

――おめでとう、源さん。

と男は心のなかでいった。

「へっ、おかしいな」と七之助がいった、「かあちゃん、あぶが泣いてるぜ」

「ばか、泣いてるか」と三郎が四帖半でいった。

「おふくろさん有難《ありがと》う」と源さんが手をついたままいった、「みなさん有難う」

「おばさん」と源さんのかみさんがいった。

お勝は彼女に頷いた。ああわかってるよ、もういいよ、という頷きかたであった。そして市太のほうを見た。

「さあ、おつもりにしようかね、市ちゃん」とお勝がいった、「みんなで源さんたちを家まで送ってってあげな」

「うん」と市太がいった、「そうしよう」

みんなが立ちあがった。

四帖半で三郎が「こいつはおれが背負おうかな」といった。それは源さんの背負って来た（鼠不入《ねずみいらず》らしい）大きな荷物だった。おさんが女の子を抱き取り、七之助が「おれもゆくよ」といった。みんなで荷物や包の奪いあいをし、ごたごたと土間へおりた。

「おれ残るよ」と男が市太に囁《ささや》いた、「おばさんに話があるから」

「うん」と市太が頷いた。

お勝と男は、上り框でみんなを見送った。源さん夫婦は三度ふり返っておじぎをし、そして路次を出ていった。

男は四帖半へ戻って坐った。お勝があとから来て、「どうしたの」と見た。

「どうしようかと思って」と男がいった、「源さんたちもこれでおちついたし、ものにはきりっていうことがあるから」

お勝はそこへ坐った。

「きりっていうと、――」

「もう半月の余も世話になってるし」と男がいった、「いつまでいい気になってても」

「勇さん」とお勝が遮《さえぎ》った、「おまえさんうちにいるのがいやになったのかい」

「とんでもねえ、冗談じゃねえ」と男はむきな眼でお勝を見た、「そうじゃねえ、おらあいい気になってあんまり迷惑をかけてるから、どうにもみんなに悪くって」

「なにが悪いのさ、いておくれって頼んだのはあたしのほうじゃないか」

「それにしたって」

「勇さん」とお勝がいった、「おまえさん鉋《かんな》を持つようになったんだろう」

男は頷いた。

「市ちゃんがそいってくれたらしい、三日まえから削りをさせてもらうようになった」と男がいった、「この年ではむりかもしれねえが、おらあ精いっぱいやってみようと思う」

「つまりめどがついたんだろう」

男は頷いた。

「そんなら立派なもんじゃないか」とお勝がいった、「市の話では小棟梁《ことうりよう》っていう人が勇さんに眼をつけてる、ものになりそうだっていってるそうだし、こんなこといま云っちゃあいけないかもしれないけれど、ここで本気になってやれば、一人まえの職人になれるかもしれない、おまえさんにとっては大事なときじゃないのかい」

男は頭を垂れた。

「その大事なときにそんなことをいいだすなんて、それじゃあ、——世話らしい世話なんかできなかったけれど、それじゃあ、あたしたちの気持を踏みつけるようなもんだよ」

「おばさん」と男がいった、「おらあどういっていいかわからねえ、おらあ、源さんの家を見た、源さん夫婦とあの子供を見た、源さん一家があの家でおちつくんだと思い、それがどうしてそうなったかってことを考えた、はっきりはいえねえが、そのときおらあ思ったんだ、このうえおれまでが、みんなのお荷物になっちゃあ済まねえ、それじゃあ申し訳がねえって思ったんだ」男は腕で眼をこすり、喉を詰らせながら続けた、「——またおばさんに叱《しか》られるかもしれねえが、おらあこのうちの厄介《やっかい》になってから、初めて本当の親きょうだいと暮すような気持になれた、ほんとなんだ、叱られてもいい、おれにはおばさんが本当のおっ母さん、みんなが本当のきょうだいとしか思えない、ほんとなんだ、できることなら、おらあ一生このうちに置いてもらいたいんだ」男の声が嗚咽《おえつ》でとぎれた。男は嗚咽しながら、とぎれとぎれにいった、「でも、それじゃあ済まねえ、それじゃあ、あんまり申し訳がねえから」

お勝は（すばやく）指で眼を拭き、「勇さんも諄《くど》いね」と立ちあがった。

「あたしゃ諄いことは嫌いだよ」とお勝はいった、「他人は泣き寄り、……血肉を分けなくったって、縁があっていっしょに暮せば、親子きょうだいの情がうつるのはあたりまえだよ、勇さんが済まないからって出ていって、あたしたちが平気でいられると思うのかい」

「おばさん」と男が云った。

「もういいよ」とお勝がいった。

「おばさん」と男がいった。「それじゃあ、おれ、……ここにいてもいいだろうか」

お勝は前掛で顔を掩《おお》った。喉で「ぐっ」という音をさせ、はらでもたてたように、あらあらしく六帖のほうへ出ていった。

「勇ちゃん」と六帖からお勝がいった、「――片づけるから手伝っておくれ」

明くる朝、――

まだほの暗い食事の膳《ぜん》で、三郎がしきりにおさんの顔を見た。おさんのようすがいつもと違っていた、——おさんはゆうべ母親から、男との問答を聞いたのであった。男がここに居付くということ、男がみんなをどう思っているかということを。……おさんはうきうきしていた。絶えず男のほうへ眼をはしらせ、男と眼が合うと慌《あわ》てて、顔をそむけながら赤くなり、給仕するのを間違えた。

「ばあさん」と三郎がいった、「その茶碗《ちゃわん》を七にやってどうするんだ、それはおれんだぜ」

「あら、これさぶちゃんだったの」

「眼をさましてくれよ」と三郎がいった、「おめえ夢でもみてるんじゃねえのか、ばあさん」

「いっとくけどね」とお勝がいった、「いっとくけどね、さぶ、今日限りそのばあさんはやめておくれ、おさんはおまえたちの姉だし、まだ嫁入りまえなんだからね、ばあさんなんかじゃないんだから」

「へえ」と三郎がいった、「かあちゃんだって昨日ばあさんって云いかけたぜ」

「やかましいね、今日限りっていってるだろう」とお勝が云った、「みんなにも断わっとくよ、これからばあさんって云ったらきかないからね、わかったかい」

「うん」と市太がいった、「わかったよ」

食事が終り、みんなでかける支度をした。

おさんが一人びとりに弁当を渡し、上り框まで送って出た。外はようやく明るみを増して、路次にたちこめる朝靄《あさもや》が、薄く、真綿をひきのばしたようにみえた。

男はいちばんあとから、四帖半を出ようとして、ふとお勝のほうへ振返った。

「なに」とお勝が男を見た、「どうしたの」

男はかぶりを振った。

「ううん」と男は眼をしばしばさせた、「なんでもないんだ」

そして、出てゆこうとして、もういちど振返って、「かあちゃん」と口の中でいった、それは殆《ほと》んど声にならなかったが、お勝はまさしくそれを聞きとめた。

「いってらっしゃい」とお勝はいった、「早く帰っといでよ」

男は出ていった。

金太郎蕎麦《そば》

池波正太郎

池波正太郎（いけなみ　しょうたろう）
一九二三（大正十二）年、東京・浅草生まれ。戦後、長谷川伸の門下に入り、新国劇の脚本・演出を担当。六〇年、『錯乱』で直木賞受賞。『鬼平犯科帳』『剣客商売』『仕掛人・藤枝梅安』の三大シリーズをはじめとする膨大な作品群で人気を博す。九〇年没。

一

　その男の躰は、何本もの筋金《すじがね》をはめこんだようにかたく、ひきしまっていた。見たところ四十がらみだが、胸のあたりの肉づきもがっしりともりあがり、それだけに遊びかたもしつっこくて、お竹もしまいには悲鳴をあげてしまった。

「ごめんよ、ごめんよ、ねえちゃん。そのかわり、今度は私がお前さんに御奉公だ」

　男は、あぶらぎったふとい鼻を小指でかいてから、もじゃもじゃ眉毛をよせ、

「さ、うつ伏せにおなり」

　やさしくいった。

「どうなさるんです、旦那……」

「ま、いいから、うつ伏せにおなりというに……」

と答えはしたものの、この上にもてあそばれてはとてもたまらないと、お竹は思った。

(でも、仕方がない。この旦那は、私に一両もはずんで下すったんだもの)

観念をして、お竹はふとんの上にうつ伏せになった。

顔のほうは、目も斜視《すがめ》だし鼻すじもいびつだし、誰が見ても美人だとはいえないが、躰だけは、お竹自身が自慢のものであった。

越後うまれのお竹の肌はぬけるように白くて、男の肌をこちらの肌にとかしこんでしまうほど肌理《きめ》がこまかい。

十九歳の若さが躰のどこにも充実していた。

「ほめるわけじゃないが、お前さん、その肌だけは大切におしよ」

男は、お竹の背中から腰へ長じゅばんをかけてやりながら、そういった。

と思うまもなく、男の手が、お竹の腰を押えた。

「あ……ああ……」

思わず、お竹は嘆声をもらした。

「いい心もちだろう。さ、ゆっくりお眠りよ。私はこう見えても、あんまがうまい。さんざたのしませてくれたお礼に、すっかりもみほごしてあげるからね」

男の指は、たくみに動きまわった。

障子の外は明るかった。

晩春の陽射しが部屋の中の空気を、とろりとゆるませている。

ここは、下谷池ノ端仲町にある〔すずき〕という水茶屋だ。女主人のおろくというのは六十にもなるのに茶屋商売兼業で金貸しをやり、そのほかにも手をひろげ、金もうけになることならなんでもやろうという婆さんなのだ。

客をとる女に、そっと場所を提供するのも、なんでもやろうのうちの一つに入っているわけであった。

享和三年のそのころ、江戸市中には公娼のほかに、種々雑多な私娼が諸方にむらがり、奉行所の手にあまるほどの盛況をしめしていた。女あそびをするのなら公認を得ている新吉原をはじめ、いくつかの廓《くるわ》へ行けばよいのだが、もっと安直に遊ぼうというためには、私娼のいる岡場所へ出かけて行かねばならない。

そのほかに、お竹のような女が客をとる仕組みもあった。

つまり、客商売で肌を荒らしてはいない素人《しろうと》女が、生計のために、ときたま客をとる。客もまたこれをよろこぶのである。したがって金もかかるが、客は、水仕事に荒れた手をしているくせに肌身は新鮮な女にひかれて後を絶たない。私娼に対する奉行所の監視はきびしいものだし、捕《つか》まったら最後ただではすまない。

しかし、誰にも知られず気のむいたときに出て行って、客をとる自由さが、それを必要とする女たちにはなによりのことで、病気の亭主をかかえた女房が、昼間にそっと春を売ることもあった。

お竹は、浅草阿部川町の飯屋〔ふきぬけや〕の主人の世話で、客をとるようになった。

〔ふきぬけや〕と〔すずき〕の婆さんとは密接な連絡がたもたれていて、お竹は飯屋の主人の呼び出しをうけ、気がむいたなら、そっと仲町の水茶屋へ出かけて客を待つという仕組みなのである。

お竹が客をとるようになったのは、去年の十二月からであった。

ふだんは、手伝いのかたちで〔ふきぬけや〕の女中をしているのである。飯屋の女中でも生きて行けないことはないのだが、お竹には別にのぞみがあった。

人なみに嫁入りをするということなどは、すでにあきらめてしまっているお竹だ。

それには、あきらめざるをえないような事がらが彼女の身の上に起きたからである。

それにしても、こんな客は、はじめてであった。

武州・川越の大きな商家の旦那で、ときどき江戸へ出てくるのだというが、昼遊びで二分というきまりを一両も出して遊んだあとで女をあんましようという変った旦那なのである。

「若いうちはいいなあ。どうだい、躰中のどこもかしこも、こりこりしているじゃないか」

川越の旦那は、そんなことをつぶやきながら、あきることなくあんまをつづけるのだ。

「もう、けっこうです。それじゃ、あたしが困ります」

お竹がたまりかねて起きあがろうとすると、

「いいさ。こんなに見事な躰をもませてもらうのもこれが最後かもしれない」

「え……?」

「なに、こっちのことだよ」

「もう来ては下さらないんですか？」

いい客だと思うから、お竹も精いっぱいの愛嬌《あいきよう》を見せてきくと、

「たぶんねえ」

川越の旦那は、ためいきをついて、

「どうも商売が急に忙しくなりそうなので、しばらくは江戸へも来られないよ」という。

もまれているうちに、お竹は睡《ねむ》くなった。

肩から背すじへ、そして腰へと、旦那の指にもみほぐされると、あんまなどに一度もかかったことのないお竹の若い躰もくたくたにこころよくなり、ついつい眠りこんでしまった。

はっと目がさめた。

川越の旦那はいなかった。

夕暮れの気配が、灰色に沈んだ障子の色に、はっきりと見てとれる。

「あら……」

あわてて躰を起しかけ、お竹は「あ」といった。

はちきれそうな乳房の谷間へ手ぬぐいに包んだ小判が差しこまれていたのである。

二十両あった。

川越の旦那がくれたものに違いないと、お竹は思った。小判を包んだ手ぬぐいに見おぼえがあったからである。

「まあ……」

そのとき、お竹は身ぶるいをした。

(これで、私も、商売ができる……)

水茶屋を出るとき、〔すずき〕の婆さんはお竹の取り分として一両のうち二分しかよこさなかったが、お竹にとって、そんなことは、もう問題ではなかったといえよう。

二

お竹は、越後の津川にうまれた。

うまれたとき、すでに父親は死んでいたという不幸な生いたちであった。母親は津川の実家へもどって来てお竹をうんだのだ。

津川は、新潟と会津若松の中間にあって往来交易のさかんな宿駅だが、お竹の母親の実家は小さな商人であった。

お竹が六歳の夏に母親が病死をすると、子だくさんの伯父夫婦はお竹を邪魔にしはじめた。

江戸からやって来る旅商人の口ぞえで、お竹が江戸へ連れて行かれ、本所元町の醬油酢問屋・金屋伊右衛門方へ下女奉公に出たのは彼女が九歳の春であったという。

主人の伊右衛門は養子で、帳場でそろばんをはじくよりも書画や雑俳《ざっぱい》に凝《こ》るといった人がらだものだから、商売は一手に女房のおこうが切りまわしていた。

よいあんばいに、お竹は、この男まさりのお上《かみ》さんから可愛がられ、

「行先のことを心配おしでない。私がいいようにしてあげるからね」

と、おこうはお竹を手もとにおいて使ってくれ、ひまがあれば手習いや針仕事、そろばんのあつかい方までおぼえるように、念を入れてくれたものだ。

（こんなに、私はしあわせでいいのかしら……）

越後の伯父の家での陰々《いんいん》とした幼女のころの暮しを思うにつけ、お竹は今の

自分が享受《きょうじゅ》しているものを、むしろ、そらおそろしく思った。

十四か五の彼女が、行手の不幸をおぼろげながらにも感じていたのは、やはりうまれ落ちたときからの苦労が身にしみついていたからであろう。

（このままではなんだかすまないような気がする。このまま、私が、しあわせになって行けるほど世の中はうまくできちゃあいない……）

そのとおりになった。

寛政十年の夏のさかりに、お上《かみ》さんのおこうが急死をしてしまったのである。いまでいう脳溢血《のういっけつ》であったようだ。

お竹は、このとき十四歳であった。

以後、金屋の商売は、まったくふるわなくなった。

お上さんでもっていた店であるだけに、おとろえ方も早く、主人の伊右衛門は女房に死なれて、ただもう、おろおろと何事にも番頭まかせにしておいたものだから、店を閉《し》めなくてはならぬようになるまで一年とはかからなかった。

伊右衛門は、一人息子の伊太郎と下女のお竹と老僕の善助をつれ、深川亀嶋町の裏長屋へ引き移ることになった。

半年もして、本所の店が商売をはじめたと思ったら、なんと大番頭の久五郎が主人におさまっているのだ。

くやしがったが、どうにもならない。久五郎は、法的にも遺漏《いろう》のないように店を乗っ取ったのである。

とにかく、なんとかしなくてはならない。

伊右衛門は五十にもならないくせに愚痴《ぐち》ばかりこぼしていて、朝からふとんをかぶり、夜もかぶりつづけているといった工合だから、十五になる伊太郎にのぞみをかけ、老僕の善助とお竹が働くことになった。

二人は、子供のおもちゃにする巻藁《まきわら》人形を売って歩きはじめた。雨がふらぬかぎりは諸方の盛り場や縁日をまわって、はじめのうちは五十文そこそこの売りあげであったが、そのうちに二人あわせて日に四、五百文のもうけを得ることができたのである。

三年たった。

お竹は十七歳、伊太郎は十八歳である。

伊太郎は、父親の伊右衛門が病死をした十六の春から堀留町の醤油酢問屋・横田屋五郎吉方で働いていた。

横田屋は同業の関係もあり、かねてから金屋の零落《れいらく》ぶりに同情をよせていたものである。

伊太郎は亡母ゆずりの才気と愛嬌があって、これを横田屋の主人に見こまれた。

「どうだね、伊太郎。お前もいずれは一本立ちになるつもりなのだろうが……いっそのこと、酒屋をやってみないか。ちょうどいい売り据《す》えの店があるのだがね」

と、横田屋五郎吉がいったのは享和二年二月のことであった。

その酒屋の売り店は横田屋のすぐ近くで、売り値は三十両だという。

「とんでもございません。私も十五のときから世の中へ放り出されまして、一《いっ》時《とき》は子供のおもちゃを売り流して稼いだものです。そのとき、ためました金が十両ほどございますが、それでは、とても、とても……」

と、伊太郎は首をふってみせた。

横田屋は、伊太郎がもってきて見せた十両余の金を見て、いよいよ感服したものだ。

「えらいものだ。お前は亡くなったおっ母さんそっくりだよ。それにしても、子供のときから、しがない商いをして、よくこれだけのものをためたものじゃないか」

「へえ……おそれいります」

うつむいて、伊太郎は、そっと指で目がしらを押えたものだ。

十九の若者にしては、まことに隙《すき》のないやつではある。

伊太郎がもっていた金十両は、みんなお竹が稼いだものだ。

「一日も早く、小さな店でもいいから持つようにと、私は、そればかり祈っているんです」

と、お竹は白粉《おしろい》も買わずに伊太郎へ差し出しつづけてきたのだ。

亡くなったお上さんへの〔忠義〕ばかりではない。

すでに、お竹は伊太郎と只ならぬ関係にあったのだ。

一年も前からである。

横田屋に対して、伊太郎は、お竹のことをおくびにも出さなかった。

当然であろう。

少し前に、伊太郎は早くも横田屋の娘で十八になるおりよにも手をつけていたのだ。

すばしこいやつではある。

そのことを知らずに、横田屋五郎吉が、

「どうだい。その十両のほか足りない分は、私が出そうじゃないか。そのかわり、お前にきいてもらいたいことがある。いいえね……実は、お前がよく働いてくれもするし、行く先ひとかどの商人《あきんど》にもなれよう見こみもついたことだし、女房とも相談の上で、ひとつ、うちのおりよをお前にもらってもらいたい、と、こう思うんだが、どうだろうね」

待ってましたと手をたたきたいのをじっと我慢して、伊太郎はあくまでも殊《しゅ》勝《しょう》げに、

「もったいない」

と、いった。

これで万事きまった。

お竹は、のけものにされた。

「女房にする」

と伊太郎もいわなかったのだが、お竹は、そのつもりでいた。

老僕の善助でさえ、そう思っていたのだから、二人がむつみあうありさまは、ごく自然の成行《なりゆき》であったといえよう。

もちろん、そのとき伊太郎もお竹を捨てるつもりではなかったかもしれない。ところが横田屋のおりよというものを見てから、次第に伊太郎の野望が本物になっていったのであろう。

おりよとの婚礼をすましてしまってから、伊太郎が亀嶋町へやって来て、

「私は、お前を女房にするといったつもりはないよ」

と、お竹に釘《くぎ》をさした。

「小さな店だが働くつもりがあるんなら、お前も来てくれていいんだが……」

「けっこうです」

お竹は、表情も変えずに答えた。

そして（ああ……やっぱり、こんなことになってしまった……）と思った。

少し前から、お竹は女らしい直感で、伊太郎の心が自分から離れて行くのを予知していたようなところもある。老僕の善助は、

「これから、お竹ちゃんはどうするのだ、どうするのだ」

と心配をしながらも、伊太郎の店へ行ってしまった。

お竹は、唇をかみしめて耐《た》えた。

阿部川町の居酒屋兼飯屋の〔ふきぬけや〕へ住み込み女中に入ったのは、伊

太郎と別れて三日後のことである。

三

〔ふきぬけや〕の主人に、

「いやなら無理にすすめないがねえ、お前ほどの躰をしていれば、いい儲けになるのだが……」

こうもちかけられたとき、それまでは虚脱状態にあったお竹の脳裡《のうり》に、

(どっちみち身より一つないんだもの。なんとか女ひとりで食べて行けるようにならなけりゃ……)

と、この考えがぱっと浮かんだ。

むかし、金屋のお上《かみ》さんが女手ひとつに店を切りまわしていたように、

(私だって、できないことはない)

金をためて、どんな小さな商売でもいいからやってみたい。それができたなら、大手をふって世の中を渡れよう。

また、ぱっとひらめいたものがある。

った。

(私、蕎麦《そば》屋をやってみたい)

前に、巻藁人形を売って歩いていたころ、お竹には只ひとつのたのしみがあった。

お竹は主人父子を養うために差し出す稼ぎのうちから、少しずつためこんでおいて、三月に一度だけ上野の仁王門前にある〔無極庵《むきょくあん》〕という蕎麦屋で、鴨南ばんか天ぷらそばをおごるのが唯一の生きがいであった。

天ぷらそばは、このころから蕎麦屋であつかうようになったもので、貝柱のかきあげがぎらぎらとあぶらを熱い汁にうかせているのをすすりこむとき、お竹は、まるで天国へでものぼったような心地がしたものである。

十五か六の少女が、ひどい貧乏ぐらしに耐えて主人父子につくしているといった境涯《きょうがい》だったのだから、無理もない。

伊太郎の愛? をうけるようになってから、二人して〔無極庵〕に出かけたこともある。

あぶらっこい天ぷらもよかったが、そのあぶらっこさの中からすすりこむ蕎麦の清らかな香りが、お竹はこよなく好きであったのだ。

蕎麦屋の売り店なぞは、探せばいくらでもあった。ひろい江戸の町なのである。

（やってみよう）

お竹は、決心をした。

はじめての客は、浅草の〔ちゃり文《もん》〕とよばれた有名な彫物師《ほりもの》で、三十そこそこのいなせな男だった。

「お竹ちゃんの、この白い肌に牡丹の花を彫ってみてえな」

と、ちゃり文は口ぐせのようにいった。

ちゃり文はあっさりとした遊び方をして、水茶屋の婆さんへわたす金のほかに、かならず、お竹へいくらかのものをおいていってくれた。

「お前の肌てえものは、こりゃ大へんなものだぜ。こんな肌をしている女には、なかなかぶつからねえもんだ。大切にしなくちゃいけねえ」

ちゃり文が、そういうと、お竹は、

「でも、もうお嫁さんになれるわけのもんでもなし……だって、私の顔見てごらんなさいな。どうみたって……」

「どうみたって？　なんだ」

「お、た、ふ、く」

「ばかをいえ。好きな男ができたら、そいつの前で素っ裸になってみねえ。少しましな男なら見のがすはずはねえ、とびついてくらあな。おれだって、八人の子もちで二人の女房をもっているのでなかったら、まっさきに名乗りをあげるぜ」

とにかく、ちゃり文の親方は、お竹にとってはいい客であった。

このほかに二人ほどお竹でなければならぬという客がある。

みんなやさしい連中ばかりであったから、お竹の心も躰も客をとるわりには荒れなかった。

もっとも、客をとるのは月のうち四、五度ほどで、それ以上はつつしんだ。

〔ふきぬけや〕で働くほかの女中の手前もある。

客をとりはじめて、まだ半年にもならないのだから、お竹のためた金は三両そこそこであった。

蕎麦の売り店を買うためには、どうしても二十両から三十両はかかる。

いいかげんにためいきも出ていたところへ、毛むくじゃらで、あんまの上手な川越の旦那が、躰をもみほぐしてくれたあげく、ぽんと二十両もおいて行ってくれたのだ。

それからもう、お竹は客をとらなかった。

四

浅草駒形の唐がらし横町に住む彫物師ちゃり文《もん》の家を、お竹がおとずれたのは、翌文化元年春のことであった。

およそ一年ぶりで、お竹の顔を見たのだが、なつかしさよりも先にちゃり文は大あわてになった。

「い、いけねえよ、お竹ちゃん。こんなところへ来ちゃ、いけねえ」

家に女房がいたので、ちゃり文は狼狽《ろうばい》しきっている。よほど女房には頭が上がらないことをしつづけてきたに違いなかった。

「親方。そうじゃあないんです」

「な、なにがよ」

「お、親方にお願いがあるんです」

「なんだ?」

その願いというものをきいたとき、さすがのちゃり文もびっくりしたが、

「そこまで決心をしたのなら……ま、やってみねえ」

こころよく引きうけてくれた。

その日から三か月、お竹は一日おきほどに、ちゃり文の家へかよいつめた。

夏がきた。

そろそろ、梅雨もあがろうかという或る日に、お竹は、上野仁王門前の蕎麦屋〔無極庵〕をおとずれ、主人の瀬平に相談をもちかけた。

瀬平は、お竹が巻藁《まきわら》人形を売っていたころに蕎麦を食べにきたこともよくおぼえているし、このところしばらく見えなかったので、

「あの働きものの娘《こ》はどうしたんだろう」

気にもかけていたところであった。

「もう一年も前に、その春木町の蕎麦屋の売り据えを買って、商売をはじめてみたんですけど、場所も悪いし、前にいたのをそのまま雇《やと》った職人の腕もまずいんです。いえ、人がらは実直な男なんですが、そばつくりの修業が足りていません。でも、私はなんとしてもやってみたいんです、やりぬいてみたいんです」

お竹は必死であった。

〔無極庵〕の職人を貸してもらえないかというのである。

うじうじと思案をかさねる前に、このごろのお竹は行動をはじめるというくせがついた。

のるかそるかというとき、思いつめた人間が逆境をはねのけようとする懸命さのあらわれである。

「私も、これからは自分で出前持ちをやろうと思うんです、旦那……馬鹿な女だとお思いかもしれませんが、まあ、見て下さいまし」

地味な、もめんの単衣《ひとえ》の肌を、お竹がぱっとぬいだ。

そこは店先ではなく、主人夫婦の居間の中であったが、主人の瀬平も女房のおりきも、思わず「あっ……」と声をあげたものである。

帯から下は見るべくもないが、むっちりと張った左の乳房に鉞《まさかり》をかついだ金太郎のまっ赤な顔が彫《ほ》りこめられ、金太郎の無邪気につきだした口が、いまや、お竹の乳くびを吸おうとしている図柄であった。

おそらく金太郎の全身は、お竹の下腹から背中にかけて彫りつけられているものと見えた。

つまり、お竹の左半身に彫ものの金太郎がだきついているという趣向《しゅこう》なのである。

「うーむ……」

うなり声をあげたきり、瀬平夫婦は目を白黒させている。

さすがに、江戸でも名うての彫師とうたわれた〔ちゃり文〕の仕事であった。筋彫《すじぼり》という手のこんだ技巧を要するやり方で朱入り、金入りという見るからに燦然《さんぜん》たるものだ。

「お、お前さん、若い身そらで、肌をよごして、どうなさるおつもりなのだ」

しまいには、瀬平もがたがたとふるえはじめた。

気のつよい男でも、これだけの彫ものをするための痛みには耐えられない。しかも女の胸と腹のやわらかい肌身が、よくもこらえぬいたものである。

二十《はたち》そこそこのお竹が、このような躰をしていると知って、主人夫婦は、なにか、とんでもない言いがかりをつけられるのではないかと恐れたのである。

「ごめん下さいまし」

と、すぐにお竹は肌を入れた。

「これは客よせの彫ものなんでございます」

「なんだって……」

「もろ肌をぬいで、私は店でも働き、外へ出前にも出るつもりなんでございます」

あっけにとられている瀬平に、お竹は、

「まず、おききなすって下さいまし」

うまれてからこの方の身の上を少しも包みかくさず、淡々と、しかも誠意を面《おもて》にあらわしつつ、お竹は語った。

「なんと申しましても場所が悪く、いずれは表通りへ出たいと思っていますけれど、いまの私には、これで精いっぱいのところなんです。なんとかしてお客を寄せなくちゃあいけない、ここでくじけてしまっては、張りつめてきた心がぽっきり折れて、もう自分がどうにもならない女になってしまう、そんな気がするんでございます」

そのころの江戸は、まさに爛熟《らんじゅく》の頂点にあった。

天明、寛政、享和、文化……とつづいた十一代将軍・家斉《いえなり》の時代である。

物資が江戸に集中し、経済の動きもこれにしたがって派手一方になる。

江戸市民の衣食住から娯楽にいたるまで、とおりいっぺんのものでは満足できないといったぜいたくさが、たとえば商家の女中にまで及んでいたのだ。

こういう世の中であるから、営業不振で店じまいをした蕎麦屋をお竹のような若い女が買いとっても、どうにもなるものではない。

覚悟はしていたことだが、お竹の若さがそれを押しきろうとしたまでである。

仕込んだ材料が残り余る日々がつづいて、出前の小僧も逃げ出し、由松という蕎麦職人と二人きりになったとき、

(そうだ……)

きらりと、お竹の脳裡にひらめいたのは、前に客をとっていたときのなじみの〔ちゃり文〕のことであった。

「お竹ちゃんの肌に、思いきり彫ってみてえ」

ともらした、その言葉を、お竹は突然に思いうかべたのである。

それがいいことか悪いことかを考えるよりも先に、お竹は浅草のちゃり文の家へ駈け出したのだ。

「私がこんな大それたことをして、たとえお客がきてくれても、いちばん大切なのは蕎麦の味なんです。いま私のところにいる由松というのは、不器用ですが教えこめばおぼえられるだけの、まじめさをもっている男なんです。それで、あつかましいとは存じながら、こうして……」

「わかりました」

と、〔無極庵〕の主人がいった。

「けれど、お前さん。肌の彫ものを客寄せにつかうことは、いつまでもやっていちゃあいけない。客が来て、味をおぼえて、また来てくれる。それが食べものやの本道だ。店の中も口に入れるものも、小ぎれいで、おいしくて、その上に、店をやるものの親切が、つまりまごころてえものが食べるものにも、もてなしにも、こもっていなくちゃあ、客は来ないよ」

「はい」

「よござんす。腕のいい職人を一人、貸してあげましょう。ただし、三月《みつき》をかぎってだよ。その三月の間に、お前さん、お客をつかんで離さないようにするのだ。そして三月たったら肌の彫ものも見せちゃあいけない。これだけのことを約束してくれるなら、相談にのってあげましょう」

「あ、ありがとうございます」

といったとたんに、お竹は、のめるように伏し倒れた。永い間の緊張の持続が一度にゆるんだからであろう。

五

お竹の捨て身の所業《わざ》は、見事に効を奏した。〔無極庵〕が貸してくれた職人は中年の男で房次郎といったが、無口のくせにすることは親切であり、由松を教えこみつつ、客に出す蕎麦の味を一変せしめた。

しかし、なによりも春木町かいわいで大評判になったのは、もろ肌をぬぎ、金太郎の彫ものを躍動させつつ、蕎麦を運ぶお竹の異様な姿である。

白粉もぬらず紅もささず、雪白の肌に汗をにじませ、ひっつめ髪に鉢巻きまでして懸命にはたらく彼女には、なにか一種の威厳さえもにじみでていた。

外へ、肌ぬぎのまま出前に出ても、警吏に捕まるようなことがなかったという。

後年の天保改革が行われるまでの江戸市中は、こうした所業に寛大であったし、ことに、お竹のすることを見ていると、まるで女だか男だか、一種異様な生きものの、すさまじいばかりの意気ごみを感ずるのが先で、いささかの猥褻《わいせつ》さも人々はおぼえなかった。

本郷の無頼漢どもでさえ、道で、出前のお竹に出会うと、こそこそと姿をかくしたということだ。

たちまち、お竹の店は割れ返るような盛況となった。三か月で、お竹はぴたりと肌をおさめた。

しかし、客足は絶えなかった。


それから約一年たった。

すなわち文化二年六月二十七日である。

この日……。

かねてから江戸市中でも大評判になっていた大泥棒、鬼坊主清吉の処刑がおこなわれた。

鬼坊主は乾分《こぶん》の入墨吉五郎と左官条《くめ》次郎の二人とともに伝馬町の牢獄から引き出され、市中を引きまわしの上、品川の刑場で磔《はりつけ》になるのである。

泥棒三人は、そろいの縞《しま》の単衣《ひとえ》の仕立ておろしを身につけ、これもそろいの白地へ矢絣《やがすり》の三尺をしめ、本縄をかけられたまま馬にのせられ、江戸市中目ぬきの場所をえらんで引きまわされた。

三人の罪状をしるした紙幟《かみのぼり》と捨て札を非人二人が高々とかかげ、警固の捕吏や役人が三十人ほど列をつくった。

なにしろ、はりつけになるというのに、鬼坊主の清吉は辞世までよんだやつだ。

筋肉たくましい躰を悠々と馬の背におき、にたりにたりと不敵な笑いをもらしつつ引きまわされて行く。

「なるほど、さすがは音にきこえた大泥棒よなあ」

「てえしたもんだ、目の色も変らねえ」

などと、沿道にむらがる野次馬どもは大へんな騒ぎである。

引きまわしの途中で、何度か休止があった。

このときは泥棒三人も馬からおろされ、水なり食べものなり、ほしいものをあたえてもらえる。

この休止のたびに、鬼坊主は辞世の歌を高らかに叫ぶ。

武蔵野に名ははびこりし鬼あざみ
今日の暑さに少し萎《しお》れる

というのが、辞世であった。

しゃれた泥棒もいたものだが、このため、群集が鬼坊主へかける熱狂は、すさまじいばかりのものとなった。

いよいよ、これが品川刑場へ向う最後の休みというときに、鬼坊主清吉は乾分の二人に向い、

「いよいよ、もうおしめえだな」

にやりといった。

「へえ」

左官粂も入墨吉も度胸はいい。いや、少なくともいいところを見せて、

「人の一生というものなあ、短けえもんでござんすね」

いっぱしのことをいう。

「ふむ。お前たち、この期《ご》におよんで、いちばん先に頭へうかぶのはなんだ？」

「そりゃ親分、女でさあ」

乾分二人、口をそろえていった。

「そうか」

鬼坊主もうなずき、

「みっともねえが、実は、おれもそうなのさ。ほれ、いつか話したことのある……」

「あ、池ノ端の水茶屋で買った肌の白い女のことで？」

「うむ。あれだけの肌をもった女は、おれもはじめてだった。あんな味のする肌をしゃぶったことはねえ。あんまり男みょうりにつきる思いをさせてもらったので、おれはな、財布の中の二十両をぽんとくれてやったものだ」

「しかも、あんまでしてやったとか……」

と左官粂がいうと、入墨吉も、

「これで親分も存外あめえところもあったのだなあ」

三人、声をそろえて笑った。

死ぬことへの恐怖をなんとかしてその直前まで忘れていようという必死の努力だったともいえよう。

そのころ、本郷春木町のお竹の店では、

「なにしろ大へんなにぎわいだといいますよ、お上さん。そりゃそうだ。鬼坊主がやった悪さの数は、とても数えきれないといいますからね」

〔無極庵〕ゆずりの天ぷらをあげながら、由松がお竹にいった。

お竹は、ふふんと鼻で笑った。

「くだらない泥棒のお仕置きなんぞを見物しているひまが私たちにあるものかね」

「そりゃあ、そうですね」

由松は甲州石和《いさわ》のうまれで二十二歳になる。

前の店では三人いた職人のうち、いちばん下ではたらいていたものだ。

〔無極庵〕の房次郎に仕込まれて、いまの由松は見ちがえるばかりの蕎麦職人となっている。

若い職人一人と出前の小僧を一人、店でつかう小女を一人と合せて三人をやとい入れたが、むろんお竹は出前にも出るし、店でもはたらく。

肌をおさめても、お竹の懸命な経営ぶりに、もうすっかり客足がかたまっているのだ。

麻の夏のれんに〔金太郎蕎麦〕と紺で染めたのを店先にかかげ、お竹は、汗みずくになって昼も夜もはたらきつづけている。

注文を通す少女の声がつづけざまにきこえた。

それに返事をあたえながら、お竹が由松にいった。

「それにしても、川越の旦那に一目会いたい。あれから二度、川越へ出かけてたずねてみたんだが、かいもく見当もつきゃあしないんだもの」

「お察しします」

「なにしろ、私がここまでたどりつけたのも、元はといえば、みんな川越の旦那のおかげなんだものねえ」

しんみりといって、お竹は、うどん粉をといた鉢へ貝柱と三ッ葉をいれてかきまぜながら、

「由さん」

「へえ」

「お前さん。私が好きかえ？　好いてくれているらしいねえ」

由松は、まっ赤になり、あわてて蕎麦を切り出したが、その拍子に親指へ包丁をあててしまい、

「痛い！」

と叫んだ。

狂歌師

平岩弓枝

平岩弓枝（ひらいわ　ゆみえ）
一九三二（昭和七）年、東京都生まれ。日本女子大学文学部卒業。五九年、「鏨師」で直木賞、新鷹会賞、九〇年、『花影の花』で吉川英治文学賞、九八年、菊池寛賞を受賞。「御宿かわせみ」「はやぶさ新八御用帳」などの人気シリーズ、『お夏清十郎』『五人女捕物くらべ』『水鳥の関』『妖怪』など著書多数。

一

主人も、客も酔いの色は既に濃かった。

酒になってまだ小半刻《こはんとき》にもならないが、席はかなり乱れている。招いた相手が新吉原《しんよしわら》、京町の大文字屋の亭主で、招かれた場所が彼の新鳥越《しんとりごえ》にある寮であった。席を取り持っている女たちはいずれも野暮に化粧《けわ》ってはいるが、無論、堅気ではない。華やかな嬌声《きようせい》と巧みなとりなしで客を遊びの気分に誘うのは極めて容易であった。

絃《げん》が鳴り、また一しきり歌になった。

楠木白根《くすのきしらね》は盃《さかずき》を苦く唇に嚙《か》んで、もう何度目かの視線をちらと床の間へ向けた。その度に不快が眼の底に浮く。

床の間に掛けてあるのは一幅の軸であった。充分に金のかかった、そのくせちょっと見にはさりげなく表装されている。狂歌であった。

全盛の君あればこそ　このさとは

花もよし原　月もよし原

「曙 夢彦《あけぼののゆめひこ》」と筆にまかせた墨の枯れ具合も見事である。書いた人間の得意と満悦ぶりが行間に躍っているようだと、白根は感じた。

この一首の狂歌が日本橋本石町《ほんこくちょう》の料亭「江戸善」の次男坊にすぎない三十五歳の直次郎を俄《にわ》かに江戸随一の狂歌師「曙夢彦」として世上に広く喧伝《けんでん》せしめたものだ。商売気のある大文字屋の主人は、軸に仕立てたそれを麗々しく見世の大広間に飾りつけ、また、それを見るために登楼する客が引きも切らないという噂は、白根の耳にも入っていた。

そうした曰《いわ》くのある軸をわざわざ寮へ運ばせて今日の狂歌会の席へ持ち出して来た大文字屋の見えすいた量見にも腹が立った。

（まるで、今日の主賓は曙夢彦だといわんばかりではないか……）

直次郎も直次郎だと思う。評判になった己れの軸の前で、得々と狂歌を吟じ、酒を喰《く》らう。

（先輩の俺を差しおいて、よくも傍若無人に振舞えるものだ……）

目のすみで見た。大文字屋夫妻にかしずかれ、女たちに囲まれた直次郎は浅黒い横顔を仰向けて声高に笑っていた。白地の蚊絣《かがすり》に献上の帯というくだけた姿に、若々しいがゆったりした貫禄《かんろく》が備って見える。歴とした暮臣とは言っても、内職に箸《はし》けずりをしなければならないような七十俵五人扶持《ぶち》の貧乏御家人《ごけにん》とは身なりからして段違いだ。白根は無意識に自分の垢《あか》じみた袖口《そでぐち》に目を落した。

廊下に足音が続いた。遅れて来た客であった。夫婦連れである。

「これは、手前どもと同業の、新吉原五明楼主人、鈴木宇左衛門どのと家内にござります。よろしくお引き廻《まわ》しの程を……」

大文字屋が一座へ改った紹介をした。一座といっても十人ばかりの客の大半は狂歌を愛好する新吉原の妓楼《ぎろう》の主人たちで、遅れて来た客と初対面なのは師匠格で招《よ》ばれた直次郎、楠木白根、朱楽菅江《あけらかんこう》夫妻くらいのものである。この中、侍分なのは白根と菅江だけであった。

五明楼の主人はまず直次郎に丁寧な挨拶《あいさつ》をしてから席の順で朱楽菅江の前に手を突いた。狂名を朱楽菅江と称する山崎郷助は西丸《にしのまる》の御先手与力《おさきてよりき》を勤め、少身ながら歴とした士分である。にもかかわらず性来、磊落《らいらく》で好人物の彼には武ばった所が少しもなく、でっぷりした体軀《たいく》と同様に人柄にも角がなかった。固苦しい礼儀は自分もせず、人にも好まない。酔ってもいた。脇息《きょうそく》に重たげな軀《からだ》をもたせかけ、うっとうしげに手だけ振った。

「我は大海に棲《す》める猩々《しょうじょう》……かくの如く大酔仕《たいすいつかまつ》って候《そうら》えば、辞儀《じぎ》は無用。平《ひら》に御無用」

おどけた言葉の舌がもつれて一座に笑いを呼んだ。

「これは……これは……」

と五明楼の主人もつい破顔してそのまま自分の席へ戻った。故意か、偶然か、一番上席に座っている楠木白根に対する挨拶は、省かれてしまったのだ。白根の眉《まゆ》が神経質に歪《ゆが》んだ。

「それはもう、夢彦先生のお噂はかねがね仲間内の者から伺ってはおりましたが、なんにしてもじかにお目にかかってお弟子の端に加えて頂くまでは安心がならないと、家内共々、無躾《ぶしつけ》に参上致しましたようなわけで……」

追従笑いを合いの手に入れながら、五明楼主は懐中から半紙をとじた一冊を抜き出した。自作の狂歌がぎっしりと並んでいる。受け取った直次郎はぱらぱらとめくって、

「ほう、これはなかなか……」

如才のない笑顔で応じた。図に乗った相手は更に狎々《なれなれ》しく膝《ひざ》を進めた。

「つきましては先生、お初にお目見得《めみえ》申した記念に、手前どもに何ぞ相応《ふさわ》しい狂名をおつけ願いたいもので……」

直次郎はそれにも微笑をもってうなずいた。脇息を細い指の腹で軽く叩《たた》きながら、しばし目を閉じて、

「五明楼御主人には棟上高見《むねあげのたかみ》、御内儀《ごないぎ》どのには赤《あか》しみの衣紋《えもん》、と……どんなものかな、そんなところでは……」

すらすらと命名した。そんな事にもうすっかり馴《な》れ切った態度である。

「流石《さすが》は夢彦先生……」

「いや、どうも結構な名を頂きまして……」

一座の派手な反応ぶりを見ると、白根はたまりかねて席を立った。誰も後に従いて来る者はない。幸いなようでそれも腹立たしかった。直次郎の場合なら、手洗いにまで女が大仰に付き添って行った。

飛石伝いに庭へ下りる。狭いが数寄《すき》を凝らした造りであった。月明りに見る木にも草にも人為が窺《うかが》われる。軒には洒落《しやれ》た唐風の釣り燈籠《どうろう》が下っている。も

ともと大文字屋が金に飽かせて造った別宅だったし、普段は青楼の太夫《たゆう》格の遊女の気保養などに利用されもしたが、たまさかは日頃、贔屓《ひいき》を受けている札差《ふださし》などが出入りの蔵屋敷の役人たちを密《ひそ》かに饗応《きょうおう》するような、かくれ遊びの場所にも使われる。普請が贅沢《ぜいたく》なのはそのためでもあった。享保《きょうほう》以後、大名の吉原通いが表向きには遠慮されそれに習って侍も大っぴらに大門をくぐりにくくなってから、名の通った新吉原の見世は、大抵こうした寮を新鳥越や根岸辺りに用意していたものだ。

(素町人の……それも遊女屋の亭主の分際で……)

ふと、荒れ放題な我が邸《やしき》の庭が思われる。邸というのも気恥かしい程な三間ばかりの御家人長屋である。木口の端々にまで贅をつくして逍遥亭《しょうようてい》と気取ったこの寮と比較のしようもない。惨めな想いが白根の胸をかすめた。だが、

「だからと言って武士の矜持《きょうじ》を忘れてたまるものか……」

と思う。

離れの方からはひっきりなしの笑声が流れていた。その中には聞き憶《おぼ》えのある直次郎の少し甲高い調子も混っている。

(直次郎の奴、まるで幇間《ほうかん》のような……)

暗がりの中で白根は嫌悪を顔中に漲《みなぎ》らした。金持町人に媚《こ》びて己れの狂歌を売り込み、先生、先生とちやほやされて収まりかえっている。

(狂歌師にあるまじき量見だ)

たかが一首や二首の狂歌が評判になったからと言って、あの傲慢《ごうまん》さはなんだ。俺の前で一人前の狂歌師面をするさえ不遜《ふそん》なのだ。

(大体、あいつに狂歌というものの眼を開いてやったのは俺ではないか……)

唾《つば》でも吐きかねない表情になった。潔癖で融通のきかない男である。身分は朱楽菅江と同じく御目見得以下の微禄者だが侍という意識は極めて強い。従って父祖代々の侍の家に生れながら、まるっきり町人的な性格で格式や身分にこだわらない朱楽菅江とは対照的であった。直次郎に対しても、とかく町人と武士の差別をことごとに露骨にする。しかも、狂歌師としての自信は自ら第一人者と気負ってもいる。

理由のない事ではない。

狂名、楠木白根こと小島源之助が狂歌に志したのは宝暦《ほうれき》十二年頃、彼が二十歳の年齢からであり、明和《めいわ》四年二十五歳の時には「臨期応変約恋」という題で詠《よ》んだ「今さらに雲の下帯ひきしめて、月のさわりの空ごとぞうき」という一首が、師の内山賀邸から称讃《しようさん》を受けて以来、狂歌には並々ならぬ力の入れようをしめして来た。

元来、滑稽《こつけい》な着想、もしくは言語上の諧謔《かいぎやく》を歌った短歌は既に万葉、古今に源を発しているが、狂歌という名称が用いられるようになったのは鎌倉以後の事である。当時、行われた落首や歌会の余興に作った俳諧歌《はいかいか》がそれであった。江戸初期には細川幽斎《ほそかわゆうさい》、烏丸光広《からすまるみつひろ》、木下長嘯子《きのしたちようしようし》らが狂歌を詠んだが、近世狂歌の祖といわれる松永貞徳《まつながていとく》が出るに及んで次第に上方《かみがた》から江戸へと蔓延《まんえん》しつつあった。

しかしながら、楠木白根が興味を覚えた頃の狂歌は俗気と気取りの強い、技巧がわざとらしく、間のびのした、文学意識の非常に低いものであった。そうした膠着《こうちやく》状態の狂歌に新風を吹きこみ、とにかく一応の文芸的評価を与えるには、学者としての白根の力がかなり働いていたのは事実である。

その白根の熱意が明和六年に初めて自宅で狂歌の会を催す企てとなり、かねて和歌の方での同門であった直次郎が彼の誘いをうけて狂歌の世界を覗《のぞ》いたのが、この折からである。その上、直次郎が狂名の「曙夢彦」として狂歌に本腰を入れたのはそれから十余年も後の事であり、この春、例の「花もよし原、月もよし原」の一首で世上の評判になる以前は、門人の数に於《お》いても、名声でも、楠木白根とは全く比較にならぬ存在であった。

だから彼にとって直次郎如きは「新参の駆け出し狂歌師」にすぎなかったし、「曙夢彦がなんだ」

という気持は常に心の奥底で燻《くすぶ》っていたに違いない。曙夢彦の評判が高くなればなる程、その燻りは執拗《しつよう》に燃え続け、たまたま今日の狂歌会の席上で発火点に達したものだ。

「奴の狂歌がどれほどのものだというのだ。その場かぎりの戯《ざ》れ口に過ぎんではないか。無智な町人共だからそれで済むのだ。風雅の友にそれが通ると思ったら大間違いだぞ」

白根はせせら笑った。それにしても面白くない。大勢の取り巻き連中に囲まれて追従に思い上った風な直次郎の態度がまだ生ま生ましく眼に残っていた。

忌々し気に扇子を手荒く動かした。

「いくら学問好きかは知らないが所詮《しょせん》は料理屋の小悴《こせがれ》だ。うぬぼれも大概にするがいい」

ふと、背後に甘い匂いが止った。

「白根先生、酔いざましでありんすか……」

張りのある女の声は大文字屋の抱えできてうという。格子女郎だが器量でも才気でも筆頭と噂される派手な存在である。髪も着つけも今日はすっぱり素人の女房めかして装っているが、笑みを含んだ口許《くちもと》からこぼれるお歯黒といい、江戸小紋の衿足《えりあし》から覗《のぞ》く肌襦袢《はだじゅばん》の紅といい、やはり格別の艶《つや》っぽさがある。

「ま、ひどい藪蚊《やぶか》……」

五代目団十郎の似顔絵を描いた団扇《うちわ》を大まかに振って、

「ここら辺りは山家《やまが》故……」

かすかに亦《また》、忍び笑った。白根が圧倒されたように押し黙っていると、きてうは敏感に調子を変えた。

「あちらで何ぞお気に障る事でも……」

探るような眼で見上げて来た。白根は狼狽《ろうばい》した。

はじめて招かれた家の狂歌会で、後輩の人気を妬《ねた》んで腹を立てたとあっては、あまりに大人気ないと思い返されたのだ。そんな心中を遊女風情に見透かされるのはやりきれなかった。

(もっと雅量のある所をみせなければまずい……色里の女などにさげすまれて

たまるものか……）

同じ狂歌師でも侍と町人とでは根本的に風格が違うのだと思い知らせてやりたかった。

白根は強いて機嫌のよい声で応じた。

「いや、なんでもない。ちと涼みがてら庭へ下りたままでの事じゃ。今日は風雅を遊ぶ狂歌の集まり、侍も町人も身分に差別のあるわけもない。些細《ささい》な事で先輩、後輩ときつい目くじら立てるほどの事もあるまい……」

半分はおのれに聞かせる言葉でもあった。

夜の中で、女の眼が冷やかに嗤《わら》ったのにも気づかず、楠木白根は鷹揚《おうよう》に自分から座敷へ戻った。

が、席へ戻るか戻らぬ中に、白根のとりすましは無雑作にひっぺがされた。

「これは楠木先生、漸《ようや》くお戻りか、さてもさても座敷の外の首尾は如何《いかが》にございます」

むせかえるような女の白い顔の間から、直次郎が酔顔朦朧《すいがんもうろう》の声をかけた。その尾について一座がどっと笑う。白根は合点の行かぬ眼をあげた。その顔をまともに指さして、

「あれ御覧《ごろう》ぜよ。白根ぬしのおとぼけぶりよ。団十郎《なりたや》も幸四郎も、はだしで逃げ出すほどの役者ぶりではないかな」

直次郎が笑う。

「なんの事か……」

白根は仕方なげに苦笑を取り繕った。

「ほう。とんと合点が行かぬそうな。しからば語って聞かせ申すべし。それ、女共、三味《しゃみ》、、、、をこちへおこせ」

朱《あか》い鹿《か》の子《こ》の胴掛《どうかけ》のついた三味線をかまえる直次郎へ、

「先生、頼みますぜ」

座敷の隅から馴《な》れた半畳がとんだ。

「心得て候」

生真面目に応じて直次郎は半眼を閉じた。

「頃は天明《てんめい》ふたとせばかり、八月半ばの逍遥亭……」

近頃流行《はや》りの富本節《とみもとぶし》を真似た微吟だが、よく透る喉《のど》であった。不意と調子を乱してちょぼくれに変えた。

「酒宴なかばといいける所に、これにましまず白根先生、なにか目と目に物を言わせて座敷を脱《ぬ》け出す。はて面妖《めんよう》なと窺《うかが》う折しもきてう女郎という花ざかり、御跡慕いて急ぎ行く。してやったりと思えば後は、野となれ山とならばなれかし、ぐいぐい開ける自棄《やけ》の盃《さかずき》、ついは不貞寝《ふてね》の高枕」

チトンシャンとしめた絃《げん》が粋《いき》がって響いた。わっと座が湧く。

「なにを馬鹿な、酔狂にも程がある……」

荒らげた白根の声がひどく野暮ったかった。

「仮にも直参《じきさん》の侍に向って遊女風情と云々《うんぬん》するとはみだりがましい」

白根は血走った眼で慌しく朱楽菅江の姿を求めた。同じく直参の彼が白根の怒りに同調する事を期待してである。

その彼は、脇息《きょうそく》を枕に前後不覚な大鼾《おおいびき》を立てていた。紗《しゃ》に秋草を染めた女物の小袖《こそで》が、肥《ふと》った下半身になんの抵抗もなく掛けられている。白根はやり場のなくなった眼を直次郎へ向けた。

「直次郎。仮にも武士に向って……」

その立腹を歯牙《しが》にもかけず、

「知らぬは我等ばかりなりけり……と、そこで一首」

直次郎は酔った上体を深々と女の膝《ひざ》へもたせかけた儘《まま》、続けた。

「世の中にたえて女のなかりせば
　男の心、のどけからまし……」

お得意の狂歌である。やんやとどよめく一座に白根は蒼白《そうはく》な怒りを叩《たた》きつけた。

「無礼なッ……」

だが、それ以上に適当な言葉も見つからず、白根はがくがく慄《ふる》えながら部屋を出た。流石《さすが》に止めに出ようとする人の気配もあったが、

「よいよい、捨ておけ、去る者は追わずさ」

大きくのびをした直次郎の声が、聞えよがしであった。

二

楠木白根が中心となって編纂《へんさん》にかかっている「狂歌若菜《わかな》集」に曙夢彦と朱楽菅江の作品が故意に削除されるという噂を、直次郎が聞いたのは逍遥亭の狂歌会から十日ばかり後で、場所は牛込《うしごめ》二十騎町《にじっきちょう》にある朱楽菅江の家である。

「至急、相談したい事があるので差支《さしつか》えなくば御来駕《ごらいが》願いたい」

という菅江の使いを受けた直次郎が妻女のお照に迎えられて奥の間へ通ると、

「これはわざわざ呼び立てて……」

待ちかねた風に中腰になった菅江の傍で角帯姿の男が町人髷《まげ》を畳にすりつけた。顔を上げたのを見ると、小柄な割に鼻柱が馬鹿に太い。

「お初にお目にかかります。手前は池《いけ》の端《はた》仲町の青黎閣《せいれいかく》と申す板元《はんもと》の須原屋伊八が番頭、迂平《うへい》と申します」

自分から名乗った。

「ほう、須原屋さんの」

須原屋伊八といえば数多い板元の中でもなかなかのやり手で、しかも手堅い出板ぶりには定評があった。

「いや実は須原屋とは家内が遠縁に当るもので、ちょくちょく行き来もし、番頭さんとも顔馴染《かおなじみ》なのだが……」

口下手《くちべた》にもって廻《まわ》った説明をする菅江の横から、迂平がてきぱきと口をはさんだ。

「他でもございません。夢彦先生も御存じでございましょう、楠木白根先生が此《こ》の度、四谷伊賀町《よつやいがまち》の近江屋《おうみや》から出板なさる狂歌若菜集、あれに夢彦先生とこちらとをお除きなさるというのでございますよ」

「そんな馬鹿《ばか》な……」

直次郎は真顔にならず一笑に付した。

「狂歌若菜集編纂の話は前からなにかと相談を受けています。あれには白根、菅江両先生と私とを中心とした狂歌仲間の作品を寄せ集めて載せる約束で、編纂こそ白根にまかせていますが、私や菅江の狂歌を除外するなどとは……」

「それを白根先生がなさるというのですよ。私共もまさかと思いましたが……」

番頭を膝を進めた。

「決して不確かな噂ではございません。白根先生の御門弟の蛙面坊懸水《あめんぼうけんすい》さんが手前主人にお洩《も》らしになった事で、手前共でも驚きまして早速あちらこちらに手を廻《まわ》して探り、それに間違いはないと分りました所で此方様《こちらさま》へお知らせに参ったのでございますから……ゆめ嘘いつわりではございません」

「しかし……」

直次郎は半信半疑に視線を宙へ迷わせた。

「あちらとは二十年に近い交際だし……」

「白根どのは……なんでもいつぞやの逍遥亭で貴方《あなた》と仲違《なかたが》いした事をひどく根に持っているようだが……」

菅江はちらりと上眼遣いに直次郎を窺った。

「あの晩のことを……」

直次郎の頰を狼狽《ろうばい》がかすめた。

「しかし、あれは酒の上の事ですし、私の酒癖の悪いのはあちらもよく御存じの筈《はず》だし……」

確かに口が過ぎたと、直次郎は酔いが覚めてから後悔していた。図に乗りすぎていたと省みる。が、あくまでも座興であった。まともに取る方が可笑《おか》しいのだ。笑いとばすか、洒落《しゃれ》た受け答えでもしてくれればそれで幕になる話だった。しかし……。直次郎は唇を嚙《か》んだ。

（楠木白根は洒落の通じる男ではなかった……）

それにしても、いわば「当世狂歌師作品集」ともいうべき「狂歌若菜集」から作品を除外されるというのは、何としても不面目な話である。狂歌師として痛手でもあった。と言って今更、楠木白根の許《もと》へ頭を下げて行く気はない。罵《ば》詈雑言《りぞうごん》はむしろ彼の方こそと思う。

「どうしたものでしょう……」

直次郎は当惑げに朱楽菅江を見た。傍杖《そばづえ》を喰《く》った彼が気の毒であった。逍遥亭の夜、食べ酔って眠りこけていた彼に何の罪があろう筈もない。菅江が「狂歌若菜集」から除《の》け者にされた理由といえば、常日頃、直次郎と近しく行き来をしている仲である事に対する白根のこだわりの為に違いない。肥りじしの膝を几帳面《きちょうめん》に揃えて、凋《しお》れかえっている菅江に直次郎は言葉もなくうなだれた。

その時、須原屋の番頭がおもむろに口を挿《はさ》んだ。

「如何《いかが》なものでございましょう。これは手前の存じよりではございますが、この際いっそ夢彦先生と菅江先生が軸におなり下すって、こちらはこちらで別な狂歌集をお出しなさいませんか」

はじかれたように顔を上げた直次郎へ、もみ手をしながら不得要領な笑いを見せた。

「こう申してはなんでございますが、白根先生の方があした無粋な御量見なら、こちら様も黙って手をつかねてお出でなさる事はございますまいて……。もし、こちら様が別な狂歌集を出してもよいお気持なら、他ならぬ先生方の事でございます。手前共でも出来ます限りのお力添えを致したいと、まあ、こんな風に考えておりますようなわけで……」

「すると、須原屋さんが板元になって狂歌若菜集とは別に我々の狂歌集を出そうというのか」

「へえ、ま、口幅ったいようではございますがこう申しますからには須原屋の暖簾《のれん》にかけても近江屋さんの狂歌若菜集にひけを取るような真似は致さない心算《つもり》でございます。どんなものでございましょう。一つ世間をあっといわせるような狂歌集をお書き願えませんか……名にし負う夢彦先生と菅江先生がお揃いなら鬼に金棒と申すものじゃあございませんか」

如才なく勧められて菅江は救われたような顔になった。

「どういうものだろうか……？」

気がねらしく直次郎をふりむいた。

「それはもう……」

実際、渡りに舟の話だと直次郎も思う。しかし……。

「もし、仮に須原屋さんが板元になって狂歌集を出すとしたら、いつの頃の事になるので……」

迂平は待ちかまえた声で応じた。

「そりゃもう、狂歌若菜集と同時に出さなけりゃ面白くございませんよ。確か、あちらさんは明春早々の予定と聞いておりますから、こちらも何とかしてそれに間に合せて頂かなければまずうございますよ。こういう事は例えてみれば博《ばく》打《ち》みたいなもので、二つの狂歌集をはさんで白根先生が勝つか、夢彦先生に軍配が上るか、それで世間はわっと来ます。決して悪いようには致しませんで、よろしくおまかせ願いたいもので……」

直次郎はふと嫌な顔になった。相手の商売根性が癇《かん》に触るのだ。又、行きがかりとは言え「狂歌若菜集」の刊行を知っていながら対抗的な編纂を行う事はやはり気がとがめた。

だが、みすみす断るにはあまりに惜しい話である。狂歌の編纂にも直次郎は自分なりの識見を持っている。食指が動いた。

「ま、素人量見で勝手を申しましたが、先生方には又いろいろとお考えもあり、御相談もございましょう。それでは明日、改めて主人ともどもお願いに参上致します故何卒《なにとぞ》よろしくお頼み申します……」

機を見るに聡《さと》い番頭は馬鹿丁寧な挨拶《あいさつ》をして帰って行った。後は黙然とした差し向いである。蜩《ひぐらし》の声が俄《にわ》かに耳についた。

「どうお考えです。山崎さんは……？」

口を切ったのは直次郎の方であった。年齢《とし》の若さとせっかちな気性が重苦しい対座につい痺《しび》れを切らした。菅江は腫《は》れぼったい瞼《まぶた》を気弱くしばたたいた。

「私はどうでも……貴方次第だから……」

遠慮がちな返事だったが、同時に本音でもあった。和歌をよくし、後には洒落本などを手がけてもいるが、好人物だけが取り柄のような朱楽菅江には学識も機智も乏しく、所詮《しょせん》、狂歌の編纂などには手も足も出ないのだ。相談にも何もなりはしない。直次郎は再びうつむいた。決断も実行も、とにかく自分一人の意志にかかっているのだ。

直次郎は冷えた茶を飲《の》み、腰を上げた。

「ま、考えてみましょう……」

陽は落ちたが明るさはまだ残っていた。

四谷見附《よつやみつけ》へ出た時、直次郎は三人連れの侍とすれ違った。勤番者らしい。木綿のごつい衣服と野暮な大小の差し方が田舎丸出しである。その癖、肩だけは充分にいからして歩いている。隅へ身をよけて道をゆずった形の直次郎をわけもなく睨《ね》めつけて行った。

(笑わしゃあがる。口をききゃあ肥桶《こえおけ》の臭いでもしそうな訛《なま》りがとび出す手合だ。山芋が二本差してるなんざ、とんだ味噌田楽《みそでんがく》だぜ)

肩をすくめて直次郎は呟《つぶや》いた。ふと、楠木白根の蒼黒《あおぐろ》い、頬骨の出た顔が浮んだ。狂歌会では必ず床の間を背負って座る。鞘《さや》も柄糸《つかいと》も存分にくたびれた大刀を傍に、三白眼でじろりと一座を見渡す彼の周囲には、狂歌の洒落や風雅とは全く異質な空気が立ちこめている風であった。堅気の家で催す狂歌会の場合はまだしも、料亭や粋筋《いきすじ》を会場としたらどうにも恰好《かっこう》がつかない。まるで別世界の人間である。酒も一向に面白くもない顔付で飲む。冗談一つ言うわけではない。

逍遥亭の夜の一件にした所で、ついそうした彼の場違いぶりが、骨の髄まで江戸町人の直次郎の癇に触って言わでもがなの悪洒落を吐かせたのかも知れなかった。

(こっちはなにせお侍だ、先輩だと思うから一歩も二歩もゆずっているのだ。それを二言目には素町人が、料理屋の小悴《こせがれ》がと悪態三昧《ざんまい》……その上、手前の狂歌の古くさいのを棚にあげて、ちっと此方《こちら》の評判がいいと妬《ねた》んで意地を突つく。とんだ忠臣蔵の師直《もろのお》さ)

思い始めると直次郎はだんだん腹が立って来た。

(素町人のどこが悪いてんだ。お前さんから扶持米《ふちまい》一粒貰《もら》ったわけじゃなし……狂歌に直参《じきさん》もへちまもあるものか)

たそがれの空へ眼を上げた。淡く星影があった。

(町人だって、料理屋の悴だって、世間様をあっと言わせる狂歌が作れたんじゃないか)

新興の狂歌の世界には家柄も身分もない。大衆は正直であった。面白い狂歌には素直に喝采《かっさい》する。作者が公方《くぼう》様であろうと出来た狂歌が頂けない出来ならふり向きもしない。実力と、そして運が狂歌師の価値を決定する。

(俺の生き甲斐《がい》は狂歌だ……)

犬猫同然の扱いしか受けない町人が侍と同等の土俵で四つに組んで勝負が争える。それが狂歌を中心とした市井の文化サロンである。そこには夢と張りがあった。

(名も欲しい……)

慾《よく》も色気も捨てかねた。血気の年齢でもある。

(やるか……)

声に出して言った。先輩に楯突《たてつ》く心の重さを無理にふり切った。

（もともと売られた喧嘩《けんか》ではないか……）

直次郎は己れの決断力のなさを嗤《わら》いたくなった。

（やるとすれば……楠木白根ごときに負けてなるものか、素町人の土性っ骨を木塵侍《こっぱざむらい》に見せてやるのだ……）

自信はあった。好きで入った文学の世界である。和漢の書には一通りも二通りも目を通していたし、内山賀邸の門下でも博学の聞えは高い。それに生来の才気と勘が寄り添っている。

（そうと定《きま》ったら一刻も早く準備にかからねば……）

出足は遅れているのだ。日限も少い。

直次郎は辻駕籠《つじかご》を探す眼になった。

三

曙夢彦事、直次郎の編に成る「万載《まんざい》狂歌集」は翌天明三年正月、「狂歌若菜集」と同時に世に出た。

万事に抜け目のない須原屋が、かねて白根と直次郎の不和のいきさつを虚実を混ぜて世上に流布しておいたから、前評判は上々であった。

内心、売れ行きをひどく気にしている直次郎の許《もと》へ、連日、須原屋からも、狂歌仲間や門弟連中からも情報が運ばれた。そのどれもが予想以上の好評を報じて来て、直次郎は漸《ようや》く初春を迎えたような心地になった。同時に「狂歌若菜集」不評の噂も耳に入って来た。

刊行後三か月ばかりで二つの狂歌集の勝負は完全に峠を越した。軍配は直次郎の「万載狂歌集」に上ったのである。

当然の事であった。

「狂歌若菜集」が最初から百首足らずを集めた同人狂歌集であるのに対し、「万載狂歌集」は七百余首の狂歌を収め、春夏秋冬其《そ》の他に類別し、当時の狂歌師百数十人の狂歌を蒐《あつ》めて撰《せん》をなし、更に前時代の作品も含めた綜合《そうごう》撰集であった。規模に於《おい》ても、編纂《へんさん》の意気込みでも比較にならない。加えて「狂歌若菜集」の板元、近江屋本十郎は楠木白根の狂歌の社中だから欲得抜きで出版しているが、須原屋の方は競売を意識して算盤《そろばん》をはじいてかかった仕事だ。勝負は蓋《ふた》を開ける前から既に決していたというべきだったかも知れない。江戸中期

——徳川幕府による厳格な身分制度の枠に縛られた庶民は、ただ抑圧された本能をかすかな諷刺《ふうし》や皮肉の文学に発散させるより途《みち》はなかった、そして軽妙な諧謔《かいぎゃく》に満ち、戯れながら高雅さを失わない狂歌に鬱積《うっせき》した才能のはけ口を見出すのは極めて当然の事であった。

とにかく「万載狂歌集」はこうした世相を反映した天明年間の狂歌流行の気運に乗じてひどく歓迎され随分と売れた。そして——狂歌師、曙夢彦の名声はもはや動かし難いものとなった。

その年の三月二十四日に、直次郎は母の六十の賀筵《がえん》を目白《めじろ》の大黒屋に於て催した。始めはごく内輪にやる心算《つもり》が、つい社中へ洩《も》れて我も我もと参会を申し出る者が続出し、結局狂歌界の人々が挙げて出席するという派手な祝宴になってしまった。

大黒屋の大広間をぶち抜いて、それでもごった返す祝客の間を挨拶《あいさつ》やら、礼やらで殆《ほと》んど席の温まる暇もなかった直次郎は僅《わず》かな隙を見つけて漸《ようや》く廊下へすべり出た。

先刻から胸元へむかつきが感じられる。午《ひる》からの盃《さかずき》の献酬でかなり飲んでいる。その割に酔いが面に出ないのは緊張の所為《せい》でもあろう。

「まあ先生、お顔の色が悪うござんすよ」

すれ違った大里屋のお内儀が大仰な声をあげるのを制して、直次郎はどこか人目につかぬ空き部屋はないか、と問うた。

「今日はごらんの通りの御盛会で、どこもここも御客様で一杯でござんすが……むさくるしい所でよろしければ……」

お内儀が案内してくれたのは玄関わきの暗い供待ち部屋であった。入るなり直次郎はぐったりと畳に膝《ひざ》を突いた。

「大丈夫でござんすか。先生……」

おろおろする内儀に直次郎は小さく手をふった。

「大した事はないのだ。こうして少し休んでいれば治る。騒ぎ立てて祝い客に気取《けど》られてはまずい。それよりも……」

「お水でござんすか。それではすぐに取って参ります。そっと横になってお出でなさいまし」

お内儀はあたふたと去った。

言われた通りに体を横にした儘《まま》、直次郎は懐中から手拭《てぬぐい》を出して額の脂汗《あぶらあせ》を拭《ふ》いた。目を閉じる。

障子の外に人の気配がした。お内儀が戻って来たものと思ったが、声は男であった。

「なにしろ大したものじゃございませんか。祝いに来た客の数だけでも百人を下りますまい。流石は天下の狂歌師、曙夢彦先生だけの事はございますね」

「万載狂歌集が当りましたからな。近来にない大当りだそうですよ。曙夢彦の狂歌といえば髪床でも湯屋の中でも噂に出ない事はありゃしません。女子供でさえ流行《はや》り歌の気で覚えて歌うのだから、こっちの方が顔負けですよ」

「それにしても、なんですな。楠木白根先生の方は具合の悪い話だそうじゃありませんか。狂歌若菜集の売れ行きはよくないし、評判も香んばしくないようで、門弟衆の数もめっきり減ったという噂ですよ」

部屋の中で直次郎は聞き耳を立てた。参会した狂歌好みの町人衆らしい。いずれ狂名を直次郎から貰《もら》った面々であろう。障子を開けられると具合の悪い事になると懸念したが、向うは廊下の立ち話で済ます心算《つもり》らしかった。

(万が一、開けられたら仮睡《うたたね》を装えばよい)

声は続いた。辺りを憚《はばか》る風は少しもなかった。

「そりゃ楠木先生も気の毒だが、いわば身から出た錆《さび》てえもんで……。後輩の夢彦先生の人気があるのを妬《ねた》んで狂歌集から先生の狂歌をわざと除《の》けるなんて狭い量見だね。まるで女の腐ったようなもんだ。それで侍なんだから……」

「白根先生の狂歌も悪くはないが、少し固すぎやしませんか。上下《かみしも》を着て雪駄《せった》を履いて懐手したようで落付かなくていけないね。そこへ行くと夢彦先生の生《きっ》粋《すい》の町人だけあって寛闊《かんかつ》華麗で出立《でたち》映《ば》えがいいよ。第一、お人柄。当りは柔かいし、もったいぶらない。その上、すっきりしゃんとした江戸前の気っぷだからね」

「ま、これから先は夢彦先生、菅江先生の全盛だね。白根先生にしたって今更引っこみがつかないだろう。今日の催しにだって出られたもんじゃあるまい」

「そういやあ、楠木先生の社中は誰も顔を見せませんね。だが、それじゃ義理が済みませんよ。いくら仲違《なかたが》いをしたからって以前はかなり深い交際をなすってたんでしょうが……」

「そこがそれ、しみったれの量見、侍の野暮の野暮たる所以《ゆえん》さ……」

無責任な笑い声が急に静まって、ぞろぞろと遠ざかった。入れ代りに衣《きぬ》ずれの音が近づいて、大黒屋の内儀が水さしをのせた盆を運んで来た。飲み終るのを待って言った。

「須原屋の御主人が、御挨拶《ごあいさつ》に見えていますけれど……」

直次郎は少し噎《むせ》びながら咄嗟《とっさ》に答えた。

「それだったら、ここへ通してくれ」

入って来た須原屋伊八は薄暗い小部屋の中の直次郎に驚いた風であった。

「なに、少し飲まされすぎたのだ……」

苦笑まじりに直次郎は伊八の鄭重《ていちょう》な祝い言葉を受けた。話は当然、「万載狂歌集」に及ぶ。

「なにせ、評判といい、売れ行きといい須原屋はじまって以来の事でございますよ。おかげさまで伊八も男っぷりを上げさして頂きました」

もう、たこが出来そうなくらい聞き馴《な》れた世辞だったが、何度繰り返されても耳には快い。実際、伊八の表情は有卦《うけ》に入っていた。

「つきましては先生、厚かましいようではございますが重ねて先生にお願い申したいものでして……」

直次郎は床柱を背にした儘、うなずいた。それがあるから、わざわざ伊八を、人気のないこの部屋へ招いたのだ。

「この間、迂平から聞いた、万載狂歌集の続篇を出す話か……」

伊八は熱心な眼になった。

「左様で、世間では先生の新しい狂歌を待ちこがれております。読者と申すものは、まことに貪欲《どんよく》なもので、……手前共の店へも続篇はまだかまだかときつい催促を致して参ります。如何《いかが》なものでございましょう、この辺りで又一つ、とんとぶっつけてやって頂きとう存じますが……」

「実は私の方の社中でも、この前の万載集の撰に洩れた者たちが、今度は是非共、加えて欲しいと熱心に申しておるし、私のものでも世に出したい狂歌がまだいくらもある。せっかく須原屋さんがそうして勧めてくれるのだから考えてみてもよいと思っているのだ」

須原屋は正直に喜んだ。

「そりゃあ有難いことで……これで世間様にも顔が広うございますよ」

「それで、続篇の方の名だが続万載集とするより徳和歌後万載集《とくわかごまんざいしゅう》と名づけたいと思うのだが、どんなものかな……」

直次郎も悪酔いの苦しさを忘れていた。

「徳和歌後万載集と……、結構でございますな。まことに当を得た御命名で……」

伊八は懐中から覚え書の帳面を出して、すらすらと矢立《やたて》を走らせていたが、

「恐れ入ります。かような狂歌《もの》が出来ましたが……お笑い草に……」

帳面ごと直次郎の前に差し出した。まだ墨の痕《あと》も乾いていない。『万載集世にひろまりて、後万載集のもとめせちなれば、よろこびのあまりに』と詞書《ことばがき》があって狂歌が一首、
まんざいはわれらが家の太夫《たゆう》殿
はらづつみうつ、とく和歌の集
直次郎は声に出して詠《よ》み上げ、

「これは、なかなか……」

と応じた。伊八はそそくさと立ち上り、

「それでは先生、手前はこれで……」

現金に辞儀をした。出て行く伊八の背に、直次郎はふと思いついて訊《き》いた。

「狂歌若菜集の評判はどうなのだ……」

伊八は心得た顔で敷居越しに答えた。

「まるっきりいけませんですねえ。楠木先生のお作は手堅いかどうか知りませんが、気むずかしすぎましてね。滑稽味《こっけいみ》が乏しいからしてどうも人気が出ませ

んのですよ。師匠がそうだからお社中が揃って生まれ固いんですな。近江屋さんも流石にお手あげらしく続篇を出すと予告してありながら、どうやらそれも取り止めのようですよ。楠木先生も重ね重ねの不面目にやきもきなすって、近頃はお弟子さん方へもひどく当りがきついそうでございます……」

もう一度、直次郎へ頭を下げ、障子はするりと閉った。

直次郎はごろりと仰向けにひっくり返った。

(そうか。そんなに評判が悪いのか……)

深い息を吐き上げて天井を見た。勝利感は湧かず、妙に白ら白らとした気分であった。

(白根は憤っているだろう……)

一本気で無粋な彼のいかつい顔が浮んだ。競争意識に駆り立てられ、意気込んでかかった編纂《へんさん》だったが、相手方のあっけない惨敗ぶりに拍子抜けもしたし、新しく気もとがめた。

それにしても、世評とは不思議なものだと思う。本心を言えば楠木白根の狂歌に、直次郎は今でも一目も二目もおいていた。軽妙洒脱《しゃだつ》には程遠かったが卑しさがなく、駄洒落《だじゃれ》に類した滑稽を激しく嫌っただけあって如何《いか》にも高雅で品格があった。しかし、それが一般からは野暮にも気取りにも見えて迎合されにくい所以かも知れなかった。とは言っても、一年前と比べて二人の位置の差はあまりに激しすぎる。直次郎は自分を敗者の立場へ置いてみた。やりきれない気がする。まして白根とは過去に長い友誼《ゆうぎ》の時代がある。恩もあれば情も忘れかねた。

遠くで直次郎を探す声がしていた。主人役が、もうかなりな時間座敷を空けているのだ。直次郎は苦渋を眉間《みけん》に残したまま、のろのろと起き上った。

四

夏から秋へ、直次郎には多忙な日が続いた。月の半分は狂歌会である。

文学史上、天明狂歌と呼ばれるこの時代の狂歌熱は、からっ風の吹く晩の火事みたいにもの凄《すご》い早さで江戸中に広まって行った。

直次郎を始め、朱楽菅江やその他数名の主だった狂歌師たちは既に狂歌会や点料による判者《はんじゃ》生活で結構暮していけるようになっていた。そんな中で楠木白根だけが流行の波に乗りそこねたように相変らず不遇を託《かこ》っていた。

「どういうものなのだろうね、狂歌の世界ではとにもかくにも最古参で実力もある男だのに……一向に援助者も出来ないし、狂歌も評判にならないのは……」

朱楽菅江が人の好《よ》い顔に困惑を浮べて言うのを直次郎は何度も聞き流すそぶりでやり過したが、思いは同じであった。

自分たちの地位が安定したせいか、狂歌若菜集から除外された怨《うら》みは殆《ほと》んど感じなくなっていた。結果から言えば被害者が向うになってしまってもいるのだ。逆に直次郎も菅江も負い目のようなものを感じはじめていた。

「もともと暮し向きのよい家ではない。それに白根は近頃、酒ばかり飲んで勤めも怠りがちだという。妻女のお近どのが手内職などをしていたらしいが、無理が祟《たた》ったかして寝たり起きたりの様子と聞いている。一度、見舞に行って来たいとは思っているのだが……」

やはり敷居が高いようで、と菅江は苦笑した。

その日は高田馬場《たかたのばば》で月見を兼ねた狂歌会のために出かけて来たのだが、途中で直次郎はふと気が変った。

(楠木白根の家は確か江戸川橋の近くだった……)

顔出しをする勇気はなかったが、足が無意識に向いた。かげながら様子を見たい気持のようであった。五、六年前の心憶《こころおぼ》えを頼りに探し当てた家はかなりひどい荒れ様だった。住む人の不遇が家全体の印象を果《はか》なげに見せた。こわれ放題な垣の間からのぞくと軒には取り込むのを忘れたらしい襁褓《むつき》や肌着やらが竿《さお》一杯に並んで僅《わず》かな風に煽《あお》られている。厨《くりや》の方角から干魚を焼く臭いが流れて来た。幼児の泣く声と、それを叱る母親の声が続いた。

(遅い子持ちだとは聞いたが……)

直次郎は暗澹《あんたん》たる表情になった。僅か三間か四間位しかなかろうと思われる狭い家に、両親と白根夫婦と数人の子とが雑居しているのだ。

親代々の借銭に追われ、出世の当てもない勤めを後生大事に十年一日の如く繰り返す。噂に聞いていた貧乏御家人の生活の悲哀をじかに直次郎は肌に感じた。

(こんなひどい暮しをしていながら尚《なお》、かつ、侍の見栄を張るものか……)

それとも生活が貧しいから一層、武士の虚栄を張ろうとするのか。町人に生れ、市井に育った直次郎が解せる所ではなかった。

家の中の声が庭へ出る様子である。夜になりかけてはいたが見とがめられては引っ込みがつかない。直次郎はさりげなく路上の人となった。

高田馬場の月見は菅江の門下の「松風東作」の家で催される。

定刻より少し遅れて直次郎が玄関を入ると、

「先生、ちょっと……」

袂《たもと》をひいたのは須原屋の番頭迂平だった。近頃の狂歌会にはちょいちょい顔を出す。

「白根先生が見えてますんで……。お珍らしいじゃあございませんか」

なれなれしく私語《ささめ》いて薄く笑う。

「どういう心算《つもり》で見えたんでしょうねえ」

直次郎は相手を突き放すようにして歩き出した。

「月例の狂歌会だ。菅江どのが知らせたのだろう。見えられたからと言って別に不審でもあるまい……」

「でも、この所、ずっとお見限りじゃございませんか……」

追いすがった迂平に、直次郎はもう答えなかった。一年ぶりで逢《あ》う二人の対決に事あれかしと期待しているような迂平の態度が気に喰《く》わなかった。

(軍鶏《しやも》の蹴合《けあ》いじゃあるまいし、そうそう手前の思わく通りに動いてたまるものか……)

気まずさはあっても、懐しさも強い。その相手の家の周囲を今し方、彷徨《うろ》ついて来た事も偶然とは思えなかった。

(楠木白根が来ている……)

流石に胸が騒いだ。

部屋へ通ると人数は殆《ほと》んど揃っていた。遅参を詫《わ》びて席へ着いた時、直次郎は主人の松風東作と並んでいる白根をちらと見た。つとめて磊落《らいらく》を装っている風な彼は、決して直次郎と視線を合せなかった。そこに敵意が窺《うかが》われた。一座の空気も微妙であった。気をきかせて松風東作が会を進めた。月の出を待つ間にまず一首を競うという。

「題は皆さま御自由に何なりとお見立て願いましょう」

部屋のざわめきが鎮まらない中《うち》に白根がずばりと言った。

「東作どのに注文がある……」

感情を抑えた言葉の端が神経質に慄《ふる》えた。

「今日の入れ札の前に各々方の歌を詠《よ》み上げる際、作者の名は伏せておいて貰《もら》いたいが……」

一座は怪訝《けげん》な眼を見合せた。月例の狂歌会では課題の狂歌を詠むと、平安の昔の歌合せにならって出来上った各々の狂歌を当番の一人がよみ上げる。その後で一同がこれぞと思う一首を入れ札して優劣を競い、もっとも多くの札の集まったものを今日一番の狂歌と判定するならわしであった。白根はその最初の発表の際に作者の名を伏せろというのだ。

「作者の名が出ていると、とかく近頃は浮ついた名声に眩惑《げんわく》されて正しい評価が出来かねるようだ。ちょっとばかり評判になった者の作だと猫も杓子《しゃくし》もそれがいいと思い込む。歎《なげ》かわしい事だ。狂歌の本質は名ではない。実だ。名に眩《まど》わされず実を取るためにも、私は名を伏せて欲しいと望むのだ。入れ札の結果がきまってからその作者の名を明かしたらよいではないか……」

ずけずけと言った。明らかに直次郎を皮肉っての言葉だったが、直次郎は腹が立たなかった。如何《いか》にも白根らしい発言だと思った。同時に白根がまだ狂歌師としての自信を失っていない事が嬉《うれ》しくもあった。

「楠木先生のお申し出に御異存がありませなんだら、本日は名を伏せて詠み上げましょう」

松風東作がおずおずと直次郎の顔色を見た時も、直次郎は温和な肯定で応《こた》えた。

(世評ではおくれを取ったが、実力ではまだまだ負けを取らぬぞ)

という白根のひたむきな意欲が久しぶりに直次郎に闘志をかき立てた。

(よし、彼がその気なら俺も……)

むざむざ負ける己れの狂歌とは思わない。

備えつけてある短冊と硯《すずり》の前に座って、ふと直次郎は思いついた。

(今日は彼に花を持たせてやるべきではないか……)

白根が今日の狂歌会へ出て来たのはよくせきの事に違いなかった。狂歌集出板で失った面目を取り返すためにも、狂歌師の生命の為にも、白根は自分の狂歌をこの判定の結果に賭《か》けようとしているのだ。もし、敗《ま》けたら……。

(彼の事だ。おそらく狂歌仲間から身を退《ひ》くに相違ない)

面目も自信もなくして、なお狂歌師楠木白根の看板をかけていられる彼でないことは、直次郎が誰よりもよく知っていた。その覚悟があればこそ、先刻のような思い切った発言もなし得たのだ。

直次郎はそっと一座を見渡した。実力から言って白根の狂歌と肩を並べられ

いわば彼の切り札である。
って、各々の好みに適した狂歌を作り出す勘と器用さを直次郎は持っていた。
直次郎が一番強そうであった。その場、その席に集まっている人の顔ぶれによ
と思う。自惚《うぬぼ》れでなくそう言い切れた。しかも、作風から言って点を稼ぐ率は
るのは、やはり狂歌三大人といわれるだけあって朱楽菅江と自分以外にはない

(菅江にならまだしも、俺に敗けたら……)

狂歌界は楠木白根という貴重な材を失い、直次郎にしても永久に寝覚の悪いしこりを残さねばならない。直次郎の瞼《まぶた》に今しがた見て来た白根のうらぶれた家宅の状が浮んだ。

(夢彦先生、こいつは一番考えにゃいけませんぜ……)

腹の中で呟《つぶや》いて、直次郎は余裕たっぷりな苦笑を嚙《か》みしめた。曙夢彦を破った事で子供のように喜ぶ白根の髭面《ひげづら》が目に浮んだものだ。故意に下手糞《へたくそ》な狂歌を作って撰《せん》から洩《も》れるという悪戯《いたずら》っ気《け》が直次郎の好みにも合っていた。

(なるべく平凡な、目立たない奴を……)

当番が短冊を集めた。やがて詠み上げる。直次郎は腕を組んで聞いていた。

何番目かに白根の狂歌があった。

無論、最初の取りきめによって作者の名は隠しているのだが、直次郎にはそれが白根の作とすぐに知れた。昔の師であり、長い先輩でもある。彼の好み、癖、歌風は骨の髄まで飲み込んでいた。

(流石に白根、洒落《しやれ》たことを……)

多少、感覚のずれが気にならない事もなかったが、長年叩《たた》き込んだ腕はやはり確かだと思う。

短冊は一通り読み終ったが、他にこれという歌はなかった。

(これは白根に持って行かれる……)

安心と同時に多少の忌々しさもうずいた。割り切った作意だったが、いざとなるとやはり気分のよいものではなかった。

入れ札が廻《まわ》った。

直次郎はちょっと迷って、結局白根に入れた。

当番がごそごそと札を数えている。

直次郎は胸にものが閊《つか》えたような顔をして煙草盆を引き寄せた。ひょいと白根の方を見る。彼も煙草をつ《ヽ》める所であった。煙管《きせる》を持つ手が小刻みに慄えている。火がなかなか点かないようであった。直次郎は目を逸《そら》した。

月の出が近いらしい。黒々と伸びた椎《しい》の辺りがほんのりと明るんでいた。武蔵野《むさしの》の一角をそのまま区切ったような奥深い庭は、庭というより雑木林を感じさせた。大きな樹木が無雑作に突っ立っている。この家の周囲は畑に続いていた筈《はず》だ。

どこかで重く、木を打つ風な音がした。にぶく、連続して聞える。

「御亭主、あの音は……？」

朱楽菅江が訊《き》いた。

「へえ、女共に砧《きぬた》を打たせております。皆さまのお慰みになろうかと存じましてな」

東作は神妙に答えたが、内心の得意さは唇の端にのぞいていた。

「ほう、砧を……」

「それはよい御趣向で……」

樹と畑に囲まれた鄙《ひな》びた家で、武蔵野の昔を思わせるような衣をうつ音を聞く情趣に、一座は他愛もなく喜んだ。早速、別に料紙を取り上げる者もあった。

やがて、東作が緊張した顔を上げた。入れ札の結果が知れたらしい。

「申し上げます。本日の皆様のお好みは次の一首にございます」

胸を張って一葉の短冊を取り上げた。

世の中はわれより先に用のある
　人の影法師　月の夜のみち

二度繰り返して高らかに吟じた。

まっとう過ぎる、手堅い作風であった。よみ捨ての狂歌にありがちな駄洒落も卑俗な滑稽《こっけい》もない。「われより先に用のある」の一句にだけ、ほろ苦い、しみじみとした笑いが滲《にじ》んでいた。

「見事なものです。狂歌の真髄とも言うべき一首ですな。しかし、驚きましたね。私はこれがあまり地味だし、作風も高踏なので存外皆さんの点は入らないのではないかと思っていましたが、やはり秀《すぐ》れた作は誰の目にも秀歌と感じさせるのでしょうな……」

朱楽菅江が穏やかな調子で言った。

「どなたのお作です……」

東作をうながした。ひそと凝視の集まった中で東作の少し昂《たか》ぶった声が響いた。

「作者は……曙夢彦先生にござります」

歌が吟じられてから直次郎は茫然《ぼうぜん》と自失していた。曙夢彦という狂名が、自分のものではないような錯覚さえした。

（そんな筈ではないのだ……）

点が集まるような狂歌ではなかった筈だ。集まっては困る。迷惑なのだ。折角の心づくしが逆になった。

（迷惑なのだ。それでは困る）

繰り返しながらも、直次郎の横顔はいつしか賞讃《しょうさん》の中にいる人のものに変って行った。

遅い月がにぎやかな座敷を照らし出した時、楠木白根の姿は一座のどこにも見えなかった。それを意に止める者もない。

直次郎は手元に戻って来た己れの短冊を取り上げた。

　　世の中は我より先に用のある
　　　人の影法師　月の夜のみち
じんわりと心に染みる淋《さび》しさは、その儘《まま》、楠木白根に通じるようであった。

（俺は知らず知らずの中《うち》に、白根の心になって狂歌を詠《よ》んでいたのか……）

直次郎は目を伏せた。

月明りの夜道をひっそりと帰って行く楠木白根の瘦《や》せた後肩が鮮やかに浮んで消えた。

新しい料紙がくばられていた。

東作が立ち上って別な課題を告げている。直次郎はそれを耳だけで虚《うつ》ろに聞いていた。

首吊り御本尊

宮部みゆき

宮部みゆき（みやべ　みゆき）

一九六〇（昭和三十五）年、東京生まれ。八九年、『魔術はささやく』で日本推理サスペンス大賞、九二年、『龍は眠る』で日本推理作家協会賞、『本所深川ふしぎ草紙』で吉川英治文学新人賞、九三年、『火車』で山本周五郎賞、九七年、『蒲生邸事件』で日本SF大賞を受賞。九九年には『理由』で直木賞を受賞した。

一

逃げて帰ったところで何にもならなかった。おとっちゃんには死ぬほどひっぱたかれたし、上総屋《かずさや》からはすぐに迎えがきた。

「おめえの給金は、もう向こう三年分をちょうだいしてあるんだ。逃げてくるなんざとんでもねえ。ちっとはみんなのことを考えろ」

おとっちゃんが怒鳴り、おかあちゃんは泣く。だがふたりとも、上総屋の番頭さんがやってくると、そろってぺこぺこ頭を下げ、捨松《すてまつ》の頭も押さえて何度もお辞儀をさせると、ただただお許しくださいとお願いするばかりとなった。

番頭さんは怖い顔はしていなかったし、首に縄をつけてもひっぱって帰ろうという様子ではなかったけれど、このまま捨松が奉公に戻らなければ、前渡しの給金は返してもらうことになるとだけ、喉《のど》にこもったような声で繰り返した。

おとっちゃんもおかあちゃんも、そのたびに、すりきれた畳に頭をこすりつけて謝った。それを見ていると、まだ十一の捨松にも、この世の中の道理がわかってきたような気がしたのだった。

そのことが、何よりも心にこたえた。もう帰るうちはないのだ。いや、もともと生まれたときから、うちなんてものはなかったのかもしれない。貧乏人はみんなそうなんだ。

「辛《つら》いだろうけど、おかあちゃんを助けると思って奉公しておくれ。あんたが頑張ってくれなかったら、みんなで首をくくって死ぬしかないんだよ」

おかあちゃんは、泣きながらそう言った。可哀相《かわいそう》に帰っておいでなんて、ひと言も言ってくれなかった。

番頭さんは、通町《とおりちょう》のお店まで捨松を連れ帰る道中、まったく口をきかなかった。大川を渡って吹きつけてくる冬の風が耳たぶをちぎりそうなほど冷たく感じられる朝のことだった。昨日の夕暮れ、馬喰町《ばくろちょう》までお使いに出されたとき、おうちはすぐそこだろう、おかあちゃんはすぐそこにいるぞ、渡ってこい渡ってこいと歌い招いているように見えた両国橋——駆け出した捨松の小さい足の下で、おうちへ、生まれ育った長屋のあの小さな部屋へと捨松を運んでいってくれるように流れていった橋の木板の一枚一枚が、今朝は陽ざしの下で、死んでしまった馬の腹の皮のように白っちゃけて見える。

「今日は飯抜きだ」

上総屋の勝手口まで帰りついたところで、番頭さんがやっと口を開いたかと思うと、たったそれだけを言った。捨松はもう涙も涸《か》れ果てていたけれど、腹の虫はぐうと鳴った。

捨松は五人兄弟の長男として生まれた。おとっちゃんは手間大工とまではいかない日雇い職人で、そのくせ稼いだ金の大半は酒につぎこんでしまう。おかあちゃんは、にっこり笑った顔などほとんど見せることのない暮らしのなかにどっぷりと首まで浸《つ》かり、毎日毎日少しずつすりきれてゆく。

そんななかでは、むしろ、捨松が今まで奉公に出されずにいたことのほうが不思議かもしれない。もっとも、前々から話はいくつかあったらしいのだが、長屋のなかでも群を抜いた貧しい暮らしぶりと、もともとあまり明るいとは言えないおかあちゃんの顔つきと、酒を飲んでは暴れるおとっちゃんの悪い評判とが重なりあって、「あのうちの子供は手癖が悪い」とか、「あのうちの子供じ

いや使いものになるまい」とかの噂《うわさ》が先走り、それらの話が立ち消えになってい
たということもあったようだった。
それだけに、日本橋通町の呉服問屋上総屋からの丁稚《でっち》奉公の話には、おとっ
ちゃんもおかあちゃんも死に物狂いでしがみついた。
「奉公に出れば、あんたはもうひもじい思いをしなくてよくなるし、おかあち
ゃんたちも助かるんだよ」
おかあちゃんは捨松に説いてきかせ、どれだけ辛くたって一生懸命ご奉公す
るんだよと、捨松の手を握って涙を流したものだ。
どうしてもどうしても辛かったら帰ってきてもいいんだよとは、言わなかっ
た。
だけど幼い捨松は、おかあちゃんも口では言えないけども、心ではそう思っ
てくれているのだろうと考えていた。だからこそ、奉公の話にもうなずいたの
だ。辛かったら帰るうちがある、と思ったからこそ。
だけどちがってた。もう帰るうちはない。帰っていってもおかあちゃんは泣
いているだけだ。
連れ戻されたその日、すきっ腹を抱えて反物巻きの手伝いをしながら、捨松

の頭のなかに、おかあちゃんの泣き顔が何度も何度もよみがえった。寂しくって辛くって帰りたかったよと泣く捨松のほうを見ようともせず、顔をおおって泣いていたおかあちゃんの姿が、消しても消してもよみがえった。

「またぼうっとしてやがら、見ろ、反物がゆがんじまってるじゃねえか」

ひとつ年上の丁稚に嫌というほど頭を小突かれて、それでようやく我にかえったけれど、耳の底からはおかあちゃんの泣き声が消えなかった。どうしても。

二

大旦那《おおだんな》さまがお呼びだよ——と伝えられたのは、連れ戻されてから数日後のことだった。

「今夜寝る前に、大日那さまの御寝所へうかがうんだ。私がおまえを連れてゆくから、きちんと支度して、ぱっちり目をさましておきなさい」

大旦那さま？　旦那さまではなく？

捨松だけでなく、いっしょにいたほかの奉公人たちも、それには疑問を感じたようだった。みなが捨松の顔を見つめ、からかうような、いぶかるような表情を浮かべている。

「あい、わかりました」

手をついてきちんとお辞儀をし、捨松はそれらの視線から顔を隠した。胸がどきどきした。お暇を言い渡されるんだろうか？

その晩、約束通りに捨松を迎えにきた番頭さんは、捨松を立たせて身形《みなり》や髪を点検すると、明かりを片手に、先に立ってずんずんと廊下を進んでいった。

上総屋の家屋は建てられてから五十年ほど経《た》つもので、建増しを繰り返しているために廊下は迷路のようになっている。番頭さんについて足を踏み入れたよく磨きこまれた廊下は、奉公にあがって以来、捨松が初めて足元に踏み締めるところだった。いや捨松だけでなく、女中奉公の娘たち以外は、大部分の奉公人が、こんな家の奥深くまでは入りこんだことがないに違いない。

奥の間に続く廊下を左に折れ、番頭さんは渡り廊下を渡った。外気にあたるとくしゃみが飛び出しそうになって、捨松はあわてて口元を手でおさえた。満月に近い月が青白く空を照らし、植え込みのそこここが冷たく光っている。霜がおりているんだ。

渡り廊下のとっつきの襖《ふすま》を開けると、三畳間ほどの座敷があった。番頭さんは捨松を促してそこに正座させ、自分もきちんと膝《ひざ》をそろえて座ると、座敷の反対側の襖のほうに向かって声をあげた。

「大旦那さま、捨松が参りました」

ひと呼吸おくれて、年老いた男の声が応じた。「お入り」

番頭さんが進み出て襖を開けた。行灯《あんどん》の明かりの下、床の間のほうを頭にして延べた温かそうな布団《ふとん》の上に、小柄な老人がひとり、身体を起こして座っていた。大旦那さまだった。

番頭さんに肘《ひじ》をつかんでせきたてられ、捨松は膝でにじるようにして仕切りの敷居のところまで進んだ。そこで頭をおさえられ、お辞儀をする。襖の向こうとこちらとでは、部屋の温かさが違っていた。

「頭をおあげ。こちらにおいで」

大旦那さまは捨松にじかに声をかけ、ついで番頭さんに言った。「ご苦労だったね。おまえはもう部屋に引き取っていいよ。捨松も、帰りはひとりで戻れるだろう」

番頭さんは少したためらったようだが、大旦那さまがもう一度うなずいて促すと、一礼して部屋を出ていった。去り際《ぎわ》に、捨松をうんと見据えて、(粗相《そそう》のないようにしろよ）と釘《くぎ》をさすことは忘れなかったが。

「こちらへおいで。襖をしめておくれ。寒いからな」

大旦那さまに言われて、捨松は急いで立ち上がり、襖をぴっちりと閉めた。

また正座をし、閉めた襖の前でちぢこまる。すると大旦那さまは笑いを含んだ声で、

「そこでは話ができないね。私はもう年寄りだから、耳も遠いし大きな声も出せない。もっとこちらへ——そうだね、その火鉢のところへおいで。長い話になるから、火にあたりながら聞きなさい。今夜はもっともっと寒くなるだろう」

言われたとおりに、お芝居に出てくるからくり人形のようにして、捨松はぎくしゃくと座を移した。火鉢には炭がいっぱいにいけてあった。気がつくと、部屋の反対側の端にも同じような火鉢が据えてある。温かいわけだ。捨松には夢のようなことだった。

「眠くなってしまうだろうから、さっさと話を始めようかね」

大旦那さまはほほえんだ。年齢のせいなのかもともとそうなのか、捨松とほとんど同じくらいの背格好だ。両の耳たぶがぺったりと頭の脇《わき》にはりついてい

るし、真っ白な髷《まげ》も捨松の中指くらいの大きさしかないくらい、髪は全体に薄くなっている。だから、頭など本当に小さく見えた。

大旦那さまはおいくつぐらいなのだろう。上総屋は今の旦那さまの代になって、もう二十年以上たつという話をきいたことがあるから、たとえば六十歳で隠居されたとしても、もう八十をこしているということになる。

「おまえをここに呼んだのは、ほかでもない、見せたいものがあったからだよ」

大旦那さまはそう言って、ゆっくりと寝床から出ようとした。だがなかなかうまく動けない。とうとう、自分でももどかしくなったのか吹き出して、

「捨松、そこの床の間に置いてある細長い箱をとって持ってきておくれ」と言った。

なるほど、色のついていない、墨だけで描いた絵の掛け軸のかけられた床の間に目をやると、黄色い菊を生けた花盆の脇に、古ぼけた細長い箱が置いてある。捨松は立ちあがり、それをそっと両手で包んで、大旦那さまのそばへと持っていった。

近寄ると、大旦那さまからは枯れ草のような匂《にお》いがした。

「これをごらん」

大旦那さまは細長い箱にかかっていた紐《ひも》を解き、そこから巻物のようなものを取り出した。広げてみると、それは掛け軸だった。

床の間にかけてあるのと同じ、墨で描いた絵だった。上総屋に奉公にあがって初めて、捨松はこの世にそういうものを飾る家があるのだということを知ったので、床の間もそこにかけられる掛け軸も、すべてが物珍しいものだった。だが、そんな捨松の目にも、その掛け軸、そこにある絵は異様なものに映った。

描かれているのは、ひとりの男だった。商人ふうの髷を結い、縞《しま》の着物を着ている。番頭さんぐらいの年格好で、髪の毛は少し白くなっている。

その男は、荒縄で首を吊《つ》っていた。たしかにそういうふうに描かれている。足は地面から一尺近く浮き上がり、片方の履き物が脱げ、地面の上に裏返しになっておっこちている。

だが、それでいて、その男はにこにこ笑っているのだ。なんだか、楽しそうな顔をしているのだ。

捨松が目を見張って掛け軸を見つめていると、大旦那さまが、掛け軸の首吊り男と同じくらい楽しげな顔で笑いながら言った。

「驚いたろう。妙な絵だろう」

「……はい」

「これは、この上総屋の家宝なのだよ」

「家宝？」

「そうだ。大黒様よりお伊勢《いせ》さまより、何よりも上総屋にとって大事な神様だ。私はこれを、首吊り御本尊さまとお呼びしているのだがね」

三

もう遠い昔のことになる——と、大旦那さまは語り始めた。
「私も昔、おまえと同じような丁稚奉公にあがった身だったことがあるのだよ。おまえよりももっと小さいとき、数えで九つの歳《とし》に、浅草の井原屋という古着屋にあがったのが始まりだった」
大旦那さまも奉公人だった——そのことが、捨松を素朴に驚かせた。
「驚いたかい。この家の者ならみんな知っていることだと思っていたがね。私は丁稚奉公を振り出しに、一代でこの上総屋を興したんだ。だからおまえの今の旦那さまが二代目ということになる。苦労知らずで困ったものだと思えるこ

ともあるが」

捨松にとっては雲の上の人である旦那さまがそんなふうに言われている。お

かしいような面白いような気がした。

大旦那さまは続けた。「井原屋での私の暮らしは、今のおまえの奉公人とし

ての暮らしより、もっともっと厳しいものだった。あのころは、世の中ぜんた

いも、今よりずっと貧しかったからね」

大旦那さまは、何が面白いのか喉の奥でくくと笑った。

「そして私も、おまえと同じような貧しい家の子供だった。家にいては食べて

ゆく道がなかった。だから奉公に出されたんだ」

おいらのこと、大旦那さまはずいぶんよく知っていなさる——捨松は不思議

に思った。たかが奉公人、それもいちばん下っ端《ぱ》の丁稚のことを。

その疑問が捨松の顔に現れたのだろう。大旦那さまは言った。「私はこのお

店《たな》の奉公人たちのことをよく知っているよ。まだまだ伜《せがれ》たちに任せきりにする

わけにはいかないからね。それだから、今夜おまえをここに呼んだのだ。実は

ね捨松、私も一度、その井原屋からうちへ逃げて帰ったことがあったのだよ」

だが逃げ帰ってもなんにもならなかった。すぐに連れ帰られたし、家では誰も温かく迎えてはくれなかった——つい最近、捨松が身にしみて感じたことが、大旦那さまの口から言葉になって出てきた。

「そしてね捨松、井原屋に連れ戻され、私が生きた心地もしなかったときに、そこの番頭さんが私を呼んで、この話をしてくれたんだよ」

「この——首吊り御本尊さまのですか」

「そうだ。どうだね、この御本尊さまの身形はどこかの奉公人のようだろう?」

たしかに、そうだ。

「私に話してくれた番頭さんは、名前を八兵衛《はちべえ》といった。井原屋に三十年も勤めあげて、まだ所帯も持てない住み込みの番頭だった。そのひとがね、捨松、まだ丁稚だった私に向かって、自分も昔奉公にあがったばかりのころ、寂しさと辛さに負けて家に逃げ帰って連れ戻されたことがある、と話してくれたんだ。おかしいだろう? みんな同じようなことをしていたんだねえ。

だが丁稚の八兵衛さんは、おまえや私のようにあきらめてまた奉公しようと決めたのではなく、連れ戻されるとすぐに、死のうと思ったんだそうだ。だから夜中にこっそり寝床を忍び出て、土蔵へいった。首をくくるにはあそこがいい。折釘にぶらさがれば簡単だ」

捨松は土蔵の壁を思い浮かべた。真っ白な漆喰《しっくい》の白壁に、折釘という、頑丈な鉤型《かぎがた》の釘が何本か突き出している。土蔵の壁の塗り替えや屋根の補修をするとき足場を組みやすいように、また火事のときには火消しが屋根にあがる足掛かりになるようにそうしてあるのだと、奉公にあがったばかりのころ、教えてもらったことがあった。

なるほどあの折釘になら、首をくってぶらさがることができそうだ。土蔵のところなら人目にもたたないし、あとの始末も楽だから誰にも迷惑をかけない。

「さて丁稚の八兵衛さんは、首をくくろうと土蔵へ行った。古着屋のことだから、首をくくるにも、使い古しのしごきかなにかを使おうと持っていったそうだ。ところがね、そこには先客がいたんだそうだ。ちょうど今夜のような満月に近い月明かりの下で、誰かが土蔵の折釘にぶらさがっているのが見えたんだそうだ」

捨松はものも言えず、大旦那さまの顔を、ついでこのおかしな首くくり男を描いた絵を見つめた。絵のなかの男はにこにこ笑いかえしてきた。

「びっくりして下から見あげる丁稚の八兵衛さんに、その首をつっている男は言ったそうだよ。『おや、こんばんは。気の毒だがここはもういっぱいだよ』——そんなことがあるもんだろうか。いやあるわけがない。首をくくっているひとが話しかけてくるなんて——。

大旦那さまはますます楽しそうだ。

「そうだろう、今のおまえと同じように、私もそんな話は嘘《うそ》だと思ったよ。だが八兵衛さんは大真面目《おおまじめ》でね。たしかに見たんだというんだよ。そして、その男にそう声をかけられたとたん、急に『ああ、そうですか失礼申しました』という気持ちになってしまったんだそうだ。折釘はまだほかにもあるから、その男のいうように『もういっぱいだよ』ということはなかったんだが、並んで首をくくろうとか、そういう気持ちにはならなんだ。急いで寝床へとって返して、布団をかぶって寝てしまったそうだ」

だが、やはり気になる。自分はもののけのたぐいを見たのかもしれない——翌朝になるとそう思った。昼間土蔵の壁を見てみても、なんにもぶらさがっていなかったから、なおさらだ。

「それで翌日の晩、もう一度出かけていった。すると男はまたそこにいた。また首をくっていて、なんとも上機嫌だったそうだ。足をぶらぶらさせて、『おや、また会ったね。こんばんは。だけどここはいっぱいだよ』と言ったそうだ。

丁稚の八兵衛さんもさすがにぞっとして、あとも見ないで逃げ出したそうだ。ところがそれを追いかけるようにして、首つり男が声をかけてきた。『ひもじかったら、おみちに頼んでみな』とね。おみちというのは、そのころ井原屋にいた女中で、ひどくとっつきの悪い怖そうな女だったそうだ。そのおみちに頼んでみな――おかしなことという、おかしな幽霊だ――そう、丁稚の八兵衛さんは、あれは幽霊だと思ったそうだ」

ところが、その「幽霊」の言うことは本当だった。

「翌日、どうにも気になるので、ひもじいよりはむしろそっちの気持ちにせかれて、丁稚の八兵衛さんは、こっそりとおみちに話してみたそうだ。とっても腹が減って辛《つら》いんだとね。するとおみちは、あいかわらずのとっつきの悪い顔のままだったが、その晩、こっそりと飯を塩梅《あんばい》して、握り飯を食わせてくれたというんだね。できるだけのことはしたげるよ、と言ってくれたというんだね。今までずっと、小さな丁稚たちに、そうやってこっそり飯を食わせてきたというんだね」

捨松は、魅せられたような気持ちで大旦那さまを見つめた。

「それで八兵衛さんは思ったそうだ。あの土蔵の首くくり男は、亡《な》くなった井原屋の奉公人の幽霊じゃないかとな。それでその晩も、勇気を出して土蔵に出かけていったそうだ。するとやっぱり、首くくり男はそこにいた。また『こんばんは。ここはいっぱいだよ』と声をかけてきたそうだ」

丁稚の八兵衛は、真っ白な土蔵の壁を背中に足をぶらぶらさせている首くくり男を見あげ、声の震えをおさえてきいた。

（あんたは幽霊なの？）

すると首くくり男はにっこり笑い、袖《そで》のなかから手を出して大きく振ると、

（違うよ）

（じゃあなんなの）

（あたしは神様さ）

丁稚の八兵衛は仰天した。土蔵の壁からぶらさがっている神様などいるもの

か。

(神様ならどうしてそんなところにいるの)

(ここが好きなのさ。それに、ほかに居場所もないしね)

(あんたはなんの神様なの)

(そうさな、奉公人の神様さ)

大旦那さまはほほえんで捨松の顔をのぞきこんだ。

「毒気を抜かれるという言葉を知っているかい? 拍子抜けするというか、そういうような意味だ。丁稚の八兵衛さんは、まさにそういうふうになってしまった。

そしてそれ以来、丁稚の八兵衛は、毎夜のように土蔵へ出かけていったそうだ。男は毎晩ぶらさがっていた。いつもにこにこしていた。そうしていつも『こんばんは、ここはいっぱいだよ』と言うのだそうだ。八兵衛さんは、そのうち、その男が怖くなくなってきた。それというのも、男と話してみると、女中のおみちのことのように、身の助けになることをいろいろ教えてくれるというこ とがわかったからだ。女中たちのこと、勝手むきのこと、番頭さんのその日の機嫌、どこそこから客がきて到来物の饅頭《まんじゅう》があるからうまくするといただけるよ——そんなようなことだ。男はいつだって、いろんなことを知っていた」

捨松は、おっかなびっくりきいてみた。最初はなかなか声が出なかった。

「それで丁稚の八兵衛さんは、もう死のうとか思わなくなったんですか」

大旦那さまは大きくうなずいた。「死のうとは思わなくなった。それだけでなく、奉公も、それまでほど辛いとは思わなくなったそうだ。そしてだんだんに、男の言うことを信じるようになってきた。あの土蔵の首くくり男は、本当に神様だ、奉公人の神様なんだってなあ」

そうこうしているうちに大晦日《おおみそか》がきて、元日がきた。夜になって、丁稚の八兵衛さんは、こっそり土蔵へ出掛けていった。

男はやっぱりそこにいた。

「お正月だから、何かそなえましょうかときいてみると、首くくりの神様は言ったそうだ。『酒をいっぱいくれると有り難いなあ』。それで八兵衛さんは、台所に忍び込んでどうにか酒を持ち出し、男のところに持っていったそうだ。男はたいそう喜んで礼を言った。そしてしばらくすると、上機嫌を重ねて歌をうたいだしたって」

「歌ですか」

「土蔵の壁を足で蹴《け》って調子をとりながらな」

そのとき首くくりの神様がうたった歌を、番頭になった八兵衛さんは、丁稚だった大旦那さまに歌ってきかせてくれたという。

「古い謡曲とかいうものだそうだ」

人買い舟は　沖を漕《こ》ぐ
とても売らるる身を
ただ静かに漕げよ船頭どの

大旦那さまはゆっくりと調子をつけてうたってくれた。

「ずっと忘れられなかったと、番頭の八兵衛さんは言っていたよ。とても物悲しい調べのもの悲しい歌だったと」

その後も、丁稚の八兵衛さんの土蔵通いは続いた。そして、首くくりの神様に励まされながら奉公を続けているうちに、次第しだいに八兵衛さんは仕事を覚え、少しずつだがお店に慣れ、奉公人の厳しい暮らしにも慣れていった。

「半年ばかりたったあるとき、丁稚の八兵衛さんの下に、もっと小さい丁稚が入ってきたそうだ。八兵衛さんは、まだ十にもならないその子の面倒をみてやらなければならない立場になった。そんな忙しさに取り紛れ、土蔵通いが一日おき、二日おきとなってゆき、あるとき、とうとう十日も通っていなかったことに気がついて、夜中に寝床を抜け出して出かけてみると——」

捨松は膝《ひざ》を乗り出した。「出かけてみると?」

大旦那さまは静かに言った。「そこにはもう、首くくり男はいなかったそうだ。もう見えなくなっていたそうだ」

丁稚の八兵衛さんは、寂しさに泣いたそうだ——と、大旦那さまは続けた。

「だがな、自分にこう言い聞かせもしたそうだ。おいらには首くくりの神様がついている、奉公人の神様がついている。だからひとりじゃねえ、しっかり奉公していれば、必ず首くくりの神様が見ていてくださるってな」

辛抱が幸いして、丁稚の八兵衛さんは、三十になる前に手代の八兵衛さんになった。その後も真面目に働き続け、とうとう番頭の八兵衛さんになった。

「そしてこの絵は——」と、大旦那さまは掛け軸に手を触れた。「八兵衛さんが番頭になったときに描いた、その首くくりの神様の絵だよ。かくべつ絵心があったわけじゃあないが、一生懸命描いたら、自分でも巧《うま》く描けたと思ったそうだ。そしてこれを、八兵衛さんは大事に大事にしていた。そして、今のおまえと同じように、寂しさと辛さに負けてうちに逃げ帰り、連れ戻された丁稚の私に、これを見せて話をしてくれたのさ」

大旦那さま御自身は、とうとう一度も首くくりの神様を目にすることはなかったそうだ。だが、井原屋で奉公を続けてゆくうえで、その話と、その話をしてくれた番頭の八兵衛さんの存在は、大きな心の支えになった。

「八兵衛さんは言っていた。どこのお店のどの土蔵の折釘にも、奉公人の神様がひとりずつぶらさがっていなさる。だから、辛くても辛抱して奉公を続けていれば、かならずいいことがあるってな。神様なのにあんなふうに首をくくっておられるのは、奉公人の辛さを、自分でも味わうためなんだって、土蔵にいるのは、うんと下のほうにいる者たちのための神様だから、やっぱり、ほかにはいる場所がないからだろうってな」

大旦那さまは井原屋で手代にまで出世したが、ある程度商いを覚えたところで、こつこつと溜《た》めていた金を元手に、思い切って独立し、古着の担《かつ》ぎ売りを始めた。それが今の上総屋の土台となった商いである。

「私が独立して井原屋を出るとき、八兵衛さんはまだ住み込みの番頭だった。ずいぶんと足腰が弱くなっていた。そして、祝いのしるしであり、形見のつもりであるといって、私にこの絵をくれたんだよ」

大旦那さまは、これですっかり話し終えたというように、口をつぐんでほほえんだ。捨松は、そのあとどうしていいかわからなかった。

「部屋にお戻り。私の話はそれだけだ」

そう言われて、やっと立ち上がることができた。

奉公部屋に戻ると、八人が雑魚寝《ざこね》している北向きの座敷には、もう寝る場所などなくなってしまっていた。普通に床に入っても、誰かしらに夜着《よぎ》をとられてしまったりする捨松だ。あきらめて、部屋の隅にうずくまり、膝を抱えて頭を乗せた。

（結局、説教かあ……）

首くくりの神様？　奉公人の神様？

そんなもの、いるわけがねえや。

その後、捨松は上総屋で奉公を続けたが、大旦那さまのしてくれた話を、心から信じたわけではなかった。年寄りの粋狂《すいきょう》だ、苦労話をしたかっただけだろうとも思った。私も昔は丁稚だったんだよ、か。

だが、その思いの下からのぞくようにして、あの話に心を慰められたような気分もわいてくる。それが自分では嫌だった。なんだか、手の内にはまったような気がする。

四

それに、奉公が辛いことに変わりはない。

ちょうど七五三の祝いのころで、七つのお祝いをするお嬢さんがいるために、上総屋の奥には革羽織の職人が祝いに来たり、角樽《つのだる》が運びこまれたり、賑《にぎ》やかなことが続いた。目の隅でそれを見ていると、なおさら、寂しさや惨《みじ》めさがつのるようだった。

そのせいだろうか、月末になってふいと、捨松は、一度土蔵を見にいってみようかという気持ちになった。助けを求めに行くのではない。確かめにいくのだ。つくり話をぶちこわしにいくのだ。

首くくりの神様なんかいるはずがない。いてたまるか。そして、それを確かめたら、今度こそこのお店を逃げ出そう。今度はうちにも帰るまい。どこかよそへいって暮らすんだ。自分ひとりの口を養うくらいならどうにでもなる。物ごいしたって、今よりはましだし腹もふくれるだろう。

ちらちらと小雪のちらつく宵だった。足音を忍ばせて廊下を抜け、ふところから履き物を出して裏庭に降りる。そして土蔵に向かった。

土蔵の壁はあくまでも白く、のっぺりと立っていた。爪先《つまさき》が冷え、手がかじかみ、頭は粉雪で真っ白になった。

鉤型《かぎがた》の折釘が、土蔵の壁をひとめぐりしている。雪明かりのせいか、白いしっくいの壁の上に、その影が妙に黒々と浮き上がってみえるような気がした。

首くくりの神様など、どこにもいない。にこにこ顔など、どこにも見えない。

ため息をついて、捨松は踵《きびす》を返した。さあ、逃げ出そう。もうこんなお店はこりごりだ。つくり話に騙《だま》されるほど、おいらは子供じゃない。

そのとき、背後で、地面の上に、なにかがぽとりと落ちる音がした。捨松は振り向いた。

とたんに、髪の毛が逆立った。

土蔵のいちばん手前の折釘に、おかあちゃんが、捨松のおかあちゃんが首をくってぶらさがっている。

笑ってなどいない。苦しそうに歪《ゆが》んだ顔。ねじれた指。両目は真っ赤にふくれ、まぶたがとじずに白目が上をむいている。

さっきの音は、おかあちゃんの足から履き物が脱げて落ちた音だった。うっすらと積もった粉雪の上に、底のすりきれた履き物が、こちらに爪先を向けて転がっている。

声にならない声をあげ、捨松は土蔵に走り寄った。おかあちゃんのもとに走り寄った。だが次の瞬間には、堅くて冷たいしっくいの壁に頭をしたたかぶつけていた。

見上げる折釘からは、何もぶら下がっていなかった。

(夢……)

捨松の身体から力が抜けた。おかあちゃんの泣き声が耳の底によみがえった。

しっかり奉公しておくれ。おかあちゃんを助けると思って。

助けると思って。

（あんたが頑張ってくれなかったら、みんなで首をくくって死ぬしかないんだよ）

このお店を逃げ出すわけにはいかない。おいらはもう、ここから逃げるわけにはいかないんだ。

初めて、背骨の芯《しん》に何かを通されたかのようにしゃんとして、捨松はそう思った。

後年、捨松は上総屋でいちばん若い手代になった。十八歳だった。名も改め、松吉となった。

その年の春、大旦那さまが百歳で大往生をとげた。

お店の奉公人たちのあいだを、それとはなしに尋ねまわって、松吉は、ほかにも大旦那さまから「首吊《くびつ》り御本尊さま」の話を聞かされた者がいないかどうか調べてみた。だが、結局はっきりしなかった。大旦那さまの手回り品のなかに珍しい掛け軸があるという話さえ伝わってはいなかったし、ましてや、首吊り男を描いた掛け軸が上総屋の家宝であるという話など、どこをどう探しても出てこない。

あのとき見せられた掛け軸は、さてどこへ行ったのか。

大旦那さまが亡《な》くなったあと、久しぶりに、真夜中、松吉は土蔵へと降りてみた。

もとより、折釘からは何もぶらさがっていない。

心のなかからゆっくりと、甘酒がわきたつようにして、とろりとした笑いがこみあげてきた。

あのころの俺は、やっぱり大旦那さまにおこわにかけられたらしい。

だがそのおかげで、ふた親と兄弟たちは、とりあえず、貧乏のために命を落とすことはなかった。

「人買い舟は　沖を漕ぐ――」

口のなかで小さくくちずさみ、松吉はふっと笑った。

生死の町

京都おんな貸本屋日記

澤田ふじ子

澤田ふじ子（さわだ　ふじこ）
一九四六（昭和二十一）年、愛知県生まれ。愛知県立女子大学（現愛知県立大学）卒業。七三年、作家デビュー。七五年、「石女」で小説現代新人賞を、八二年、「陸奥甲冑記」「寂野」で吉川英治文学新人賞を受賞。著書に『冬の刺客』『虹の橋』『螢の橋』『はぐれの刺客』『いのちの螢　高瀬川女船歌』など多数。

一

庭のすすきが白く惚《ほう》けかけている。

去年も仲秋の名月の当日、鋏《はさみ》で切り取り、伊万里の壺《つぼ》に活《い》けたすすきだった。

「萩《はぎ》やききょうならともかく、庭に大きなすすきの根株を植えてほしいとは、於雪《おゆき》、おまえは全く女子《おなご》らしない変った子やなあ。わたしは彦十郎《ひこじゅうろう》や嘉世《かよ》と同じに、おまえを育ててきたつもりやけど、どないして妙な女子になってしもうたんやろ。ほんまにわかりまへん」

二年前の春、於雪は京都東町奉行所同心の沼田孫市郎《ぬまたまごいちろう》と円満に別れ、組屋敷から車屋町筋の梅屋町で扇問屋を営む実家「若狭屋」にもどってきた。

孫市郎と於雪は相思相愛、祝言《しゅうげん》を挙げてから一度の夫婦げんかもなく、ずっと仲睦《なかむつ》まじくすごしてきたすえの離別だった。

――三年にして子なきは去る
於雪は子供の頃から名前に似ず勝気。父親の若狭屋彦右衛門《ひこえもん》は、彼女が孫市郎と別れた理由はこれだと、ひそかに推測していた。

奉行所役人の与力《よりき》、同心の多くは世襲。それだけに町方とは深い関係を保っていた。

沼田家は代々が東町奉行所に出仕し、孫市郎で五代目。嫡子《ちゃくし》がなければ、やがては役職から離れなければならない。もし事前に相談があれば、姻戚《いんせき》から養子を迎えたらとか、またはほかに考えようもあったが、於雪は孫市郎と夫婦二人だけでさっさと話をつけ、生家にもどってきたのである。

彦右衛門が持たせた嫁入道具一式のうえ、大八車一台分ほど荷物が増えていた。

「この塗り行李《ごうり》のなかはなんどす。えらい仰山やなあ」

近頃、父親に代り帳場に坐る日が多くなっていた弟の彦十郎が、自分の許に嫁いできて間もない妻の富佐《ふさ》と、最後にとどいた塗り行李の山を眺め上げ、あきれた顔を見せた。

二人の後ろには、妹の嘉世が幾分、哀しそうな表情でひかえている。

彼女はあと一ヵ月ほどで、東本願寺前の仏具屋へ嫁ぐと決っており、自分と入れ替るように、姉が出戻ってきたことになる。縁組みにさわりはないものの、幼さを残した顔に、不安な翳《かげ》をただよわせていた。

「これはすべてが書物。浮世草子から太平記、源平盛哀記、百人一首一夕話、さらには塵劫記《じんこうき》もございます。三年余りでこれだけの量になるとは、わしも驚いた次第でござる」

意外にも荷車の後ろから、沼田孫市郎の顔がひょいとのぞいた。

思いがけないことにかれは、離縁した妻が実家に運ぶ荷車の後押しをしてきたのであった。

「これは沼田の義兄上《あにうえ》さま——」

彦十郎は複雑な顔になり、小腰を折った。

迂闊《うかつ》にご苦労さまでございますともいえなかった。

「彦十郎どの、いまではもうわしはそなたの義兄ではない。於雪どのから見切りをつけられた甲斐性《かいしょう》のない男。ただの沼田孫市郎じゃ。しかしまあ余禄《よろく》があるとはもうせ、十石三人扶持《ぶち》の同心風情の許へ嫁にまいり、こうもたくさん物の本が買えたものじゃ。もっとも、わしが奉行所からいただいてまいるお扶持で求めたのではなかろうが」

孫市郎はひたいににじんだ汗を手の甲でぬぐい、苦笑して彦十郎につぶやいた。

「おやあなたさま、わたくしが大事にしていた荷を、運んできてくだされたのでございますか」

このとき店の広い土間から、暖簾《のれん》を分け於雪が姿を見せた。

彼女の笑みをふくんだ声に、孫市郎が小さくうなずいた。二人とも周りの暗い視線など、全く気にしていなかった。

彦十郎も妹の嘉世も、つい数日前まで夫婦として暮してきた二人が、世間体にこだわらない人柄とは知っている。また飄々《ひょうひょう》としたところがうかがえる孫市郎が、見かけによらず東町奉行所きっての剣の使い手で、流派は新当流。六年前、市中見廻りの途中、高辻の因幡《いなば》堂に押し入った盗賊五人を追い、三人を斬り、二人に深手《ふかで》を負わせたその評判も、早くからきいていた。

世間体や物事にこだわらない孫市郎の無頓着《むとんちゃく》ぶりは、こうした確固とした自信に裏づけられたもので、一方の於雪は潔癖で理屈っぽく、見方によれば、可愛げのない女子といえないでもなかった。

その二人が店の前で、荷物について平然とやり取りをしている。かえって彦十郎夫婦や嘉世のほうが、気づまりであった。

「これからは於雪どのと呼ばねばなるまいが、おおこれで全部じゃ。それにしてもそなた、わしと暮した三年余りのうちに、よくもこうまで本を読んだものじゃなあ」

孫市郎は塗り行李からのぞく本に目を留め、あきれた声を於雪にかけた。

「はい、お奉行所の組屋敷では、家事のほかいたすこともありまへんどしたさかい、わたくしは思うさまご本を読ませていただきました。あなたさまはお役目一筋、わたくしは退屈でなりまへんどした」

「それは悪かったが、いまとなればなんともいたしかたがない。まあ許してくれ」

「いいえ、わたくしは孫市郎さまを怨《うら》んでなんかいてしまへん。子供を産めなかったわたくしが悪いのどすさかい」

「いやいや、畑が悪いのではなく、種がないのかもしれぬぞ。されど人前でそうあっさりもうすまい」

「お役目一筋は別にして、孫市郎さまはわたくしをそれは大事にしてくださいました。このつぎはわたくしみたいに生意気な女子ではなしに、可愛らしい後《のち》添《ぞ》いをおもらいになり、お子を仰山産んでいただきやす」

「そういわれると言葉に窮するが、ともかくそなたも達者で暮してもらいたい」

沼田孫市郎が於雪に投げた言葉をきき、彦十郎が姉の顔を眺めて狼狽《ろうばい》した。

「せ、せめて、お茶でも一服いかがでございます」

「彦十郎、あほなお誘いしたらあきまへん。いくら気楽な孫市郎さまでも、おうそうかとこんなときお茶など飲まれしまへん」

「彦十郎どの、折角のお招きだが、まあそんな工合じゃ。夫婦が憎み合って別れたわけではなし、今日のところはこれくらいにいたし、またおりがあらば立ち寄らせていただくといたそう。狭い京の町、どこで顔を合わせるやらわからぬが、今後ともご昵懇《じっこん》に願いたい」

かれは於雪を取り囲んで立つ若狭屋のみんなに、苦笑を浮べて軽く頭を下げ、車屋町通りをすたすた北に歩いていった。

「おまえたち、孫市郎はんがきはったそうやないか——」

彦十郎が両手で塗り行李の一つを持ち上げたとき、店の奥から父親の彦右衛門が走り出てきた。

「お父はん、わがままばかりいうてすんまへんけど、あんまり気をつかわんといておくれやす」

於雪の口調は、堅苦しい武家女房のものから、いつしか町言葉に変っていた。

「おまえは気随《きずい》にいうてからに——」

「お茶でもとお誘いしましたけど、お断りにならはりましたわ。お父はん、そらいくらなんでも、諾《うん》といわれしまへんで」

彦十郎が父親と姉の間に意見をはさんだ。

「そういうても、わたしの立場があるわいな。わたしはこれからもずっと町代《ちようだい》の一人として、町奉行所にはちょいちょい顔をのぞかせななりまへん。与力の関根《せきね》さまはええとして、夫婦別れをしても沼田さまとは、気まずい関係にしとうないんどす。おまえにもいまにわかります」

「お父はん、あの孫市郎さまどしたら、そないに心配せんかてよろしおす。どこで出会うたかて、気まずい顔なんか見せはらしまへん。孫市郎さまはそんなお人どす」

於雪の表情はどこかうっとりしていた。

若狭屋彦右衛門は梅屋町の町代（町役）。町代は町奉行所のお触れを市民に伝えるほか、市政に関わるすべてを奉行所と協議し、事実上、奉行所の末端の役目を果していたのだ。

そのため京都の町代たちは、二条城の前、堀川通夷川《えびすがわ》上ル町東側に、「町代惣会所」を構えていた。

さらには東西両町奉行所に、「春日《かすが》部屋」と名付けられた町代部屋を持ち、当番の町代がいつも詰めているのである。

町代部屋付き与力の関根助四良《すけしろう》は、そんな縁から相愛となった沼田孫市郎と於雪の仲人役を引き受けてくれたのだ。

「おまえにいわれたらそうどすけど、ともかくおまえたちは、大事な相談を誰にもせんと、勝手にくっついたり離れたり、まことに傍《はた》迷惑なお人たちどすえ。それにしてもあのときわたしが、於雪に町代部屋まで弁当を持ってきてくれと、頼まなんだらよかったんどす。いまでは後悔してますわ」

そもそも於雪と孫市郎の馴《な》れ初《そ》めは、彼女が春日部屋に詰める彦右衛門に、昼弁当をとどけにきたことからはじまったのだ。

「お父はん、いまさらそないな愚痴《ぐち》いうても仕方ありまへんがな。手の空《す》いた店の者がいてたら、この行李、姉さまの部屋に運ばせとくれやす。夫婦別れをしながら、どっちもさばっとしているところが救いどすわ」

梅屋町の人々も、於雪の幼い頃からの気性を知っているせいか、真昼間に嫁ぎ先から荷物がとどいても、物見高い目をこちらにむけない。若狭屋の広い板間や土間で働く奉公人たちも、さして驚いた表情を見せていなかった。

「手伝わせとくれやす」

彦十郎の声をききつけ、店から真っ先に岩松《いわまつ》が飛び出してきた。

かれは十五歳、琵琶湖《びわこ》西の高島郡大溝《おおみぞ》藩領から、若狭屋へ奉公にきて六年になる。

「おや、おまえは岩松、運んでくれるか」

「へえ、是非、手伝わせとくれやす」

目を輝かせ、岩松は於雪の顔を仰いだ。

そのかれでも若狭屋へ奉公にきた頃は、物陰にかくれ、めそめそ泣いていた。温い言葉をかけ、かれを励ましつづけたのは於雪。六年すぎたいまでは、弱虫の岩松も頼もしい丁稚《でっち》になっていた。

「於雪、おまえは小さな時分から本の好きな子やったけど、この行李がほんまにみんな本ばかりとはあきれますなあ。おまえは沼田さまのところへ嫁入りしたんではなしに、本を読みに行ったんどすか。こんだけ本があったら、貸本屋でもやれますわなあ」

彦右衛門は岩松が行李をかつぎ、店の奥に消えていくのを見送り、於雪につぶやいた。

「本を読むため孫市郎さまのところへ嫁いだわけではおへんけど、毎日、本を読んでたら、これだけの量になってしもたんどす」

「おまえ、まさか女学者になるつもりではないやろなあ」

「お父はん、冗談いわんといてほしいわ。うちはあれこれ片っぱしから本を読んだだけで、女学者になんかなれしまへん。そやけど――」

ここで於雪はにわかに分別臭い顔を見せた。

「於雪、そやけどとはなんどす。おまえ、ほんまに女学者になろうとでも思いついたんかいな。そらあきまへん」

彦右衛門は首を横に振り、とんでもないといわんばかりだった。

まさかとは思うが、この娘ならそういい出しかねなかった。

「大旦那さまに於雪さま、いったいどないしはりました」

行李を奥に運び、再び店の表にもどってきた岩松が、父娘の姿を怪訝《けげん》そうな表情で眺めてたずねた。

「なんでもありまへん。そうや岩松、これをおまえにあげまひょ」

於雪は塗り行李に詰めこまれた本の上から、汚れのきつい一冊をひょいとつかみ取り、かれにつきつけた。

分厚い本の題簽《だいせん》には、「節用集《せつようしゅう》」と書かれていた。

「於雪さま、これなんどす」

岩松は両手で本を受け取り、まじまじと彼女の顔をまた眺めた。

「おまえ、十五にもなりながら、こんな字が読めしまへんのか。節用集と書かれてますやろ」

「節は節分の節、用は御用の用、これくらいの字どしたらわしにも読めますけど」

「ああ、おまえは節用集がどんな本かと問うてますのやな」

「さようどすねん」

こくんと岩松はうなずいた。

「節用集とは、実用むきな言葉の字引き。文字の解読の手引書なんえ」

「するとこれを見たら、むずかしい字でもわかるんどすな」

「ええその通りや」

岩松の返事をきき、於雪は白い顔に満足そうな笑みを浮べた。

「そらおおきに。これ一つあればどんなむずかしい字でもわかるとは、重宝なもんどすなあ。大事にさせていただきます」

「岩松、於雪に礼いうたら、さっさと行李を奥に運びなはれ。ところでおまえ、話をはぐらかしてはいけまへん」

彦右衛門は疑い深い目で、於雪に迫った。

「うち、なにも話をはぐらかしてなんかいいしまへん。そやけど、いまひょいと急に思いついたことやったらおますのやけど——」

於雪は彦右衛門にふくみ笑いを投げかけた。

「おまえ、親のわたしに気色《きしょく》の悪い笑いをしてからに、急に思いついたこととはなんどす。早ういうてみなはれ」

彼女をにらみつけ、彦右衛門がせかした。

妻のおつねには、於雪が十三のときに死なれた。

母親なしで三人の姉弟を育ててきただけに、彦右衛門にはいまでも娘がなにを考えているのか、さっぱりわからなかった。

「うち、夫婦別れをしてこの家にもどり、肩身狭い思いで暮してんと、お父はんがいわはったように、いっそ貸本屋でもやったらどうやろと、いま考えましたのやわ。中町通りに一軒、空いた家作《かさく》がおましたわなあ。あの家をうちに使わせとくんなはれ。そこでうち、貸本屋をやってみとうおすねん」

「貸本屋やて――」

彦右衛門は驚いて目を剝《む》いた。

貸本屋でもやれるといったのはほんの軽口。だがいくらたくさんの本があるとはいえ、これくらいの量では、一軒の店構えはできない。貸本屋はだいたい二重の笈箱《おいばこ》を背負い、一軒一軒、得意先をまわる商《あきな》いとされていた。

「お父はん、いけまへんか――」

一度いい出したらきかない娘だった。

「おまえ貸本屋いうて、おまえが笈箱を背負い、客まわりをするつもりでいてますのか」

「そら当然どすがな」

於雪はもう決めたといわんばかりに答えた。

江戸時代の浮世絵師奥村政信《まさのぶ》や西村重長《しげなが》らに、貸本屋、行商本屋を描いた作品がある。いずれも笈箱の上に裸のまま本を積み重ねたり、さらに小箱を乗せたりした女貸本屋の姿であった。

古びた中町通りの家作に、こうした結果、急いで手が入れられた。

庭にすすきを植えたのは、於雪のたっての頼みからだった。

「うちの家の裏の先は鴨川、月が出たらすすきがよう似合うはずどす。秋になったら、狐は月にむかいすすきの葉を研《と》ぐのやとどっかでききましたけど、岩松、ものすごい話どすやろ」

父親の彦右衛門は、丁稚の岩松を彼女につけたうえ、隠居していた手代頭の佐兵衛《さへえ》に相談をかけ、店番を承知させてくれた。

「わし、扇問屋へ奉公にきたはずで、まさか貸本屋をさせられるとは思うてもみまへんどした。せやけど於雪さま、この仕事、なかなか面白おすなあ。わし気に入りましたわ」

間口三間、古びた家作に手を入れた店先に、貸本屋「若屋」の木看板がかかっている。

十七になった岩松は、先ほど笈箱を背負い、得意先まわりに出かけていった。

店の奥では、於雪が出仕度を急いでいた。

二

若屋と黒く染め出した麻の白暖簾《のれん》を、秋風がひるがえしていた。

出仕度をすませた於雪は、丹塗《にぬ》りの笈箱を両手でかかえ、表の帳場に運んできた。

秋草模様の単《ひとえ》が、於雪によく似合っていた。

四段に分れた笈箱には、左右から薄い本がびっしり詰めこまれ、箱の上にもひと括《くく》りの本が乗せてあった。

これを肩帯で背中に負うのである。

於雪は一見華奢《きゃしゃ》な身体つきだが、五貫（約十九キロ）程度の重さになるそれを背負い、つぎつぎ顧客の許を訪れても、年がまだ二十六と若いせいか、さして疲れた様子も見せなかった。

岩松が主にまわる得意先は、市中の商家や、ご禁裏《きんり》さまの周りに大小の構えを並べる公家屋敷。商家やほどほどの暮しをする町家では、寺子屋で学んだり、奉公で次第に識字《しきじ》能力を身につけたりした人々が、浮世草紙、洒落本《しゃれ》、人情本などの娯楽本を借りてくれた。公家屋敷では謡曲本、名所記、地誌などが重宝されていた。

見料《けんりょう》（見賃）は特別な顧客では節季《せっき》払いだったが、だいたい月に一、二回、新しい本をとどけたとき支払いをうけた。

読本は普通五巻五冊、厚冊本は二組に分けられている。井原西鶴の『好色一代男』を例にとれば、これは大本八巻八冊、二組に分けられ、見料は一組百五十文。同書は面白く、佐兵衛の考えで見料を稼ぐため二組に分けたのであった。名所記類は二十四文、随筆類は六文、絵本類は十二文、軍記は六文などと、毎年、見料の変動はあったものの、貸本屋仲間（組合）の定めにしたがい、およそ相場が決められていた。

江戸時代だけではなくつい近年まで、一般大衆は娯楽本を読むとき、本を買わず、主として店構えをする貸本屋から借りるのが普通だった。

江戸時代の天明《てんめい》末期、於雪が貸本屋を開業した頃、京都人の識字率は約八十パーセントだったと推定されている。

本屋仲間の数について、京都では確かな数字はわからないが、安永六年（一七七七）大坂で「書物屋仲間二百軒余」（『難波丸綱目』）、ついで文化七年（一八一〇）には、「仲間人数三百五十余」と記録されている。この数字から京都の本屋仲間数もおしはかられ、二倍近いにわかな増加は、それだけ貸本屋の需要が高まったからだろう。

江戸では文化五年、六百五十六人の貸本屋が数えられ、寺門静軒《てらかどせいけん》の『江戸繁昌記』によれば、天保三年（一八三二）には八百軒が営業していたといい、各藩のお城下でも貸本屋を営む人々が増えていた。

こうした貸本屋、行商本屋が江戸や京大坂に現われたのは、元禄期《げんろくき》と推定されている。

貸本屋は誰にでも手軽にできる。

本は高価、娯楽本は貸本で読むのが一般的な方法、普通とされていた。

だが誰にでも営業できるだけに、渡世株を持つ貸本屋たちは、仲間株を持たず名義だけ借りて営業する人々を、「世利子」といって区別したのであった。

こうしたかれらは、作者や版元（出版社）と読者をつなぎ、作品の販売、浸透をはかる大切な存在だった。

――借本の間にこぼれし奇応丸

享保末年頃に刊行された『かべ耳』所収の雑俳が、貸本屋から本を借りて読む庶民の姿を、わかりやすく伝えている。

於雪が沼田孫市郎の許から出戻ってきたとき、彼女から『節用集』をもらった岩松は、彼女が貸本屋を開業するに当り、鴨川と近衛《このえ》家の別邸を家の後ろにひかえる中町通りに移ってきた。それから二年余りがすぎるいまでは、字引きの効果があったかどうかはともかく、ほとんどの文字をすらすら読めるまでに成長していた。

「旦那さま、今日はどちらにお出かけやす」

於雪が笈箱を帳場のかたわらに置くのを眺め、帳付けをしていた佐兵衛が、小さな髷《まげ》の頭を上げ、彼女にたずねかけた。

「北野上七軒《かみしちけん》の遊廓《ゆうかく》をまわってこようと思うてます。佐兵衛はんもそのつもりでいておくんなはれ」

佐兵衛は於雪を旦那さまと呼んでいた。

帯の工合を改めて確かめ、彼女は答えた。

「そうどすか、承知しました。ところで旦那さま、今朝ほど岩松の奴が商いに出かけるとき、わたしにけしからんことをいうてましたわ」

老いた顔に、佐兵衛は軽い苦笑を浮べた。

「あの子、佐兵衛はんになにをいいましたん」

「へえ、わたしにお願いしたいことがあるといいますねん。それはなんやとたずねましたところ、旦那さまにお頼みして、どこでも結構どすさかい、遊廓を一つ、自分の持ち場所にくわえてもろうてほしいといいますねんやわ」

「遊廓へ商いに行かせてほしいのやと――」

「へえ、岩松の奴も、色気づいてきたんどすやろか」

「番頭はん、そら岩松が立派な大人になるまで、絶対にあきまへん。遊廓まわりはずっとうちの仕事やと、しっかりいいきかせておいとくれやす。あの子、いったいなにを考えてますのやろ。ほんまに――」

於雪は眉をよせ、ふくれっ面を見せた。

「へえ旦那さま、岩松にはよう意見して叱《しか》っておきます」

「そうしておくんなはれ。何事も岩松のためどすさかい」

京都の遊廓は、島原や北野の上七軒などが、幕府から公許を得た遊廓として有名。宮川町、先斗町《ぽんと》などは、後発として開けたが、公娼政策に幕府がきびしい制限をもうけていたため、これらはいずれも古くからの遊廓の出稼地として、営業をつづけていたのだ。

祇園《ぎおん》は鴨川東の遊廓地としてはじまり、いまでこそ芸を売りものにする京都第一の花街として名高いが、幕末までは庶民的な岡場所、京都の粋人や貴紳《きしん》が足をむけるところではなかった。伏見の撞木《しゆもく》町が多くの人々に知られていた。祇園をはじめ、これらの遊廓をまわる於雪の客は、そこで働いている遊女たちだった。

彼女たちは昼間、時間をもてあましている。

一口に遊女といってもさまざまあり、自分に誇りを持ち、また教養に磨きをかけ、上等の贔屓《ひいき》客を得ようとする遊女たちは、昼間、さかんに本を読んでいた。

彼女たちがどれほど本を読みふけっていたかは、畠山箕山《きざん》の『色道大鑑《しきどうおおかがみ》』や『好色一代男』のほか、当時の娯楽本にいろいろ描かれている。とくに寛政二年（一七九〇）刊の『傾城買《けいせいかい》四十八手』からは、自分の部屋を持つ遊女が、二分は小間物屋の内金、二朱は貸本屋の払い、一分はあんまの心づけ――と、やりくりに腐心しているようすがうかがえる。

まだ十七の岩松が、遊廓へ商いに出かけたら、色仕掛けで商売物をただにさせられるのはまだいいとしても、一生を誤る恐れがないとはいえないだろう。

「貸本屋はん、なんぞうちのお客さまの精気をふるい立たせる枕絵か本、あらしまへんやろか。それどしたら少々見料が高うても、借りさせていただきます。そんなもんがあったら、是非、持ってきておくれやすな。いや貸本でのうてもよろしおす。高うても買わせてもらいますさかい」

色の道一筋、手練手管《てれんてくだ》で上客を取りこもうとする遊女たちのなかには、臆面もなく於雪に持ちかけてくる者もいた。

世帯を構えたことのある於雪だからこそ、柳に風とき流しているが、未婚の娘ではそうはいかない。ましてや岩松のようなまだ若い男に、遊廓はためにならない場所。どの商家でも若い手代や小僧、丁稚たちを、商いからでも、遊廓には行かせなかったのである。

佐兵衛に短く念を押し、於雪は土間に下り、白緒の草履《ぞうり》をひろい、笈箱に手をかけた。

「涼しゅうなったとはいえ、重い笈箱を背負いご苦労さまどす」

佐兵衛は笈箱を背にする於雪に力をそえ、ねぎらった。

「ほんなら出かけてきますけど、北野上七軒の遊廓に行く前に、うちちょっと上京《かみぎよう》の獄門《ごくもん》寺により、竹田式部《たけだしきぶ》さまにお会いしていきますさかい。もしうちが式部さまと行きちがいになり、写本をおとどけくださいましたら、お代金をお支払いして、よろしゅうにお伝えしといておくれやす。お頼みしましたえ」

笈箱を小さくゆすり上げ、於雪は佐兵衛に命じた。

「へえ、わかりました。竹田式部さまに書写をお願いしてるのは、鴨長明《かものちようめい》の方丈記でございましたなあ」

「今日書写ができてきても、あと同じものを何冊か写していただかななりまへん」

「そうどすなあ。式部さまの字は読みやすいさかい、あっちこっちから注文をいただき、この若屋には大事なお人でございます」

大きくうなずき、佐兵衛は承知した。

竹田式部は上京、薬師前町の獄門寺境内《けいだい》の物置小屋に、一人でわびしく住んでいる。

年は三十五歳、もとは大覚《だいかく》寺の寺侍《てらざむらい》をつとめていたが、どんな事情があったのか致仕《ちし》し、懇意の住職のすすめで、獄門寺に身をよせたのである。

以前は若狭屋へ帳場手伝いにきていた。

巧みな字を書くため、特殊な本の筆耕者として、父の彦右衛門が於雪に推挙してくれたのであった。

若屋では式部に書写を頼んだ本ができあがるたび、自家製本として誂《あつら》え表紙をつけ、売り本として相当のもうけを得ていた。

式部が身をよせる獄門寺は俗称。正式には西福寺という。もとは近衛西洞院の「左獄」近くに構えられていたが、天正十三年（一五八五）、豊臣秀吉の命で、上京の盧山寺《ろさんじ》通り北裏大宮に移されたのだ。異様な俗称は、同寺の僧が斬首者に引導をさずけたことから起った。

「それではお願いしますよ」

於雪は佐兵衛にいい残し、秋風の吹く道を西にとり、河（川）原町筋に出た。

さらに西にすすみ、寺町通りを横切り、東西にのびる夷川通りに現われた。

つぎの御幸町通りにさしかかったとき、前方から洗い晒《ざら》したきものに袴姿、脇差だけを帯び、無精髭《ぶしょうひげ》をのばした竹田式部が、ゆっくりこちらに歩いてくるのが目についた。

「これは式部さま——」

「おお、若屋の於雪どの。これから商いにお出かけなのじゃな」

「はい、その前にお住居《すまい》にお訪ねするつもりでおりました」

於雪は式部が右手にかかえる布包みに目をやり、機嫌よくいった。

「これのご催促でございましょうな」

式部は書写した方丈記の包みを彼女に示した。

「さようでございます。お待ちもうし上げておりました」

「いつもながら遅れおくれになり、もうしわけない」

「いいえ、それで結構どす。ここでうちがいただいたらよろしゅうおますのやけど、できたら店番の佐兵衛にもうしつけてありますさかい、店にとどけていただけしまへんやろか」

一瞬、於雪は店にもどろうかと考えたが、強《し》いてその気持を抑え、式部に頼んだ。

「ごもっともな仰《おお》せ、お店におとどけさせていただきます」

かれは於雪に軽く頭を下げていった。

そのころ中町通りの若屋の前を、行ったり来たりしている男がいた。

於雪の前夫、東町奉行所同心の沼田孫市郎であった。

かれは於雪が中町通りで貸本屋をはじめてから数度、通りかかったといい、気さくに立ち寄っていた。だが今日はどこか様子が妙だった。

顔つきが鋭くなり、焦燥《しょうそう》がうかがわれたのである。

三

ちゃぶ台の上に、焼き上げたばかりの塩鯖《しおさば》が、染付けの皿に一切れずつ乗せられている。

それに十分出しをひいた吸い物、さらに秋茄子《なす》と鰊《にしん》の煮付けが、大鉢に盛ってあった。

いずれも佐兵衛が、於雪と岩松のためにととのえた惣菜《そうざい》だった。

若屋の表はもうすっかり戸締まりがすんでいたが、帳場と本棚のまわりでまだ於雪と岩松が、明日、得意先まわりに行くための本をあれこれ用意していた。

「於雪さま、庭田《にわだ》家のご用人《ようにん》さまに、今度くるとき太閤記を持ってまいれとのおもうしつけをいただいてますけど、それどこにございまっしゃろ」

「太閤記、それやったら新規のお客はんに借りてもらえると思い、まだ古本売買所で売り払うてしまへん。そこらの本の下になってるのとちがいますか。しっかり目を開いて探してみなはれ」

於雪は手許の本を眺めながらいった。

店が商品として持つ本を、得意客のすべてに貸しつけたら、その本は貸本屋にとって商品価値がなくなる。

こうしたとき貸本屋は、古本売買所にこれらを持ちこんで売り払い、また新しい貸本を購入してくるのだ。

『太閤記』は豊臣秀吉の一代を、読本として仕上げたもので、本を読みはじめた者の必読書。それだけに借り手がなくなっても、新規の客のためを考え、於雪は売り払っていなかった。

「へえ、もう一度探してみますわ」

本棚の付箋《ふせん》に顔をもどし、岩松はまた目をこらした。

いまでは於雪にもらった節用集が、かれに大きく役立っている。

「あっ於雪さま、こんなところに埃《ほこり》をかぶっていましたわ」

付箋を順番にたどっていた岩松が、声をはずませて叫んだ。

「旦那さまに岩松、ご飯の仕度ができてますさかい、明日の用意はそれくらいにして、そろそろお食べになりまへんか。折角の吸い物が冷めてしまいますさかい」

　台所から佐兵衛がせわしく呼んだ。

「岩松、佐兵衛はんがああいうてはるさかい、仕事はこれで終り、ご飯にしまひょか。おまえもお腹《なか》が空いたやろ」

　襷《たすき》を解きにかかり、於雪は岩松をふり返った。

　彼女は明日もどこかの遊廓をまわるとみえ、膝元に『美少年録』『俠客伝』『西遊記』などのほか、絵草紙の類《たぐい》をそろえていた。

　岩松はよほど腹を空かせていたらしく、於雪の声に即座にうなずいた。

「佐兵衛はん、お待たせしてすんまへん。へえっ、今夜はご馳走を作ってくれはりましたのやなあ」

　ちゃぶ台を一瞥《いちべつ》し、於雪は佐兵衛をねぎらった。

「秋茄子と鰊の煮合わせ、旦那さまはこれがお好きどしたやろ」

「はい、うちの大好物どす」

「於雪さま、わしもこれをお菜にしてなら、ご飯のお代りがどんだけでもできますわ」

「岩松は食べ盛りやさかいなあ。何杯でも食べなはれ。仰山食べて、早う大きくなるのや。その代り、よう嚙《か》みや」

「へえおおきに。ご飯を仰山食べて大きくなれるんどしたら、わし五十杯でも百杯でも食べ、早う大人になりとうおすわ」

岩松はなぜか意味深長な顔で箸《はし》を取った。

「あほなこといわんこっちゃ。いくらご飯を仰山食べたかて、そないなことできしまへん」

佐兵衛が不審な目になり、軽く岩松を叱りつけた。

「ところで佐兵衛はん、あんた先ほど、孫市郎さまのご様子がいつもとちごうてたといいましたけど、孫市郎さまの身に、なんぞあったんどっしゃろか」

一日、北野上七軒の得意先をまわり、於雪が中町通りの店にもどってきたとき、佐兵衛はおもどりやすの言葉につづき、沼田孫市郎がきたことを、早速、彼女に告げたのである。

孫市郎は昨年末、西町奉行所牢廻り同心の娘早苗《さなえ》を、後添いにもらったときいていた。年は二十四歳、万事於雪とは対照的、ひかえめでおとなしい女性だという。

「それはおめでとうございます。けどこれから町廻りの途中、通りかかったとはいえ、うちの許に立ち寄ったとおわかりやしたら、悋気《りんき》しはるのとちがいますか」

上り框《かまち》に腰を下ろした孫市郎にいい、於雪は表の暖簾のむこうにのぞく下っ引き（岡っ引き）の姿に、ちらっと視線を投げた。

「わしとそなたの話は十分にいたしてある。わしがここに立ち寄ったときいたとて、素知らぬ顔でいるわい。焼き餅《もち》など全く焼かぬ質《たち》の女子、なにやら頼りないくらいじゃ」

「頼りのうても、仲睦まじゅうしてはったら、いまにお子を産んでくださいましょう」

そのときだけ於雪は声を低め、目鼻立ちのととのった美しい顔に、淋しい翳をにじませた。

孫市郎の訪れは、そのあと数ヵ月ぶり。しかも佐兵衛によれば、普通でない顔つきだったという。

日頃から無頓着で快活なかれを知るだけに、於雪はちょっと不安に駆《か》られた。

「於雪どのがお出かけなら仕方がない。特別、用があったわけではないが、一足ちがいだったとは残念。ここ数日のうちに、また改めてお訪ねするといたそうといわはり、わたしがお出ししたお茶もそのまま、お腰をお上げになりました。そのとき竹田式部さまが、おいでになったのでございます」

佐兵衛はありのままを伝えたが、式部を見る孫市郎の目に、嫉妬《しっと》めいた色が浮んだ事実だけは、とてもいえなかった。

「旦那さま、孫市郎さまのご様子の変化は、お身に直接、なにか起ったというより、役儀のご苦労が重なっての面変《おもがわ》りではないかと、わたしはぞんじます。なにかのご詮議《せんぎ》で、ご心労されておいでどすのやろ」

「それなら仕方ありまへんけど、お家のほうでなにか揉《も》めごとが起ってのお訪ねなら、円満に別れたとはいえ、うちにも幾分、責任がおます。いくらおとなしい後添いはんでも、世帯を持った夫が、町廻りのついでといい、前妻のところへたびたび立ち寄ってるときいたら、女子として心おだやかではいてられしまへんやろ。孫市郎さまが十手《じって》を持たせてはる下っ引きの弥之助《やのすけ》。あの男は笹屋町の髪結いの亭主。うちも知ってますけど、ちょっと口の軽いところがおますさかいなあ」

「旦那さま、それは少し考えすぎなんとちがいますか。きっとそんなんやないと、わたしは思いまっせ」

佐兵衛にいわれ、於雪はようやく気付いた。

自分が孫市郎の妻として組屋敷のお長屋に住んでいた頃、かれは困難な事件や詮議に行き当るたび、町方から嫁入りしたためなにかと世情に通じる於雪に、いろいろ質問を投げかけてきた。

そのつど於雪は、自分の意見をはっきりのべた。

ときにはこれが意外に的《まと》を射て、孫市郎の捜査に役立ってきたのだ。

「今度もそれやったらええのやけど——」

別れた夫が、人相が変り焦燥がわかるほどの困難に直面している。

その夜於雪は、布団に横たわってもあれこれ考え、なかなか寝つけなかった。

孫市郎は、数日のうちに改めて訪ねてくるといい置いて帰ったそうだ。お互い嫌気がさして別れたわけではないだけに、彼女は孫市郎の焦燥をひどく気にかけていた。

明日は商いに出るのをやめ、一日中、かれがくるのを待ってみよう。貸本屋の仕事は、それだけ自由のきく商いだった。

「於雪さまに佐兵衛はん、では出かけてまいります」

翌日、岩松は庭田家の用人から頼まれた『太閤記』を笈箱に入れ、商いに出ていった。

公家の庭田家は、宇多源氏五家の一つ。三十石三人扶持の御蔵米《おくらまい》公家で、屋敷は蛤御門《はまぐりごもん》の右に構えられていた。

「いつもいうてるけど、気をつけて商いしてきなはれや。おまえは将来、貸本屋になると決めてるんやさかいなあ。それがむいてるわ」

於雪は岩松に励ましの言葉をかけて店から送り出したあと、前掛けに襷姿で本の整理をはじめた。

孫市郎と別れ、嫁入道具とともに持ち帰った荷車一台分の本の半分近くは、得意客に読みつくされ商品価値をなくしたため、四条東洞院で古本売買所を営む「富田屋」に持ちこみ、別の貸本に替えていた。

笈箱を背にして得意先まわりをする以外に、こんな算段のほか、客がどんな本を好んで借りるかを正確につかむなど、貸本商売のこつも、近頃ではだいぶわかってきた。

「やあ於雪どの、今日は店においでなのじゃな」

沼田孫市郎が若屋の白暖簾を右手でかかげ、店のなかをのぞきこんだのは、四つ（午前十時）をだいぶすぎた頃であった。

今朝、於雪は念入りに化粧をしていた。

熱いものが胸にわっと湧き上がり、激しく鼓動を打つのが、自分でもわかった。

「これは孫市郎さま、よくおいでくださいました。今日にでもきっときはるはずやと、外歩きをやめ、待ってたんどっせ。詮ないこととは知りながら、こないに化粧までして、うちばかみたいどす。まあそれはともかく、さあ上がっとくれやす。外でお待ちの弥之助はんも、なかにお入りやすな」

まず孫市郎にすすめ、於雪は外でひかえる下っ引きのかれをも、大きな声で誘った。

孫市郎と奉行所の組屋敷で暮していた頃、於雪は下っ引きの弥之助と何度か顔を合わせていた。それだけにばつの悪さを覚え、これまで孫市郎が店にきたおりなど、わざと弥之助を外に待たせ無視してきたが、今日はそんな逡巡《しゅんじゅん》など論外であった。

「これはお内儀《ないぎ》さま、お久しぶりでございます」

弥之助はきまり悪そうな顔で、店の土間に姿をのぞかせた。

「弥之助はん、うちはもうこのお人のお内儀なんかではございまへん。女貸本屋の主、町方のただの女子どす。これからはそのおつもりでいとくれやす。後添いの早苗はんに悪うおすさかい」

できるだけ平気な口をきいた。

秋風が快く顔をなでたが、於雪は二人を眺め、急にひんやりしたものを背筋に感じた。

なるほど、孫市郎の表情はいつものようではない。弥之助の顔にも、重い疲れがにじんでいた。

四

店の棚にぎっしり本が並んでいる。

古本売買所の富田屋は、間口が五間、奥行きはさらに深い店であった。数人の手代や小僧たちが、本の整理に当り、離れた一画では、これもまた数人の奉公人たちが、傷んだ本の補修を行っていた。

富田屋では、貸本屋商いの店や人々から、別誂えの装丁や製本も引きうけている。若屋の於雪は今日、竹田式部が書写した鴨長明の『方丈記』の製本と、それとは別な相談ごとを、富田屋の番頭七左衛門《しちざえもん》にかけにきたのであった。

「この方丈記を書写した筆跡、いつもながら見事なもんでございますなあ。そちらさまでもお確かめでございましょうが、念のため校合《きょうごう》させていただきました。けどやはり、一字のまちがいもありまへんどした。全く感心させられますわいな。筆跡のお人は、よっぽど律儀なお方なんどすやろなあ」

七左衛門はしみじみとした声でもらした。

鴨長明の読みは、正式には〈かものながあきら〉という。

かれは平安時代末、京都鴨御祖《かものみおや》神社の神職の家に生れた。七歳のとき、早くも従五位下に叙せられたが、十代の後半に、賀茂下社惣官《そうかん》の父につづき母を失った。以後かれは、和歌のほか、琵琶は楽所預《がくしよあずかり》の中原有安から秘曲「揚真操」を伝授されるほど、将来を嘱望《しよくぼう》されたが、五十歳で出家するまで昇進することはなかった。

――ゆく河の流れは絶えずして、しかも、もとの水にあらず。淀みに浮ぶうたかたは、かつ消えかつ結びて、久しくとどまりたる例《ためし》なし。世中《よのなか》にある人と栖《すみか》と、またかくのごとし。（中略）朝《あした》に死に、夕《ゆふべ》に生るるならひ、ただ水の泡にぞ似（た）りける。

これは無常な人間の存在を、名文で語りかける『方丈記』の冒頭。後鳥羽院《ごとば》は長明の多彩な才能に目をかけられたが、狷介《けんかい》な性格がわざわいしてか、かれは世に容《い》れられなかった。

出家のあと、京の東南に当る山科《やましな》の日野に方丈を結び、『無名抄《むみょうしょう》』を記し、ついで『方丈記』、晩年には出家遁世《とんせい》した人々の説話を集め『発心集《ほっしんしゅう》』を著わした。

富田屋の七左衛門は、於雪がいつも装丁と製本を頼む筆耕者の身許を、ふとたずねたい素振りをみせたが、貸本屋をはじめて約二年、かれはいまも深くはきかなかった。

彼女が貸本屋株を手に入れ、また富田屋で特別に扱われているのも、父親の若狭屋彦右衛門の力添えがあるからだった。

鴨長明と竹田式部。於雪は式部の身の上をいくらか父親からきいているだけに、『方丈記』を書写する式部の思い入れはさぞかしだろうと考えていた。

「七左衛門さまはお目が高うございます。書物の書写など、几帳面でのうてはできしまへんけど、これをお書きのお人は特に几帳面なお武家さま。しかも並みのお方ではなさそうどす」

「こんな仕事をするのは、だいたいお武家さまか坊さまのなれの果て。それと貧乏な御蔵米公家に決ってますけど、方丈記の文字には、まあいうたら剣機《けんき》みたいなもんを感じます。するとこのお人はお武家さまで、並みのお方でないと於雪はんがいわはるのは、お刀の腕前のことどすな」

「うちもよう知りまへんけど、梅屋町の父がさようにもうしておりました」

「そうどすかいな、やっぱり。いつかお目にかからせていただきたいもんどす。ところで今日は、別になにか相談ごとがおありだとか――」

雑談を終え、七左衛門が本題の口火を切ってくれた。

「それなんどすけど、実はこの相談、うちの店のことではなしに、うちの前の連れ合い、東町奉行所で同心をつとめる沼田孫市郎さまからの頼みごとなんどす。もうしわけありまへん」

「沼田さまの――」

七左衛門はほそい目を大きく見張り、視線を伏せる於雪の顔をのぞいた。

彼女と沼田孫市郎が離別した経緯《いきさつ》は、七左衛門も若狭屋彦右衛門からだいたいきいている。於雪が勝気な女性だけに、日頃から不憫《ふびん》に思い接してきた。

「はい七左衛門さま。ご存知と思いますけど、孫市郎さまは町同心。ここ二ヵ月余り、隠岐島《おきのしま》から島抜けしてきた男を必死に探しているものの、手掛かりが全くつかめず、途方に暮れているのだそうでございます」

沼田孫市郎が島抜けをしたその男の探索に精魂を傾けるには、理由があった。

男の名は安之助《やすのすけ》といい、三条大橋に近い中島町の旅籠屋《はたご》「松前屋」茂兵衛《もへえ》の次男。一人の女をめぐり、高瀬川沿いに京屋敷を構える土佐藩の中間十蔵《ちゅうげんじゅうぞう》に、瀕死《ひんし》の重傷を負わせ、姿をくらませた。

安之助は幼友達や中島町界隈《かいわい》でも、どうしようもない道楽者といわれていた。

かれの道楽は芝居と浄瑠璃《じょうるり》。浄瑠璃は三味線に合わせてかたる物語の総称。義太夫がとくに主流をなす芸能である。

名題の演目がかかると、かれは京はもちろん、大坂にまで出かけるほどだった。

「ばの字がつく道楽者と呼ばれているからには、いっそわし、小屋付きの戯作《げさく》者《しゃ》にでもなってみせな、格好がつかへんがな。西鶴や近松とまではいかへんけど、そこそこになったるわい」

父親からあほな夢見てんと、家業の手伝いをしなはれといわれながら、安之助は一向に〈道楽〉をやめなかった。そして二十六のとき、木屋町筋の一膳飯屋で働く十九歳のお吉《きち》を奪い合い、ついに十蔵を刺してしまったのだ。

町廻りの途中、ときどき松前屋に立ち寄り、父親の茂兵衛から息子の愚痴をきかされていた孫市郎は、安之助を潜伏先の天竜寺村で捕えた。

「親父の茂兵衛どのから、おまえの道楽はいつも耳にしていたが、わしはおまえがいずれひとかどの戯作者になるのではないかと思うてきたわい。それを女子に血迷い、なんということを仕出かしたのじゃ。幸い中間の十蔵は一命を取り止め、おまえのお裁きは遠島《えんとう》。おそらくそれにちがいあるまい。親父《おやじ》やおふくろの身にもなってやれ」

安之助のお裁きが、やはり隠岐島へ十年の遠島と決ってからも、孫市郎は島で戯作につとめよと、安之助を励ましつづけた。

四年前、こうして島に送られていった安之助が、島抜けを決行したのは、新しく島送りにされてきた京都のならず者から、中間の十蔵が惚《ほ》れていたお吉と世帯を持ち、仲睦まじく暮していると耳にしたからだった。

「畜生、お吉の奴、ほかの男ならともかく、よりにもよって十蔵の女房になるとは、あんまりおれを虚仮《こけ》にしてるやないか」

安之助が遠島仲間の一人に、岸辺に流れついた昆布をひろいながらつぶやいた怨みの言葉まで、京の町奉行所はつかんでいた。

かれの目的は、京都にもどり、怨みを晴らすことだろう。

お吉と十蔵はなにも知らず、下京《しもぎょう》花屋町の路地長屋で数珠《じゅず》屋の賃仕事をして暮しを立て、すでに二人の子供をもうけていた。

安之助が島抜けをしたのは三ヵ月前。かれは役人の目を巧みに逃れながら、報復の目でひそかにお吉と十蔵の行方を探しているにちがいない。この報復が実行されれば、お吉と十蔵の夫婦ばかりか、二人の子供までが巻きぞえになる。

いうまでもなく町奉行所は、花屋町の路地長屋に下っ引きを配し警戒させていた。

「目付与力の松田与右衛門《まつだよえもん》さまが、島抜けは重罪、捕えられれば打ち首じゃが、偶然ここ一年ほど前から、松前屋の主が病で寝こんでおる。安之助が父親に一目会いたい一念から、島抜けをいたしたとすれば、命の助けようもあろう。だがお吉か十蔵にちょっとでも傷を負わせたら、もはや助けるすべはあるまい。この京のどこかに潜んでいるはずの安之助を、どうにかして早く捕えよと、このわしに命じられたのよ。わしとて安之助に殺生《せっしょう》を犯させたくない。それで血眼になって探している次第じゃ。安之助を見たとの情報はよせられているものの、その行方が皆目わからぬ。そこでわしはふと考えついた。安之助は一時は西鶴や近松をめざし、戯作者になろうとしたほどの男。誰かが潜伏を助けているといたせば、外歩きは危険ゆえ、きっと隠れ家で貸本でも読みふけっているにちがいないと、まあさように思いついたのじゃ。奴は小さな時分から、片時も本を手離さなんだともうし、凶行におよんだおりもそうであった。於雪どの、そなたは貸本屋を営んでおり、得意先のなかに、急に借本の数がふえた客はおらぬか、まずそれをたずねたい。さらに若屋にそんな客がなければ、仲間にそれとなくたずねてもらいたいのじゃ。いまわしが手掛りといたすのは、それよりほかにない。また古本売買所の富田屋にも、相談をかけていただけまいか。町奉行所がおおっぴらに動いたとなれば、島抜けをした安之助の助命がかなわぬからよ。わしとしては、安之助がすんなり自首してきたものとして、始末をつけてやりたいのじゃ」

孫市郎の焦燥は、安之助を慮《おもんぱか》ってのものであった。

「そうどすか、芝居か浄瑠璃本でも書こうとしてはった若いお人がなあ。惜しいことどすがな。これはうちらの商売と、全く無縁とは思われしまへん。沼田さまのいわはるように、安之助はんいうお人は、どこに身を隠しても、やっぱり本だけはしっかり読んではりますやろ。わたしらの筋からこっそり探り出し、そのお命をお助けしなりまへんなあ。罪を重ねはったかて、命さえ助けられたら、やがてはええ戯作を書くお人にならはるかもしれまへん。若屋の於雪はん、この七左衛門、ようわかりました。店に出入りする信用のおける貸本屋はんたちに、こっそりきいて上げまひょ。まあ五、六日待っとくれやす」

七左衛門は於雪の顔を真剣な眼差しで見つめた。

店のほうから芸香《うんこう》の匂いがただよってきた。

芸香は別名を七里香、春桂、山礬《さんばん》ともいう。山野に自生する多年草。大きなものは一丈ほどにもなり、初夏に黄緑色の小花を咲かせる。本の防虫に役立った。

本に銀杏《いちょう》の葉をはさむのは、芸香の葉が似ているからで、誤用がそうさせたのだろう。

於雪は鼻孔をふくらませ、甘いその匂いをかいだ。

秋の気配が日毎に深まっている。

於雪は帳場の横に坐る竹田式部の湯呑みに、急須をかたむけ、ふうっと大きなため息をついた。

島抜けをした安之助をやっと捕えた沼田孫市郎が、四半刻（三十分）ほど前、かれを再び隠岐島にもどすとの決定が下されたと、知らせてきたのである。

それだけなら平気だったが、かれは上り框から腰を浮かせたとき、後添いの早苗がどうやら来春、子供を産むらしいと、ふと於雪にもらしたのだ。

「於雪どの、そのため息、いかがされたのじゃ」

式部に問われ、彼女ははっと我に返った。

「いいえ、本好きの安之助はんが、流罪《るざい》十年の上に、五年の刑を加算され、また島送りになるときいたからどす」

「祇園村の親戚の家にかくまわれ、毎日毎日、本を読んですごしていたとは、やはりというべきじゃなあ。怨む男女の住居を突きとめながら、二人が子までなしていると知ると、安之助は島抜けさえした猛々《たけだけ》しい怨みの気持を失せさせたという。まことに哀れで美しい話じゃ。島抜けした男に五年の加罪だけですませたのは、お奉行どのや沼田孫市郎どののたちの温情。方々はそこのところに感銘を受けられたのでござろう。人の世に情《なさけ》があり、人を信じられたら、安之助も海のむこうの島で、戯作を書こうとする気持を失うまい。誰もがこの世という生死の海を、それなりに渡っているのじゃ」

安之助が縛《ばく》についたのは、富田屋に出入りする貸本屋市助《いちすけ》の通報にもとづいた。

本など借りたことのない祇園村の料理茶屋「玉屋」の若旦那信吉《しんきち》が、通りがかった市助を奥に呼びこみ、『諸国里人談』『蛍雪余話』など、もっぱら娯楽本を扱う市助がきいたこともない本を注文したからだった。

孫市郎たちが安之助のひそむ玉屋の奥部屋を急襲したとき、安之助は近松半《はん》二《じ》と竹田文吉の共作、安永七年に刊行された『心中紙屋治兵衛』を読んでいた。

「お世話をおかけいたしました」

かれは頭を低く下げ、自分から両手を孫市郎にさし出した。

玉屋は営業停止十日間の処分ですまされた。

安之助について語る竹田式部の目が、遠くを見る色になっている。

於雪もまた虚ろな顔付きで、外からひびいてくる子供たちの声に気持を奪われ、式部の話を十全にはきいていなかった。ただ生死の海の言葉だけが、妙に頭にこびりついた。

若屋の暖簾に、赤とんぼが止まろうとしていた。

打役

諸田玲子

諸田玲子（もろた　れいこ）
一九五四（昭和二十九）年、静岡県生まれ。上智大学卒業。九六年、『眩惑』でデビュー。〇二年、『あくじゃれ瓢六』が直木賞候補になる。〇三年、『其の一日』で吉川英治文学新人賞を受賞。〇七年、『奸婦にあらず』で新田次郎文学賞を受賞。著書に『蓬萊橋にて』『源内狂恋』『恋ほおずき』『仇花』『末世炎上』他。

一

牢屋同心、杉浦吉之助《きちのすけ》が鍋町二丁目の同心長屋へ帰ったのは、夕七つの鐘が鳴って四半刻《しはんとき》も経たぬ時分だった。

牢屋敷は小伝馬町《こでんま》にある。長屋までさほどの道のりではない。しかも、奉行所の定廻《じょうまわ》りや捕方《とりかた》とちがって、どんなに世が騒がしかろうが牢内の時間割は一定だった。居残るほどの用事もめったにないので、帰宅の時刻はまず変わらない。

妻女の琴江《ことえ》も心得ていた。ざんざん降りで足音など聞こえまい、という日でさえ、玄関へ入れば式台に三つ指をついている。

二十五俵三人扶持の長屋は式台も一畳の板敷きがあるだけだ。琴江と八つになる娘の佐代は身を寄せ合うように膝をそろえ、「おかえりなさいまし」と唱和する。いつもなら妻に刀を手渡し、娘の頭に軽く手をふれて家の中へ入るのだが——。

この日は娘の姿がなかった。

「佐代はどうした」

「今しがたまで端切《はぎ》れをいじっておりましたのですが……」

琴江は困惑したように青い眉をひそめた。

「父《とと》さまのご帰宅とあれば、どこにおっても駆けて来る子ですのに」

琴江は八丁堀の例繰方《れいくりかた》与力の娘だ。本来なら与力の娘は与力の家に嫁ぐ。たまたま歳の見合う相手がいなかったのか、姉妹が四人もいたので一人くらい格下の家へやるのもやむをえぬと思ったのだろう、牢屋奉行の勧めを琴江の両親は快諾し、あっさり縁談はまとまった。十一年前、吉之助が十九、琴江が十八のときである。

それからはおおむね平穏無事に暮らしてきた。男児がいないのが難とはいえ、家督がどうのと騒ぐ家ではない。ゆくゆくは遠縁の男子を養子に迎えて佐代と娶《めあ》わせれば済む。

たいがいになさいませ、と琴江があきれるほど、吉之助は娘を慈しんできた。

佐代のほうも母より父になついて、父さま父さまと事あるたびにまつわりついてくる。一歩家を出れば謹厳な武士の顔になる吉之助も、家内では温和そのものだった。

「早瀬さまのご沙汰はいかが相なりましたのですか」

刀を捧げ持って夫のあとに従いながら、琴江が訊ねた。

「わからぬ。お奉行の胸先三寸だ」

「大事にならねばようございますが」

早瀬作次郎も牢屋同心で、同じ長屋に住む昔なじみである。お役は数役《かずやく》。数役とは囚人の拷問《ごうもん》や敲刑《たたきけい》の際、数をかぞえる役目だ。

作次郎は先日、数をまちがえた。由々しき失態である。即刻、進退伺いを出した。数日の謹慎で済むだろうというのが大方の予想だが、琴江の父の話によると改易《かいえき》という先例もあったそうで安心はできない。

「お内儀に逢うたか」

「いえ。ご沙汰が定まってからでのうてはお慰めのしようもありませぬ」

作次郎の件は娘とはかかわりない。が、佐代がいないので、なおさら話ははずまなかった。

奥の間へ入り、妻の介添えで着替えを済ませる。

琴江は一旦座をはずし、湯飲みを掲げて戻ってきた。

「井戸端で遊んでおるようです。声がいたしております」

「よいよい。放っておけ」

「そうは参りませぬ」

茶を勧めると、琴江はそそくさと出ていった。佐代を連れて来るつもりだろう。

吉之助は茶をすすった。口ではよいよいと言いながら、娘があらわれるのを心待ちにしている。あどけない笑顔を見ると一日の疲れが癒え、殺伐《かんば》とした心が和む。それだけ苛酷な勤めを強いられているということだ。芳しい体を抱き寄せ、たあいのない話に耳をかたむける夕べのひとときがなければ、心の均衡を保てるかどうか。

作次郎も難儀なことよ、よほど参っておったのだろう――。

吉之助はひとりごちた。

ここ数年来、江戸では群盗騒ぎがつづいている。幕府は盗賊の召し捕りに躍起になっていた。五月に鼠小僧《ねずみこぞう》がお縄になったものの、いまだ事件はあとを絶たない。四人の数は増える一方で、拷問《ごうもん》や詮議もひっきりなしである。牢屋同心の心身はすり減るばかりだ。

書見をするのもおっくうで、もうひとくち茶を飲んだとき、琴江の声がした。

「佐代が参りました」

吉之助は湯飲みを置いた。我知らず頬がゆるんでいる。

琴江に押し出されるように、佐代が入って来た。敷居際に膝をそろえる。

佐代は吉之助に似て整った目鼻立ちをしていた。目元が涼やかで鼻筋も通っている。親の欲目かもしれないが、このまま健《すこ》やかに育ってゆけばなかなかの美人になりそうだ。

佐代は丸い頬をくいとすぼめていた。唇をとがらせているのは不満があるからか。

「ご挨拶は……」

琴江に催促されて両手をつく。

「父さま。お帰りなさいませ」

いつもどおりの挨拶だが、吉之助はざらついた響きを感じ取った。

「庭で遊んでおったのか」

問うた舌がわずかにもつれた。ある予感が言葉より先に全身を駆けめぐる。むろん動揺を見せぬよう、穏やかな表情はくずさない。

「ままごとか」

「はい」と、佐代は上目づかいに父を見た。

本来なら答える声もはずんで、顔も輝いているはずだ。ところが、この声の硬さはどうだろう。眸に浮かぶ探るような色は……。

酸っぱい唾がこみ上げた。

それでも表面はなにも気づかぬふうを装って、「こっちへ来い」と両手を差し伸べた。

「手習いはどうじゃ。素読はどこまで進んだ。さあ、父に聞かせてくれ」

うれしそうに這い寄る代わりに、佐代は尻ずさりをした。

「どうしたのですか。父さまに聞いていただくのだと申していたではありませぬか」

いつもと様子のちがう娘に、琴江も当惑している。

吉之助は言葉を失っていた。娘の視線を追いかける。

佐代は父の手のひらをじっと見つめていた。やがて視線は父の顔へ戻ったが、その目には今度こそ明らかに怯えの色があった。

「佐代、父さまのおそばに……」

「よい。どこぞ具合がわるいのだろう。休んでおれ」

父のひとことに佐代はぱっと立ち上がり、救われたように駆けてゆく。

「お待ちなさい。なんですか。行儀のわるい……」

追いかけようとする妻を、吉之助は引き止めた。

「好きにさせておけ」

「そうはゆきませぬ」

「いいから早う飯にしてくれ。腹が減った」

薄給のため、杉浦家には先代から仕える老僕が一人いるだけだ。通いの小女《こおんな》が賄《まかな》いを手伝ってはいるものの、仕事が遅いばかりか機転もきかない。

「はい」と、琴江は応じた。「それにいたしましても、なにが気に入らぬのでしょう。素直な子とばかり思うておりましたのに」

小言を言いながら、台所へ戻って行った。

吉之助は冷たい波がひたひたと満ちてくるのを感じた。あわれな娘よ……。

小さな胸が抱え込んだであろう重荷を思うと、吉之助の胸もつぶれそうになる。

膝に這い上がり、無邪気な目で「父さま、佐代はねえ……」と話しかけてきた娘だった。ふっくらした唇を忙《せわ》しなく動かし、そこから愛らしい笑みを覗かせ、かと思えば矢継ぎ早に一日の出来事を並べたてる。身振り手振りをするたびにさらさらと髪がゆれ、甘やかな香がただよう。娘と過ごすひとときの何にも代え難い喜びが、突然、指の隙間からこぼれ落ちてしまったのである。娘が曇りない目で父を見ることは二度とあるまい。たとえ事情を理解して、ありのままを受け入れるようになったとしても、もはや心底打ち解けることはないだろう。

いつかこの日が来るとわかっていた。

しかし、なぜ、今日でなければならぬのか——。

早春の穏やかな日和。なんということもない一日。牢屋敷では相も変わらず失望と焦燥、自棄《やけ》と狂気が入り乱れている。右手を振り下ろすたびに呻《うめ》きがもれ、どよめきが湧き起こる。が、それがなんだというのだろう。

手のひらを見つめた。

右手の指の付け根に握り胼胝《だこ》が並んでいる。手のひらそのものも左手に比べて分厚いが、胼胝は白く浮き上がって、今や皮膚の一部になっていた。

父、左兵衛の手のひらもそうだった。

右手と左手の相違がなにを意味するか。

そのわけを知ったのは十のときだ。

二

「刀胼胝ってのは左右にあるんだぜ」

みっつ年長の作次郎が、小鼻をうごめかせながら言った。痩せて手足がひょろ長く、顔も鼻も長い。が、目だけはぎょろりとした若者である。

「母上は刀胼胝だって言ったよ」

吉之助は頰をふくらませた。

「ごまかしたのさ」

「どうして」

「打役《うちやく》だってこと、おまえに言いたくなかったんだ」

にやついているのは、事実を知った吉之助がどんな顔をするか、意地悪な好奇心があるのだろう。作次郎は根はよい人間だが、ときおり小意地がわるくなる。

「ウチヤクって」

吉之助は首をかしげた。聞いたような気もするが、意味を考えたことはない。

「読んで字のごとし。囚人どもを笞《むち》で打つ役に決まってら」

作次郎は笞を打つまねをした。

「嘘だろ」

「ほんとさ。因果な家に生まれたもんだな。大人になったら、おれもおまえも笞を使うご身分と相なるわけだ。ま、打たれるほうでないだけましか」

これはのちに知ったことだが、小伝馬町の牢獄を預かる牢屋奉行の配下には、小頭、世話役、書役、賄役のほか、鍵役、数役、打役の同心がいた。打役を務めた者の中から数役、鍵役助役、さらに鍵役へと年を経て昇進してゆく。もっとも昇進したところで上席は鍵役止まり、しかも牢屋同心は世襲だ。

杉浦家は代々牢屋同心の家柄である。吉之助もむろん、そのことは知っていた。牢獄とは悪事を働いた人々がお裁きを待つところで、父の役目は囚人どもを監視することだ、という程度には……。

「おれは敲刑ってやつを見たことがある。門前に囚人を連れ出して、泣きわめこうがのたうちまわろうが、顔色も変えず、笞で五十回、でなければ百回打ち据えるんだ。手加減はいっさいなし。拷問となったらもっと酷い。聞くところによると、天井から逆さ吊りにして、血反吐《へど》はいて死にかけたやつを……」

「やめろっ」吉之助は叫んだ。「やめろやめろやめろ」

作次郎は肩をすくめた。

「おれたちだってやるんだ、いつかはな」

「おれはいやだ」

「馬鹿だな。いいもいやもあるもんか」

作次郎はせせら笑った。が、その笑いはひどくかさついていた。いっさいの感情が干からびてしまったとでもいうかのように。

二人は学塾の帰り道だった。作次郎は先へ行ってしまい、顔色を失った吉之助はひとり、道端に取り残された。

「ウチヤク……なんておぞましいお役だろう」

吉之助はうめいた。

父は毎朝牢屋敷へ出かけてゆき、苦悶にのたうつ囚人どもを虐《いじ》め抜いていたのか。そのくせなに食わぬ顔で家へ帰り、美味《うま》そうに飯を食い、顔を合わせるたびに「素読は進んでおるか」「剣術の腕は上がったか」などと、穏やかな顔で我が子に話しかけていたのだ。

素読……剣術……そんなものがなんになる? 学問に励もうが、剣の腕を磨こうが、どのみち囚人を笞打つだけの生涯なのだ。

吉之助は虚空をにらみつけた。二度三度息を吐き出し、苦い唾を呑み込んで、とぼとぼと家へ帰って行った。

父の左兵衛はこの日非番で、珍しく家にいた。庭へ出て野良犬に餌をやっている。

父は無類の動物好きだった。およそ犬でも猫でも鳥でも、迷い込んで来れば親身に世話をしている。その姿を見るたびに、やさしい父、と慕わしく思ってきたのだが——。

垣根の隙間から、吉之助は父を眺めた。

父は三十半ばだ。が、四十になる作次郎の父親より年長に見えた。端正な顔立ちのせいか、静まり返った眸のせいか、鬢《びん》にまじる白髪のせいかもしれない。

子供心にもどこか寂しげだと思っていたが、作次郎から打役の話を聞いた今は一転して、その風貌ゆえにとびきり冷徹な男に見えた。

中肉中背の体は見事にひきしまっている。そういえば、一緒に湯へつかるたびに、肩と腕の逞《たくま》しさに目をみはった。あれは、笞を打って鍛え上げたものだったのか。

いたたまれずに顔をそむけた。と、そのとき、犬が鼻を鳴らす音と共に、

「よし。水を持って来てやるぞ」

という父の声が聞こえた。

もう一度、覗く。

父は犬の背を撫でていた。片耳がちぎれた、みすぼらしい犬である。おまけに乾いた泥がそこここにこびりついている。父は愛しげに撫で、犬はゆったりと尻尾を振っていた。

十歳の頭は混乱した。作次郎が自分をからかったのか。それとも父が自分をたばかっているのか。野良犬を愛おしむ父と囚人を笞打つ父……どちらも真実だという考えは子供には浮かばない。

父は空になった器を手に立ち上がった。裏手へまわり込んだのは、井戸端で

水を汲もうというのだろう。

吉之助は木戸をくぐった。同心長屋は各々に前庭があり、簡素な木戸門がある。

玄関へ駆け込もうとしたとき、父の声がした。

「帰ったのか。ずいぶん早いのう」

吉之助は凍りついた。やむなく振り向く。

真っ先に見たのは父の顔ではなく、器を掲げた「手」だった。

父の右手のひらに胼胝があるのを、吉之助は知っている。今ではそれがどうしてできたかということも。

「そやつ、喉が渇いておるらしい」

自分の代わりに水をやれというのか、父は器を突き出した。

畏敬していた父に、なぜ、あんな不作法ができたのだろう。頭がカッと燃えた、と思うや、吉之助は水の入った器を片手で跳ね飛ばしていた。

一目散に逃げてしまったので、跳ねた水が父の体にかかったかどうかはわからない。

父は呼び止めなかった。夕餉の際、顔を合わせたときも、何事もなかったような顔をしていた。

三

作次郎はお節介なやつである。

敲刑を見物しようと誘われたとき、吉之助はしぶしぶうなずいた。

「行こうぜ」

遅かれ早かれ立ち合わなければならない。好奇心半分、強がり半分といったところか。むろん内心はびくついていた。不運な成り行きを恨みつつ、格好ばかりは勇ましく牢屋敷へ向かう。

門前に人だかりができていた。最前列に牢役人が居並んで、野次馬がそれより前へ踏み込まぬようにらみをきかせている。

敲刑は門前に敷いた筵《むしろ》の上で行われる。三人の囚人がすでに引き出され、そのうち一人は囚人用の白衣を脱がされて、下帯ひとつで筵の上にうつぶせになっていた。

傍らの一角に、牢屋奉行や奉行所の牢屋見廻り同心だろう、羽織袴姿の役人が、ある者は床几《しょうぎ》に腰をかけ、ある者はその後方に立って検視役を務めるべく待機している。数役と打役の他、気絶したとき水をかけるため水桶を抱えた男や両手足を押さえつける男など、牢屋下男が数人、筵のまわりを取り巻いていた。

二人は人混みをかき分けて前方へ進み出た。

打役が父であることはとうに気づいていた。だからこそ作次郎は自分を誘ったのだ。

「はじまるぞ」

作次郎がささやく。

ざわめきが鎮まった。

牢役人が罪状を読み上げ、あらためて敲刑が申し渡される。

父は四人の頭の側に膝をついた。縞小袖に袴、紋付きの黒羽織といったいでたちである。検視役の一行に頭を下げ、威儀を正して、笞を持った右手を大きく振り上げた。

吉之助は思わず目を閉じた。

バシッと音がして、数役が「ひとォっ」と声を張り上げた。

「これしきで怖じ気づくな」

「ちゃんと見てるよ」

「目をつぶってるじゃないか」

「眩しいから細めてるだけさ」

うんざりしながら目を開けた。

父は黙々と笞を振るいつづけていた。なにを考えているのか。無念無想、ただお役を全うすることしか頭にないのだろう。四人の体を丸太ん棒とでも思わなければ、こんな酷い仕打ちをできるはずがない。

病がちの母を、父はいつも気遣っている。子供たちが怪我でもしようものなら、日頃の冷静さはどこへやら、医者や薬だとあわてふためく。目の前で四人を痛めつけている男が同一人物とはとうてい思えなかった。

「見事なもんだな」

作次郎は目を輝かせた。肩から背中へかけて徐々にずらしながら、しかも過《あやま》たずに敲くには相当な年季がいるのだと知ったような顔で言う。

「あと四、五年したらおれも見習いだ」

打たれるたびに、四人の体は激しく波打った。苦悶の呻きがもれる。背中はもう真っ赤で、幾筋ものみみずばれが走っていた。血がにじんでいる箇所もある。

父は汗だくになっていた。が、その顔は家にいるときと同じく平静で、双眸にもなんら感情はあらわれていなかった。それがかえって不気味である。人々は息を詰めていた。ときおり生唾を呑み込む音や咳払いが聞こえるばかり。

「六十三、六十四……」

数役が、これも淡々と数をかぞえている。

七十をかぞえたときだった。赤子の泣き声がした。女のあやす声も。こんなところへ赤子を連れて来るとはいったいどういう女か。囚人の身内かもしれない。でなければ囚人に恨みを持つ者があえて溜飲を下げに来たのか。

吉之助は振り向いた。

斜め後ろに赤子をおぶった女がいた。人垣をかき分けて立ち去ろうとしている。女は娘の手を引いていた。娘は体をよじって、なおも前方を見ようとしていた。粗末な布子《ぬのこ》姿にもかかわらず、思わず声をかけたくなるほど愛らしい娘だ。

一瞬、吉之助と娘の目が合った。

娘は自分と似た年格好である。大きな目がことに印象的で、黒く深く潤んで、哀しみを塗り固めた宝石のようだった。顔には挑むような色がある。そのせいか小娘のくせに大人びて、凜《りん》としたたたずまいが伝わってくる。

母娘は人混みにまぎれて見えなくなった。

「おい」

作次郎が脇腹をつついた。

敲きはまだつづいていた。笞は容赦なく皮膚を切り裂く。囚人は悲鳴を上げてのたうちまわる。己の手から生み出されるおぞましい光景も、胸をえぐる呻きも、父の目には入らず、耳にも届かぬようだった。一貫して無表情のままだ。

あれが、父の正体だったのか――。

吐き気がこみ上げた。いたたまれなくなって、強引に人混みをかき分ける。

「おい、待て」と作次郎もあとにつづいた。

人垣を出て、吉之助は肩をあえがせた。

「青い顔をしておるぞ。情けないやつだな」

「そうじゃないんだ」

吉之助は「見ろ」と顎をしゃくった。

赤子をおぶった女が道端にうずくまっていた。ちょうど目に入ったので作次郎の関心をそらすために言ったのだが、言ったとたん、二人は顔を見合わせた。女はもがき苦しんでいた。仕置きを見て気分がわるくなったのか。それにしてはただならぬ気配である。赤子もまだむずかっていたが、敲刑が終わりに近づいたせいか、数をかぞえる者、がんばれと励ます者、もっとやれとわめく者など、あたりはにわかに騒がしくなって、赤子にも女にも目を留める者はいない。

「差し込みかな」

作次郎がつぶやいたとき、女の背中をさすっていた娘が顔を上げた。

「母ちゃんはここがわるいの。来ちゃだめって止めたのに」

娘は自分の胸に手を当てた。場違いなほど澄んだ声である。

心の臓に持病のある女が敲刑を見物するからには、よほどの事情があるのだろう。だが、詮索《せんさく》しているときではなかった。女は息も絶え絶えである。

「どうしよう」

「どうったって……」

十と十三の子供ではなすすべもない。これだけ人が詰めかけているのに、みな知らん顔で敲刑見物に熱中している。

「九十一、九十二、九十三……」

数役の声がどよめきにかき消された。

わーっと喚声が上がったとき、女はすでに土気色の顔をして地べたに倒れ込んでいた。赤子が泣きわめいている。

「母ちゃん、母ちゃん……」

娘は母親に取りすがった。

「おい、どうする？」

「役人に頼んでみよう」

言い残して作次郎は駆け去った。吉之助は少し先に油屋の看板を見つけ、助けを求めることにした。

「待ってろ。人を呼んで来る」

声をかけると、娘は吉之助の眸を見上げた。こくりとうなずく。きゅっと引き結んだ唇にも、くっきりした目元にも、意志の強さがあらわれていた。この娘なら何事にも雄々しく立ち向かってゆくだろうと、ふっと思う。

吉之助が番頭と手代を連れて戻って来ると、母娘は異変に気づいた町人たちに取り囲まれていた。

「医者はまだかい」

「これじゃ、手のほどこしようがないよ」

「だけどどうしてこんなところに……」

「こいつぁ百敲きにあった兼吉の女房さ」

吉之助は目をみはった。

門前では二人目の敲刑がはじまっている。兼吉とはさっきの囚人か。すぐ目と鼻の先で女房が死にかけているというのに、人垣に隔てられて知る由もないのが哀れだった。もし母親が死んだら、娘は乳飲み子と前科者の父親の三人で生きてゆくことになる。

母娘のそばへ戻る気にはなれなかった。かといって、敲刑を見物する気にもなれない。父を見るのも、作次郎と話をするのもごめんだった。

牢獄に背を向けた。

門前から東へ小伝馬上町の家並みがつづいている。大店が軒を並べる通りをあてもなく歩いてゆくと、左手に稲荷《いなり》社があった。母に連れられて何度か詣でたことがある。当時、母はわざわざ遠まわりをして牢獄を見せまいとした。父も母も子供たちの前ではいっさいお役目の話をしなかった。牢獄や囚人はむろんのこと、「叩く」という言葉を使うことさえ避けていた。

人もまばらな境内をうろつきながら、吉之助は次第に腹が立ってきた。隠したところでいつかはわかることだ。杉浦家の嫡男は、どうあがいても牢屋同心、打役になると決まっているのだ。

なぜ牢屋同心の家なんぞに生まれたのか。父ばかりか、自分を産んだ母も恨めしかった。

「畜生、畜生、畜生……」

小石を蹴飛ばし、呪詛《じゅそ》の言葉を吐き散らす。

ふっと、先刻の娘を想った。あの娘も罪人の父と心の臓を病んだ母を持っている。望んだわけでもないのに因果な家に生まれてしまった。だからきっとあんな目をしていたのだ。腹立たしくて、哀しくて。もう一度逢えぬものか。逢って話をすれば少しは鬱憤《うっぷん》が晴れそうだったが——。

叶わぬことは子供心にもわかっていた。身分のちがいもさることながら、こちらは打役の子、あちらは囚人の子。皮肉な巡り合わせである。

むきになって小石を拾い集めた。賽銭箱にぜんぶ投げ入れた。祟《たた》りがあるかもしれないが、あってもいいやと肚をくくった。

二度とないだろう、父を敬うことも、母に甘えることも、心から笑うことも、本気で泣くことも……。

あの娘ならわかってくれるはずだ。たったひとりでも自分の気持ちをわかってくれる人がいると思うと、わずかながら心が鎮まった。

合掌する代わりに空をあおぐ。

眩し過ぎる陽射しが、途方に暮れた少年を嘲笑《あざわら》っていた。

「見てろ、打役なんかになるもんか」

お天道さまに向かって、吉之助は叫んだ。

四

十歳の少年は己の宿命《さだめ》に傷つき悩み、両親への不信と厭世《えんせい》的な物の見方を身につけた。だからといって日々の暮らしが大きく変わったわけではない。

学問も武芸もつづけた。さして上達はしなかったが、人並みの成績を修めた。

父の言いつけは守ったし、母の具合がわるければ心をこめて看病をした。父の口からあらためて打役の話を聞いたときも淡々とうなずいた。

ときおりそんな自分がいやになる。なにもかも放って逃げ出したくなった。が、思うだけで、そこまでの勇気はない。不甲斐なさにため息をつくばかりだ。

月日は流れた。

吉之助はあるとき、遠縁の娘に胸をときめかせた。はじめて敲刑を見物したとき出会った娘とどこか似ている。想いを打ち明けたかったが、告げられぬまま終わった。打役という宿命が重苦しく胸にのしかかっていたからだ。牢屋同心の娘か、でなければ、どこかに瑕《きず》のある女でなければ打役になると決まった若者に心を寄せるはずがないと、端《はな》から思い込んでいたのである。

十七で、吉之助は打役見習いになった。見習いは御手当金が二両もらえる。作次郎はひと足先に見習いになっていて、目下、鍵役の娘との縁談が進んでいた。

「羽目を外すのも今のうちだ。つき合え」

いつもながらの強引さで誘いかけてきたのは、吉之助が見習いになって一年余りが過ぎた晩秋のことだった。

来る日も来る日も凄惨な光景ばかり目にしている。慣れというのは怖ろしいもので、さすがに吐き気はしなくなったが、生涯このお役目から逃れられぬのかと思うと我が身が牢獄に囚《とら》われているような心地すらしてくる。吉之助は疲れ果てていた。

「よいとこがあるのだ。酒も女も上々で、しかも安い」

作次郎がぎょろりと目玉をまわした。

吉之助は黙ってうなずく。御手当金はそっくり母に渡しているが、多少の小遣いはある。真面目一方で酒も弱く、銭を使う機会もめったになかった。

二人は富岡八幡の門前町にある居酒屋へ出かけた。わざわざ両国橋を渡ったのは、顔見知りに出くわして牢屋同心だと見破られたくなかったからだ。

その店は、吉原へ行くほどの余裕もなく、といって岡場所でははばかりのある若者におあつらえ向きだった。表向きはただの居酒屋だが、話の次第と財布の中身によっては、店の女と裏手の隠れ家へしけ込める。

作次郎はしこたま呑んだ。呑むほどに饒舌《じょうぜつ》になった。女をからかい、大言壮語を吐きまくり、埒《らち》もない話に興じたところで一転してしんみりつぶやいた。

「こうして呑むのも今宵が最後か」

「上役の娘に今から頭が上がらぬとは、おぬしらしくもないのう」

吉之助は肩をすくめた。

「嫌味なやつだな。さにあらず、と言いたいところだが……。いかにも、そのとおりだ。務めに励んで、おれは一日も早く鍵役になることにした」

「打役が性に合うておると言ったくせに」

「ふん、本気で言う馬鹿がおるか。酔ったついでに白状するが、打ったびに膿がたまってゆくようでのう、寝覚めがわるうてかなわぬ」

「打って、なにを打つんです」酌《しゃく》をしながら女が訊ねた。「お武家さまも博打、しなさるのかえ」

「うるさい」作次郎は一喝した。女は「おお怖《こわ》」と首をすくめる。

「ともあれ、こうなったら早いとこ出世するしかあるまい」

友の言葉に、吉之助は皮肉な気分になった。

「出世といえば聞こえはいいが、二十五俵が高々四十俵になるだけだぞ」

「しょせんそんなものだろう、どこの世界も」

「ずいぶん物分かりがようなったのう」

「おぬしこそ、やけにつっかかるではないか」

作次郎は奇妙な笑いを浮かべた。

「本役になって嫁でも迎えてみろ。物の見方も変わってくる。左兵衛どのもお人が変わられた」

いきなり父の名が出たので、吉之助はけげんな顔になった。

「父が、どうしたって……」

「知らぬのか」

「なにを？」

「聞いたところでは、お若い頃は自棄になっておられたそうな。まだ見習いを務めておられた頃のことだ。ある女子《おなご》に惚れた。が、女の家では不浄役人に娘はやれぬと撥ねつけたそうでの。駆け落ち騒ぎまで起こしたらしい。泣く泣く別れ、数年後、牢屋同心の娘であるおぬしの母者を娶《めと》られた」

吉之助はあっけにとられた。

家での温厚な父、打役としての冷徹な父、そのふたつでさえ、いまだしっくりこないのに、駆け落ちするほど女に惚れる父など想像もつかない。

「まことの話か」

「おれの父が言ったのだ、嘘をつく理由もなかろう」

作次郎と吉之助同様、父親同士も幼なじみである。

吉之助は父の顔を思い浮かべた。温厚そのもののあの顔の下に、思いも寄らぬ激情が秘められていたとは……。では、父は笞を振り下ろすたびに、怒りや憤懣《ふんまん》や失望を人知れずまき散らしていたのだろうか。

頭が混乱した。

呑めない酒を無理に重ねていると、「おい」と作次郎が身を乗り出した。

「向こうの席にいる女子、どこぞで見たような気がせぬか」

吉之助も目を向ける。
十六、七と見える女が酔客の相手をしていた。顔だちにはまだ幼さを残し、薄っすらと化粧をした肌も若さを留めてはいるものの、しどけなく横座りになった裾の乱れや深く落とした襟元、ゆるんだ髷に、年増女のようなくずれた色香がにじんでいる。
はじめはわからなかった。

「どこで逢うたかのう」

作次郎も首をかしげている。

見られていることに気づいたのか、女はこちらへ顔を向けた。憂いを含んだ大きな目を見たとたん、吉之助は思わず驚きの声をもらした。

「そうだ。たしかにそうだ」

「だれだって……」

「敲刑を見物したときの……」女たちをはばかって、吉之助は言葉をにごした。

「赤子をおぶった女が道端に倒れていた。あのときの娘だ」

「ふむ。さようなことがあったかのう」

吉之助はあの日はじめて、父のもうひとつの顔を見た。が、作次郎にしてみればとりたてて目新しい一日ではない。それでも真っ先に娘の顔に目を留めたのは、やはり、愛らしい娘の面影が胸のどこかにしまい込まれていたのだろう。

「あそこの女子だが、名はなんという」

作次郎は傍らの女に訊ねた。

女は「おたき」と、つっけんどんに答える。「どうせ本名じゃありませんよ。あの女、ちょっと見た目がいいからって、他人の客を横からかすめ取りやがるのさ。いけ好かないったらありゃしない」

吉之助はおたきを見つめていた。おたきもちらちらと流し目をくれる。

そのうち男にうながされ、もつれ合うように出て行ってしまった。

「待ってりゃいいだろ。じきに戻って来るよ」

傍らの女はふてくされている。

作次郎は吉之助に目くばせをした。

「おれは手近でけっこう」

女に銭を握らせる。

「おや、手近でわるうござんすねえ」

それでも女は現金に笑顔を見せた。作次郎の胸にしなだれかかり、腕を引っぱって裏口へ向かう。

吉之助も腰を上げた。待っていればおたきも戻って来て、ふたつ返事で相手をしてくれたかもしれない。が、銭を払って店を出た。

表は冷え込んでいた。

夜空に下弦《かげん》の月がある。

暗がりにひそんで待っていようか。銭を出して買うためではない。おれを覚えているかと訊ね、遠い昔、言葉を交わしたことがあると話したら、おたきはどんな顔をするだろう。手際がわるく、結局は役に立たなかったが、それでもおたきの母親のために助っ人を呼びに走ったのだ。そのことを話したい。それからそう、哀しそうな眸と挑むような顔が忘れられなかったのだと打ち明けたなら……。

――それ、いつのこと？

おたきは訊ねるにちがいない。

――八年前。

――どこで？

――小伝馬町の牢屋敷の……。

その先は言えない。おたきの父は罪人で、吉之助の父は打役だった。すべてはそこへ帰結する。

未練を振り切って歩きはじめた。

考えてみれば、おたきは今このとき、男に抱かれているのだ。

雄々《おお》しい娘だとあのときは思った。抱えきれぬほどの辛苦を潔く受け止めて、昂然《こうぜん》と頭を上げて歩いてゆく娘だと……。自分も作次郎も変わったが、それを言うなら、おたきも変わった。

両国橋の上で足を止めた。

船はまだ行き交っている。舳先《へさき》へ吊した灯《あかり》がゆれ、水面に光のさざなみを描いていた。川は光を呑み込むたびに闇を深め、船が通り過ぎたあとは、暗く沈んでますます陰惨になる。

二度とおたきに逢うことはあるまい——。

川面を見つめ、吉之助はため息をついた。

五

病弱な母より先に風邪ひとつひいたことのない父が逝ってしまうとは、思ってもみなかった。偉丈夫ではなかったが、息も切らさず敲刑をこなしていたのである。

木枯らしの吹きすさぶ夜だった。

夕餉を済ませたあと、気分がわるいと言って寝間へ下がった。それから半刻もしないうちに父は息を引き取った。

あまりのあっけなさに吉之助は呆然とした。

父には問いただしたいことがあった。いつかじっくり話してみたいと思っていた。そうすれば、自分の中でばらばらにちらばっているものがひとつの形を成したかもしれない。もしかしたら、その奥の奥にあるものの正体まで突き止められたのではないか。

急死した父にとってせめてもの慰めは、吉之助が二年前に妻を迎え、昨年、女児をもうけていたことだ。自ら佐代と名付けた孫娘を、父はことのほか可愛がっていた。まだ目もろくに見えないうちから「これは花、あれは鳥……」と教え、無邪気な寝顔を飽きもせず眺めていたものだ。

父が死去したので、吉之助は本役になった。もはやよいもわるいもなかった。四人を答打つお陰で、一家が飢えずに済むのだ。

「墓参にゆく。伴をせい」

非番の午後、老僕の矢平を伴って大円寺へ出かけた。

大円寺は杉浦家の菩提寺《ぼだいじ》で、浅草橋御門を渡った先にある。

「旦那さまが足しげく墓へ御参りくださり、先代さまもさぞやお喜びでございましょう」

道々、矢平は鼻をすすった。矢平は父が生まれたときから杉浦家に仕えている。父のことならだれよりもよく知っていた。

「父上はご自分のことをお話しにならなんだ。訊いておきたいことが山ほどあったのだが……」

「父が子に昔話をする、なんぞというのは聞いたことがありません」

「そうか……そういうものかもしれぬの」

「へい。そういうもんでございますよ」

橋を渡ってしばらく歩くと寺門が見えてきた。浅草には大小の寺がひしめいている。大円寺は西南のはずれにあって、町家と武家屋敷に囲まれていた。

墓地は森閑《しんかん》としていた。

ところが一歩足を踏み入れると、杉浦家の墓石があるあたりからゆらゆらと白い煙が立ちのぼっているのが見えた。細い糸のような煙である。

「だれぞ香華《こうげ》をたむけてくだすったようで」

墓石が見えるところまで歩を進める。

やはり香華は杉浦家の墓所だった。女が墓石の前にぬかずいて両手を合わせている。伊予染めの小袖に黒繻子《しゅす》の帯、小女を伴に連れていることからも由緒ある武家のお内儀だとわかる。顔は見えないが、小ぶりの丸髷に白髪がまじっていた。歳は四十をこえたくらいだろう。

吉之助と矢平は足を止め、女の墓参が終わるのを待った。

女は長いこと手を合わせていた。ようやく腰を上げ、そこで二人に気づいた。

吉之助を見てよほど驚いたのか、大きく目をみはる。

矢平も「おや……」とつぶやいた。

女はすぐ我に返った。腰を折って会釈をする。

言葉は交わさなかった。すれちがうとき、木蓮の花の香りがした。

小女を従えて女が去ってゆくのを、吉之助と矢平は黙然と見送った。

「知っておるのか、あの女を」

「へい。まあ……」

「もしや、父上が若き日に思いを寄せた女子ではないか」

矢平は狼狽している。

「父上には駆け落ちしようとした女子がおったそうな」

「……へい」

線香の煙は消えそうで消えず、まだ細々とたゆたっていた。

吉之助は墓石に向き直った。合掌する。

「先代さまは、打役というお役目がお嫌でお嫌で……武士を棄てて町人になりたいと仰せでございました」

背後で、矢平がぼそぼそと話しはじめた。

「他人を笞打つくらいなら、無一文になって、腕一本で生きてみたいと……。なにより辛いのは、どんなに励もうが先行きが定まっていることだ、おもしろうもない、ともおっしゃいました。小夜さまは……」

「さよ……」

「あのお内儀さまの御名は、小さな夜とお書きになられるそうで」

いつのまにか線香が消えていた。

吉之助は白く積もった灰を眺める。

「小夜さまは、牢屋敷とはかかわりのない、内与力のお嬢さまでございました。たまたま双方ご存じのご老人の見舞いにゆかれた際、知り合うたと聞いております。小夜さまも一度は家を棄てると約束なさったそうですが……」

奉行所の与力・同心は、牢役人同様、生涯お役は変わらず、不浄役人と蔑《さげす》まれている。が、内与力は町奉行直々の家臣なので、奉行が別のお役に就けば一緒に奉行所から離れる。ゆえに不浄役人と蔑まれることもない。小夜の親は、身分のちがいもさることながら、娘が不浄役人の妻女になるのを嫌ったのだろう。

「父上はあの女性《にょしょう》に棄てられたのか」

「親御さまに説得されたか、泣きつかれたか、閉じ込められてどうにも動きがとれなかったのやもしれませんが……ともあれ、先代さまにはお気の毒なことでした」

矢平が小夜に辞儀を返さなかったのは、数十年が過ぎてもまだ屈託があったからだろう。

吉之助は参拝を終え、矢平が合掌するのを待った。

燃え残りの線香を引き抜こうかと思ったが、迷った末に手を引っ込めた。なにがあったにせよ、小夜は人目を忍んで墓参に来た。父は孫娘に「さよ」と名付けたのである。

「小夜さまとやら、おれを見て驚いておったの」

「先代さまと見まちがえたのでしょう」

「おれを、父上と……」

「よう似ておられますよ」

「そうかな」

「それはもう……」

矢平ははじめて笑顔を見せた。

「先代さまがなにを考えておられたか、それがお知りになりたいと仰せなら、ご自分の胸に訊いてごらんなさいまし。先代さまも、吉之助さまと同じことに悩み、同じように苦しんでおられたのでしょう」

六

文政九（一八二六）年、江戸に盗賊が横行し、人々はふるえ上がった。物騒な事件はあとを絶たず、牢獄も囚人でごった返している。

「おい。聞いて驚くなよ」

吉之助を物陰へ招き寄せ、作次郎は金壺眼《かなつぼまなこ》をみはって見せた。その目には好奇心だけではない、悲哀と失望の入り交じった色がにじんでいる。

「もったいぶるな。いったい何事だ」

「女牢にだれがいると思う、あの女だ」

吉之助は眉を寄せた。あの女ではわからない。

「いつだったか、富岡八幡の居酒屋で出くわしたろ、おたきとかいう……」

吉之助は驚きの声をもらした。

「ひどく様変わりをしておるが、たしかにあのときの女だ」

眼裏に、薄暗く饐《す》えたような臭いのする店で酔客にしなだれかかっていた女の姿が浮かび上がった。

「で、なにをやらかしたのだ」

「盗賊の引き込みだと疑われておるらしい。つっかい棒をはずして手引きしたそうな」

本所の札差《ふださし》の家に押し込んだ賊どもは、金子《きんす》を奪うついでに一家を血祭りにあげた。

まさか、あのおたきが――。

吉之助は絶句した。

思わず抱き寄せたくなるような愛らしい娘だった。大きな双眸がとりわけ目をひいた。不幸な生い立ちも襲いかかる苦難も眸の底に封じ込めて、傲然《ごうぜん》と生きて行こうとしているように見えたのだ。少なくとも最初に出会ったときは……。十になるかならずの小娘ながら、大人顔負けの凛々《りり》しさがあった。

いったいどこで道を踏み外してしまったのか。

他人事とは思えなかった。自分の場合はたまたま平穏だったが、自分だって、どう転んでもおかしくはなかった。胸の内にあの娘と同じ苦しみを抱えていたのだから。おそらく父もそうだったろう。もし小夜という女と駆け落ちをしていたら、どのような顚末《てんまつ》が待っていたのか。

「おたきは罪を認めておるのか」

「いや。口をきかぬそうだ。札差の家では菊と名乗っていたというが、むろん偽名だろう。吟味方の話では、仲間内から鬼百合《おにゆり》と呼ばれる女盗賊ではないかと言うていた」

「もしそうなら……」

吉之助は身ぶるいをした。

「打ち首か。運がよくても遠島だ」

「まさかおれたちが呼ばれて……」

「女ゆえ、それはなかろう」

穿鑿所《せんさくじょ》で拷問にかけるときも、女囚に敲きは行わない。

「せいぜい石抱《いしだき》だ。ま、いずれにせよ、立ち合いだけはごめんこうむりたいものだ。寝覚めがわるうなりそうじゃ」

二人は顔を見合わせた。

長い歳月で出会ったのはたったの二度、それも、かかわったとも言えぬほどの淡い出会いに過ぎない。それなのになぜ、こんなにも気になるのか。

「おれもごめんだ。正視できそうにない」

「うむ。出番がないよう祈るしかあるまいの」

詰所へ戻っても、胸がざわめいていた。

おたきか、菊か、鬼百合か——名などどうでもよい——あの女は自ら転落したのだ。自分にはかかわりない。何度となく己の心に言い聞かせた。

うしろめたさは消えなかった。眉ひとつ動かさず、囚人を笞打つ父の姿がよみがえる。もがき苦しむ母と泣きわめく赤子、とりすがる娘の姿が目に浮かぶ。

今、まさにこのとき、牢獄で女を苛《さいな》んでいるのは、父の姿を借りたこのおれではないのか——。

まるで自分が笞打たれ、みみずばれがじくじく痛みだしたかのような気がして、吉之助は背中に手をやる。

ひと月余り、浮足だった日々を過ごした。

石を抱かされても、女は黙《だんま》りを通しているという。窶《やつ》れ果てている、物も口にしない、という話が聞こえてくる一方で、いや、笑っておったぞ、あれは呪詛の言葉を吐いておったんじゃ……と別の声も聞こえてきた。

幸いなことに、吉之助は女牢へは呼ばれなかった。

相変わらず江戸は騒然としている。大牢、百姓牢、二間牢、揚屋といずれも満杯で、作次郎も吉之助も手をこまぬいている暇はない。

まめができ、つぶれ、またできて、笞を持つ右手のひらは皮膚が硬く盛り上がり、白い粉を吹いたように見えた。家へ帰れば、幼い娘がふしぎそうに小さな指で撫でまわす。

「死罪一等減じられて、遠島となったそうじゃ」

作次郎に耳打ちされたのは、翌年の春だった。

打ち首は免れぬと覚悟していたので、まずはほっとした。

「八丈島だそうな。身内はおらぬと言っておる。別れを惜しむ者もおらぬそうじゃ」

遠島の御用船は霊岸島を出航したあと、鉄砲洲《てっぽうず》沖で三日間停泊する。その間は縁者との面会が許される。敲刑を受けた父親、あのとき泣いていた赤子はどうなったかと案じられたが、よけいなことを口にするつもりはなかった。しょせん十余年も昔の出来事である。

「この世の見納めだ。明朝、御門におれば、顔くらい拝めるぞ」

作次郎の口調にいつもの剽《ひょう》げた響きはない。

吉之助はあいまいにうなずいた。

朝靄《あさもや》がたなびいていた。

靄の向こうは大川、川を辿れば海、八丈は海のかなただ。

今さら女囚の顔を見たところで、なんになるというのか。つい今しがたまで見送るのはやめようと思っていた。が、やはり来てしまった。

吉之助は御門の傍らで島送りの一行を待っている。

囚人の縁者や野次馬がぱらぱらと集まって来た。

いつのまにか靄は晴れている。雲間からきらめく陽が射し込んだ、と思ったそのとき、荒縄につながれた一団が出て来た。思い思いの布子に身を包んでいる。いずれの顔もやつれ、目はどんよりとにごっていた。

男たちのあとには数人の女がつづく。

「おたき……」

吉之助は思わずつぶやいた。

女は色褪せた縞木綿の布子を着て、くたびれた黒繻子の帯を締めていた。艶《つや》の失せた髪をうなじで束ねている。吉之助と同年輩だとしたらまだ二十三、四のはずだ。が、化粧気のない顔は病人のように青ざめて、うつむいた横顔は十も二十も老けて見えた。

女はそのまま通り過ぎようとした。が、なにを思ったか、すいと首を上げ、吉之助を見つめた。

時が止まった。

大きな目はたしかに遠い日の娘のものだ。だがそこに、あのときの思い詰めた色はなかった。静まり返った、平穏といってもいいようなまなざしである。ふと、囚人を笞打つ父の顔が浮かんだ。そういえば父もこんな目をしていた……。

女は会釈をした。

吉之助も会釈を返した。

一行は役人に追い立てられて去ってゆく。

はじめて娘を見たのもこの場所だったと今になって気づいた。ここに父が、あそこに娘が、そしてあの人垣の中に十歳の自分がいるような気がした。もう一度あの日に戻れたら、今とはちがう自分になっていたかもしれない。いや、そうではない。自分はやはり打役として女を見送っているだろう。

「おい」

作次郎の声がした。

吉之助の肩に、胼胝のある手が置かれた。

七

「謹慎で済んでやれやれじゃ。一時はどうなることかと思うたぞ」

吉之助は詰所で友に声をかけた。

「どうにもなるものか」作次郎は鼻を鳴らした。「悪党ははびこる。囚人はあふれる。仕置き者《もの》は列を成す。猫の手も借りたい有り様じゃ。このおれがおらねばはじまらぬわ」

うそぶくだけの元気が戻ってきたのは、敲きの数のまちがいがたった三日の謹慎で許され、この日から晴れて出仕が叶ったためである。

「いやなお役だと忌《い》み嫌うておったが、それでもまあ、出仕及ばずとなればなったで心もとない。おかしなものだのう」

苦笑したところで、「世話になった」と頭を下げた。

「なんの。琴江が見舞いに行ったら、おぬし、お内儀に叱られて小さくなっておったとか」

「今度失敗したら鍵役にはなれませぬよ、だいたいあなたさまは落ち着きがのうていけませぬ、気をひきしめていただかねば……とかなんとか。さんざん油をしぼられた」

作次郎の口まねがおかしくて、吉之助は笑った。が、すぐ真顔になる。

「おぬしとしたことが、なにゆえまちごうたのだ」

落ち着きがないどころか、お役目に関するかぎり、作次郎は有能である。

「それがのう……赤子の泣き声が聞こえたのだ」

「赤子……」

「空耳やもしれぬ」

息を呑んだそのとき、牢屋下男が呼びに来た。打役と数役、今日はそろって拷問に立ち合うことになっている。

「さてと、さすればありがたきお役目に出向くとするか」

作次郎は目くばせをした。

二人は腰を上げる。

穿鑿所へ急ぎながら、吉之助は無性に胸のしこりを打ち明けたくなった。

「おい。聞いてくれ」あわただしく話しかける。「娘に嫌われた」

「ふむ。ウチヤク、か」

「だれぞに聞いたらしい」

作次郎は笑い飛ばした。

「放っておけ。いつかわかる」

「……だとよいが」

「己の子供の頃を思うてみよ」

ちらりと視線を投げてきた。

「どのみち避けては通れぬのだ」

「そうか」

「おうよ」

穿鑿所の前で、数人の仲間が待ちかまえていた。

「お奉行も山野さまもおいでにございます」

山野は奉行所の牢屋見廻り同心である。

さっきまでとは打って変わって、二人は役人然とした顔になった。

自分は今、父と同じ顔をしている——。

そう思ったが、動揺はない。

「赤子の泣き声か……」

ぼそりとつぶやいて、吉之助は今や己の体の一部ともなった仕事場へ足を踏み入れた。

梅匂う

宇江佐真理

宇江佐真理（うえざ　まり）
一九四九（昭和二十四）年、函館市生まれ。函館女子短期大学卒業。九五年「幻の声」でオール讀物新人賞を受賞。二〇〇〇年、『深川恋物語』で吉川英治文学新人賞、〇一年、『余寒の雪』で中山義秀文学賞受賞。著書に「泣きの銀次」「髪結い伊三次捕物余話」シリーズ、『彼岸花』『なでしこ御用帖』など多数。

一

西両国広小路の黄昏刻《たそがれどき》は大川の川風がやけに身に滲《し》みた。

それでも、これから春の季節に向かうせいで以前より風の冷たさは和らいでいるようにも感じられる。解け残っていた雪もすっかり消え、その日、久しぶりに近所の隠居が、外で植木の世話をしているのを見た。助松《すけまつ》が声を掛けると「まだ生きているよう」と、存外に達者な口調で返事をした。

隠居は冬の間、ずっと家の中にこもりっ切りだったので姿を見ることもなかった。元気でいるのかどうか、少し気になっていたから、助松はその顔を見て安心した。七十をとうに過ぎている隠居は下の前歯一本だけ残して他の歯はすっかり抜け落ちている。おれァ、一本歯の金蔵《きんぞう》だァな、と得意そうに笑う顔は、どこか助松の死んだ父親に似ていた。金蔵というのが隠居の名前である。助松の父親は銀蔵《ぎんぞう》だった。そんな語呂《ごろ》合わせのような名前のせいでもないが、助松は隠居を心に掛ける気持ちが強かった。

「助松っつぁんよ、まだ後添《のちぞ》えは貰《もら》わねェのかい?」

隠居は会う度に助松に言う。その問い掛けは百万遍《べん》も聞いたのだが「ええ、まだですよう。こちとら仕事が忙しいもんで二番目を捜す暇もありやせん」と助松は応《こた》える。

「年取ってから寂しくなるから、早《は》ェとこ見つけた方がいいぜ」

隠居は童子のような笑顔で言い添える。

へいへい、と素直に肯《うなず》いてその場を後にしたが、隠居の言葉はその日の助松の胸に妙に残った。

助松は米沢町の自宅から西両国広小路の出店《でだな》に向かった。西両国広小路には棟割《むねわり》長屋のような床見世《とこみせ》が幾つも軒を重ねている。二坪ほどの粗末な造りであるが、葦簾《よしず》張りではなく、一応は柿葺《こけらぶ》きになっている。その床見世の一つに助松の出店があるのだ。

助松は小間物屋「千手屋《せんじゅや》」を営む。千手観音から屋号を思いついたものだ。奉公していた小伝馬町の小間物問屋から独立する時、助松が三日三晩考えた末につけた屋号である。今も気に入っていた。

出店では安簪《やすかんざし》、櫛《くし》、糸、針、化粧道具、それに千手屋の目玉商品である「美《び》人水《じんのみず》」と名づけたへちま水を売っていた。美人水はひょうたん型の白い容器に入れている。口は木の栓をして、それを薄紅色の和紙で包んでいた。

容器は朱の崩し字で銘を入れ、真ん中のくびれの部分には浅葱《あさぎ》の水引を蝶結《ちょう》びにしている。一つ十五銅（文）で売っているのだが、中身よりも容器の方に金が掛かる。美人水は女の客が買い求める。たまに女房に頼まれたのか、亭主らしいのも買いに来る。その時は何やら具合の悪そうなのが笑いを誘う。美人水は肌に潤いを与え、きめを整えると評判にもなっていた。容器の意匠も一役買っているのだろう。

助松の出店は川の向こうの東両国広小路や浅草にもあるが、日銭が多いのは西両国の出店が一番だった。そこが江戸で最も繁華な場所であるせいだろう。西両国広小路は、正式には西橋番所請負助成地《にしはしばんしょうけおいじょせいち》、ならびに水防役拝借助成地《すいぼうやくはいしゃくじょせいち》という。

橋番や水防役を請け負う者が、その近辺の床見世、水茶屋、芝居小屋、楊弓《ようきゅう》場《ば》、髪結床から地代を取って収入を得ていた。

西橋番所請負助成地は両国橋より上流側の区域で、浄瑠璃《じょうるり》寄せ場、落し噺《ばなし》寄せ場、らん杭《ぐい》芝居小屋、勘九郎芝居小屋、髪結床の八つばかりがある。それに床見世が芝居小屋を取り囲むように並んでいる。

一方、下流側の水防役拝借助成地には、おでこ芝居小屋、三人兄弟芝居小屋、春五郎芝居小屋、こども芝居小屋、楊弓場、茶店があり、こちらも芝居小屋を囲む形で床見世が並んでいるが、その数は西橋番所よりもはるかに多い。水防役拝借助成地の区画がぐんと広いせいでもあった。

助松の出店は水防役拝借助成地の方にあり、ちょうど、おでこ芝居小屋の角《かど》だった。他の床見世は伽羅油《きゃらあぶら》を売る五十嵐兵庫《いがらしひょうご》の出店《でだな》、飴《あめ》の川口屋《かわぐちや》、鉢植え、露骨な看板を掲げる媚薬《びやく》の店、季節の果物、古本、下駄《げた》、古着、籠《かご》、瀬戸物、提灯《ちょうちん》、と様々で、ひやかしだけの客でも結構、時間が潰《つぶ》せた。

三十六の助松は女房のおまさを三年前に病で亡くしてからやもめを通している。それは死んだおまさへの義理立てというほどでもない。おまさが死んだ時は一抹の寂しさを感じたものだが、商売の忙しさに紛《まぎ》れている内に、寂しさは薄らいでいた。それどころか、商売のつき合いで夜遅くなっても、待っているおまさを案じる必要がないと思えば、いっそ気楽だった。子供もいないので、助松は未だに後添えを貰わずに独り住まいを続けていた。

米沢町の住まいには通いの女中を雇っている。身の回りのことにも不自由していなかった。住まいは二階のある一軒家である。そこが一応は千手屋の本店ということになるのだが、おまさが死んでから店に置く品物の倉庫のようになっている。それでも奉公人達が集まって商売の打ち合わせをしたり、たまに酒を酌み交わすこともあった。助松は、おまさが死んですぐの頃、近くの水茶屋に勤めていた女と深間《ふかま》になったことがある。一時は所帯を持つ気にもなったが、半年後に別れた。女は助松よりも助松の店のお内儀に収まることが狙いだったようだ。

助松が出店を三軒も持っている主だから、贅沢《ぜいたく》ができるとでも思ったのだろう。女があからさまにそれを口にしたことで助松の気持ちはいっぺんに冷めてしまった。つきまとわれて手を切るのにも往生したので、助松も自然、女に対しては慎重に構えるくせがついていた。

二

「はい、ご苦労さん。今日の売り上げの方はどうかね？」

助松は狭い出店に足を踏み入れながら手代の伊助《いすけ》に声を掛けた。出店は品物を並べられるだけ並べている。伊助は品物の奥にようやく座る場所を作って店番をしている。助松の顔を見ると、慌てて中腰になって頭を下げた。

店は戸を閉《た》てていないので、まともに風が吹き込む。伊助はそのせいで少し青ざめた顔をしていた。まだ三十前の痩《や》せた男である。

「今日はさほどには……」

伊助は申し訳なさそうに低い声で応えた。

「今日は天気がもう一つだったので客の出足も鈍ったのだろう。仕方がない。明日も恐らく今日と似たようなものだろう。品物は米沢町から運ばなくても間に合いそうだね？」

助松は出店から空を仰いでそう言った。どんよりとした空は今しも泣き出しそうな気配を見せている。

「はい、間に合うと思います」

伊助はすぐに相槌《あいづち》を打った。伊助は三年前から助松の所で働いていた。ちょうどおまさが倒れた頃に千手屋にやって来たのだ。以前はどこかの呉服屋にいたらしい。店の女中と深い仲になったことが原因で首になったのだ。奉公先を捜していた伊助に助松の同業の主が同情し、面倒を見る気はないかと助松に持ち掛けて来た。伊助は女中との一件を除けば真面目《まじめ》な男だという。自分の店はこれ以上、人を雇う余裕がないのだと主は言い訳していた。

助松はその頃、浅草の出店を出したばかりで人手が足らなかった。当座の間に合わせで伊助を雇ったが、結果的にはそれがよかったと思っている。間に入った同業者の言葉通り、伊助は真面目な男だった。人当たりもいいので西両国広小路の出店は伊助のお蔭《かげ》で売り上げも伸びていた。呉服屋の女中はその後、めでたく伊助の女房に収まっている。

「もう店仕舞いしたらいいよ。米沢町で美人水の仕込みをしておくれ。井筒屋から容《い》れ物が届いているから」

美人水の容器は取り引きのある瀬戸物屋に造らせていた。葛西《かさい》村の農家から運ばれるへちま水に香料を加え、それを容器に入れる。

その作業は千手屋の奉公人達が手分けして行っていた。

「承知致しました。店を閉めて、すぐに米沢町の方へ参ります」

伊助は応えた。助松はその日の売り上げを受け取ると「じゃあ、頼んだよ」と、出店を出た。他の二つの出店にも小僧を使いに出して伊助に言ったのと同じ言付けをさせた。

おっつけ、奉公人が米沢町に集まって来ることだろう。夜業になるので、顔見知りの二八蕎麦《にはちそば》屋に声を掛けて蕎麦を運ばせようと胸の中で算段していた。

外に出ると、おででこ芝居小屋の若い者が盛んに客を呼び込む声がかまびすしかった。

放下師《ほうかし》が「変わるが早いか、おででこでん」と口上を唱えながら伏せた笊《ざる》から様々な人形を飛び出させる見世物が、いつの間にか芝居も見せるようになったのだ。

床見世の後ろに、にょっきり聳《そび》え立っているような芝居小屋は丸太を組んだ外側を筵《むしろ》や薦《こも》で覆っている。その薦の幾つかに京坂《けいはん》からの下り酒の商標が読める。酒樽《だる》を包んでいた薦も使われていたからだ。

鰻《うなぎ》屋の店から香ばしいたれの匂いがして、助松の腹の虫をきゅんと鳴かせた。

空腹の時、醤油《しょうゆ》だしの匂いや焼き魚の匂いはやけにこたえるものだ。助松は自然、急ぎ足になったが、ふと、蒲焼《かばやき》の匂いに混じって、仄《ほの》かに甘い香りが助松の鼻腔《びこう》の奥に届いた。

何んの匂いだろう。助松は辺りに視線を泳がせた。鰻屋の隣りは見世物小屋になっている。よく見ると、鰻屋と見世物小屋の間に人が一人、ようやく通れるだけの細い通路がついていた。そこは小屋で働く者の便利に使われているらしく、一般の客の往来はないようだ。

長く広小路で商売をしている助松でも足を踏み入れたことはなかった。どうやら、仄かな香りはそこから洩《も》れているらしい。

助松は思い切って、その細い通路に入って行った。小屋は薦で覆っているだけなので人の声が筒抜けである。鋭く指図する声と、それに応える声が絶え間なく聞こえる。人の動きで薦が時々、生き物のように揺れた。薦の内側は楽屋になっているようだ。周りが薦だらけ、筵だらけだと、どこの小屋なのか見当もつかない。助松は不思議な場所に紛れ込んだような心地がしていた。

通路を進むにつれ、香りは濃く感じられる。何かの花のようだ。薦の合わせ目に僅《わず》かな隙間《すきま》があると気づくと、助松はそっと中を覗《のぞ》いた。

恐ろしく体格のいい女が肌脱ぎになって化粧台に向かい白粉《おしろい》を刷《は》いていた。わざと高く結った髪が女の頭の上に盛り上がっているように見える。

そう言えば、女力持ちという幟《のぼり》があったことを助松は思い出していた。見世物小屋の木戸口の上に米俵を軽々と持ち上げている女の絵看板が揚がっていた。確か大滝太夫《おおたきたゆう》という名であった。意識して見ていた訳ではないが、毎日、西両国広小路を訪れる助松だから字面《じづら》が眼に残っていた。

見世物小屋には蛇使いだの、ろくろっ首だの、人魚姫だのの見世物が掛かる。女力持ちもそんな見世物の一つなのだ。

助松が見た大滝太夫は、縦も横も並の女より大きかった。その大きな身体《からだ》をさらに髪型や衣裳で大きくさせて舞台に立つのだろう。

「太夫、お茶です」

唐人髷《とうじんまげ》に花簪を挿《さ》し、肩衣《かたぎぬ》を着け、裾《すそ》のすぼまった袴《はかま》を穿《は》いた小娘が大滝の前に湯呑《ゆのみ》を置いた。その娘も舞台に出ているらしいが、こちらは並の娘よりも細くて小さい。

「ありがとうよ」

喉首《のどくび》に白粉を刷きながら大滝はこもったような低い声で応えた。存外に口調は優しい。

化粧が済むと大滝は湯呑に手を伸ばした。

助松の眼には大滝の手の中の湯呑が酒の猪口《ちょこ》のようにも思えた。

「あれ、誰か覗いているよ。誰だえ？」

大滝は助松の視線に気づいて驚いた声を上げた。助松は慌ててその場を離れ、迷路のような道を抜けて、広小路の通りに出た。

出た所は鰻屋の一本裏手の通りだった。

助松は見慣れた通りに出ると大きく吐息をついた。胸の動悸《どうき》も少し早かった。

助松は大滝の表情に心が奪われていた。まるで弁天様のようだった。ふっくらとした頰《ほお》、地蔵眉《まゆ》、形のいい鼻、少し厚めの唇、陶器のように美しい肌、それにあの眼だ、と助松は思う。

見られることを常に意識している芝居者の眼は独特の光がある。しかし、大滝には楽屋というせいもあったろうが、そんなものは微塵《みじん》も感じられなかった。優しく慈悲深い眼だった。並の身体であったなら、大滝は女として美形の部類に入ったはずである。

いや、大滝が並の娘であったなら、それほど助松の気を惹《ひ》いたものだろうか。

商売に忙しく日を送っていた助松に久しぶりに訪れた淡く甘い感情であった。

三

「伊助、見世物小屋に女力持ちの舞台が掛かっていたねえ」

美人水の仕込みに一段落をつけると、助松は蕎麦屋を呼んで奉公人達に蕎麦を振る舞った。夜の五つ（午後八時）を過ぎた頃だった。

伊助は箸を持つ手を止めて、そう言った助松を怪訝《けげん》そうに見た。助松が見世物小屋に興味を示したことが意外でもあったのだろう。

奉公人は男ばかりなので、少々えげつない話になるのは珍しくもないのだが。

「はい、そうです。それが何か？」

「いや、ちょいと気に留まったものだから」

助松は取り繕うように言った。

「今月ひと月、大滝太夫は見世物小屋の舞台を勤めるそうです。前は上野の奥山でした」

伊助は訳知り顔で応えた。

「詳しいじゃないか」

助松はからかうように言う。

「兄さんは女のお客様のことは何んでもご存じですから」

小僧の長吉が口を挟んだ。分別臭い顔をした十二歳である。長吉は去年から千手屋に奉公に上がっていた。米沢町の青物売りの次男坊である。

「店番をしているだけで大滝の話が耳に入って来るのかい？」

助松は腑《ふ》に落ちない顔で続けた。

「いえ、太夫は美人水の贔屓《ひいき》なんですよ。小屋がうちの出店から遠い所に掛かると、人を使って買いにやらせるそうです。今月は西両国だから便利がいいと喜んでおりました」

「大滝が自分で買物に来るのかい？」

「そうですよ」

「あの恰好《かっこう》で？」

「まさか、旦那様。お店に見える時は普段着ですよ」

「それでも大きいんだろう？」

「そりゃあ、並の娘さんより大きいですが、木戸の口上ほど大袈裟《おおげさ》じゃありません。六尺はないそうです。せいぜい五尺七、八寸というところでしょうか。目方も二十貫ぐらいですよ」

「でかい高島田に結って、富貴綿《ふきわた》のたっぷり入った裲襠《しかけ》を纏《まと》い、底の厚い上草《うわぞう》履《り》を履けば、雲つくような大女のでき上がり～ぃ」

長吉は節をつけて歌うように言った。他の番頭と手代が笑った。

「そうかい。大滝は美人水の贔屓だったのかい……」

助松にとって嬉しい発見であった。

「大滝太夫がお気に召したのでしたら、一度、舞台をご覧になったらどうです？」

伊助は助松に勧めた。

「わたしが？　大滝の舞台を？」

「そうですよ。旦那様はご商売に忙しくて、ろくに遊ぶ暇もありません。たまに見世物小屋を覗いたところで罰は当たりませんよ。ご贔屓のお客様の舞台でしたら尚更《なおさら》でございましょう。行ってらっしゃいまし」

伊助は景気をつけるように言った。助松は行くとも行かないとも言わず、黙って蕎麦を啜《すす》り込んだ。伊助はそんな助松をふわりと笑って見ていた。囁《ささや》くような雨音が外から聞こえてきた。どうやら降りだしたらしい。雨音は助松の胸を優しく湿らせてくれるようだった。

「さあさあ、たったの八文で背丈七尺、三十貫の大滝太夫にお目もじできるんだ。ちょいと話の種にもなりまさァ。入ったり、入ったり」

小屋の若い者が木戸口の筵を引き上げながら盛んに客を呼び込む。客はその口上に誘われるように筵の中に吸い込まれて行く。

少し躊躇《ちゅうちょ》した助松も木戸銭の八文を払うと人目を避けるようにそそくさと中に入り、筵敷きの客席に腰を下ろした。客席は八割がた埋まっていた。舞台の壁も筵で覆われていたが、こちらはさすがに体裁よく、錦《にしき》のきれで縁取りしてあった。正面の舞台には北斎風の、大波が逆巻《さかま》く幕が下げられている。大滝の豪快さを助長するような演出であろう。

やがて囃子方《はやしかた》の鳴り物に合わせて小屋の若い衆が二人掛かりで米俵を重そうに運んで来ると、舞台の左右に積み上げた。

助松が楽屋を覗いた時に大滝の傍《そば》にいた小娘が扇子を開き「とざい、東西」と口上を述べた。小娘が舞台の袖《そで》に引っ込むと、大滝が裲襠を重そうに引き摺って舞台の中央に現れた。客席から大きな拍手と「大滝太夫！」の大向こうの声が上がる。助松もその艶姿《あですがた》に拍手したが、当の大滝の顔は無表情であった。若い衆が米俵を大滝の傍に置く。大滝はそれを抱えて両手で頭の上に持ち上げた。

「よッ、日本一、女力持ち」

大向こうの声がさらに景気をつける。大滝はさらに両手で米俵を一つずつ摑《つか》み、それを腋《わき》の辺りまで引き上げた。大滝の怪力が助松に感歎《かんたん》の溜め息をつかせた。それが済むと若い衆はやはり二人掛かりで米俵を大滝に向かって放った。大滝はそれをむんずと受け取り、反対側に控えていた若い衆に投げつける。若い衆は米俵を受け留められず尻餅《しりもち》をついた。

客は喜び、やんや、やんやの喝采《かっさい》を浴びせた。

大滝が舞台の上に仰向けになると、米俵が三俵、腹に積み上げられ、その上に小娘が乗って見得を切った。小娘がもう一人乗る。さらにもう一人。最後は、めでためでたの宝船の趣向となった。

客席は大喜びで割れんばかりの拍手を送った。起き上がった大滝は満足そうに会心の笑みを客席に向けた。

助松はすっかり大滝の虜《とりこ》になっていた。

四

「もし、千手屋の旦那」

助松は見世物小屋の若い者に声を掛けられた。大滝の舞台に通うようになって十日も過ぎた頃である。木戸番とも、すっかり顔見知りになり「へへ、旦那、毎度ご贔屓いただきまして」と世辞を言われるようになった。中にいる若い者も助松の顔を見るとよい席に案内してくれるようになった。

昼の舞台が済んで助松が外に出ようとしたところであった。

「楽屋の方へどうぞ。太夫が待っておりやす」

若い者は愛想笑いを貼りつかせてそう言った。

「べ、別にわたしは……」

「いえ、太夫が是非ともご挨拶《あいさつ》してェと前々からおっしゃっていたもので、ご面倒でも、ちょいと寄ってやっておくんなさい」

「……」

こんなことになるとは思いも寄らない。助松はどうしてよいかわからず思案顔で若い者の顔を見た。三十前後の若い者はまだ春先だというのに渋紙色に陽《ひ》灼《や》けした顔をほころばせて「ご遠慮なく、ささ、どうぞ」と助松を急《せ》かした。背中を押されるようにして舞台の袖から奥に入った。頭のつかえそうな細い通路は地面に筵を敷いて楽屋まで繋《つな》がっていた。

この細い所を大滝も通るのだろうかと、助松はふと思った。

楽屋には女の甲高い声がきんきんと響いていたが、「太夫、千手屋の旦那をお連れしました」と若い者が声を掛けると、女達の声は唐突に静まった。

「お通ししておくれ」

大滝が低い声で応えた。大滝の名の入った楽屋暖簾《のれん》をくぐると、まるで物干し場のような光景であった。楽屋の隅から隅に渡した紐《ひも》に舞台衣裳がびっしりと掛けられている。小娘がその衣裳を掻《か》き分けるようにして助松を前に促した。

助松はおずおずと入って行った。

小娘がすぐに座蒲団《ざぶとん》を勧めた。それに腰を下ろすと「旦那、いつもご贔屓いただきまして、ありがとうございます」と、大滝は大きな身体を縮めるようにして礼を言った。大滝はまだ舞台化粧のままだった。眉《まゆ》が太く濃く引かれている。

「いえ、とんでもない。こちらの方こそ美人水を使っていただいてるそうで、ありがたいと思っております」

いつもの助松とは違う堅い声が出た。緊張していた。

「あれはねえ、具合がよろしいんですよ。舞台に立っておりますと年中、白粉をつけておりますでしょう？　どうしても肌が荒れるんでございますよ。それで、寝る前に美人水を擦り込んでおきますと、翌日は肌がぴかぴかなんでございますよ」

大滝は笑顔で助松にそう言った。舞台ではあまり笑顔は見せず、真剣な表情をしていることが多いので、助松はその笑顔につられて自分も笑った。

「太夫はもともと肌の性《しょう》がよろしいので美人水のせいばかりでもないでしょう。一生懸命お使いいただいても、肌荒れが治らないお客様もいらっしゃいますから」

「まあまあ、ご商売っ気のないおっしゃりよう……」

大滝はそう言って、小娘の運んで来た茶を助松に勧めた。

「わたしの舞台を見物していただくお客様は多いと申しましても、旦那のように通って下さる方はそうそういらっしゃいませんよ。旦那、わたしのどこがそんなにお気に召したんですか？」

大滝は茶をひと口啜った助松に上目遣いになって訊《き》いた。立て続けに助松が小屋に通うのを不思議がっている様子でもあった。

「あ、いや、どこと言われても……見ていて愉快な気持ちになるからですよ」

「わたしのような大女がお珍しいんでしょうね？」

「……」

何んと答えてよいのかわからない。助松は言葉に窮して口ごもった。まさか、楽屋を覗いた時のあんたの顔がきれいだったから、とも言えない。助松はまじまじと見つめる大滝の視線をそっと避けて楽屋を見回した。大滝の化粧台の周りには雑多な小物が散らかしたように置いてある。桜紙、羽二重の反物、絵草紙、煙草盆、手拭《てぬぐ》い。下ろした筵の傍に鉢植えの梅が三つ並べられていた。薄紅色の梅は幾つか花びらをほころばせている。

そのせいか柔かな甘い香りもした。そうか、最初に嗅《か》いだ香りはこれだったのかと助松は思った。

「梅ですね？」

　助松はそちらに目をやって口を開いた。

「ええ。近くの植木屋さんから買ったんですよ。あまりに可愛かったものですから」

　大滝は嬉しそうに言った。

「三つもいっぺんに？」

「大負けすると言われたんですよ……考えてみたら余計ですよね？　一つなら風情があっていいのに、三つも並べると賑《にぎ》やかになってしまいましたよ。わたしはこんな大きな形《なり》をしているくせに小さな花をつけるものが好きでしてねえ」

　大滝はしみじみとした口調で言った。

「春の風情があって乙粋《おついき》なこと……」

　助松は独り言のように言った。大滝はふわりと笑って「よろしかったら、お一つお持ちになりませんか？」と言った。

「い、いや、そんなことは……せっかく太夫が買ったものを」

「ご遠慮なく」

　大滝は長い腕を伸ばして植木鉢を取り上げると、無理やり助松に持たせた。

「ありがとうございます」

「また、ちょくちょく楽屋に顔を見せて下さいましな」

大滝はそう言いながら助松の手をきゅっと握った。

助松はそれを潮に腰を上げた。大滝が次の舞台に出るために忙しそうな素振りを見せたせいもあった。

小屋の外に出ると緊張の糸が切れたように溜《た》め息が出た。助松に声を掛けて来た若い者が近づいて来て「いかがでございんした？」と感想を訊いた。

「こんな物を貰ったよ」

助松は得意そうに植木鉢を見せた。

「そいつァ、ようござんした。太夫はお気に入りのお客様にしかそういうことをなさいやせんよ」

「そうかい」

「どうです、旦那。太夫がお気に召したのなら、小屋が引けた後でも、どこかに誘ってやっていただけやせんか？」

「どこかって？」

助松は呑み込めない顔で若い者の顔を見た。

「旦那、察しの悪い。芝居の役者なんぞは、ご贔屓のお客様に呼ばれることがありやすでしょう?」

「あ、ああ」

無骨者の助松はそういうことがすぐにピンと来ない。若い者に言われて思わず顔を赤くした。

「料理屋に呼んだらいいのかね?」

「へい、太夫は喜びますよ」

「そいじゃ、心掛けておくよ。後であんたに太夫の都合を聞くことにするよ」

助松はそう言って若い者に小銭を摑ませた。

若い者は乱杭歯《らんぐいば》を見せてにッと笑った。

五

大滝太夫を柳橋の料理茶屋に招く日、助松は朝からそわそわと落ち着きがなかった。大滝を前にして気の利いた話ができるかどうかも自信がない。思い余って助松は伊助に同行して貰うことにした。

伊助は大滝を料理茶屋に招く助松に半ば呆《あき》れたような表情をしていた。何もそこまで、ということだろう。

見世物小屋は日暮れで小屋を畳む。その日は伊助が店番をする出店も四半刻《とき》ほど早く店を閉めさせた。それから二人で湯屋へ行き、衣服を調えて柳橋へ向かった。

「旦那、わたしは途中で失礼するかも知れません。女房がちょっと身体の具合が悪いものですから」

伊助は歩く道々、そう言った。伊助の女房は妊娠中で、つわりがひどいのだ。

「ああ。こんな時に無理に誘って悪かったねえ。なに、話のきっかけさえうまく行けば、後はわたしが何んとかできるだろう」

「さいですね。しかし、旦那がこれほど太夫に夢中になるとは思いも寄りませんでしたよ」

「……」

「いえ、悪口を言うつもりはないんでございますよ。旦那のことはわかったつもりでおりましたから、太夫のような毛色の変わった女に気を惹《ひ》かれたことに驚いているんですよ」

「わたしは変わり者かも知れないねえ」

「……」

助松も大滝の何が自分を夢中にさせるのか言葉ではうまく説明できなかった。大滝の大きな身体を見ていると、こちらの気持ちがたっぷりと大らかになる。商売に忙しく明け暮れる助松だったから、息をつかせてくれる何かが大滝にあったのだろう。

「太夫は品川で飯盛《めしも》りをしていたという話ですよ」

伊助は思い出したように口を開いた。助松はぎょっと伊助を見た。飯盛りは宿の客の世話をする女だが、夜の相手もする。大滝の前身は助松の浮き立った気持ちに僅かに水を差した。

「あの身体じゃ贔屓はそうつかなかっただろう」

「それでも物好きな客の名指しがあって、結構、評判になっていたということです。見世物小屋の座元の目に留まって舞台に上がるようになったんです」

「そいじゃ、よかったじゃないか」

助松の口調に自然に皮肉なものが含まれる。

「旦那、余計なことですが……」

伊助はおずおずと助松を見て口を開いた。深みに嵌《は》まるなということである。助松は伊助の言葉を遮るように「わかっているよ。小うるさいことは言わないどくれ」と、少し声を荒らげた。

大滝はよそいきの着物の上に黒の羽織を重ねて現れた。大滝の傍には例の小娘が寄り添うようにいた。こちらは町家の娘のような恰好であったが、そこは玄人《くろうと》、着物の着付けも頭に飾った簪も垢抜《あかぬ》けて見えた。

助松も大滝も最初はあまり喋《しゃべ》らず、もっぱら伊助と、いろはと呼ばれる小娘が埒《らち》もない会話をするのを聞いていた。伊助が物怖《ものお》じせず、こなれた様子で相手をするのを助松は感心して見ていた。呉服屋にいた時に今の女房と深間になっている男だから、女の気を惹く術《すべ》に長《た》けてもいるのだろう。徳利の酒を差しつ差されつしている内に、大滝は子供の頃の話をぽつぽつと語り始めた。

大滝は銚子の浜の漁師の家に生まれたという。生まれた時はさほど大きくはなかったのだが、年頃になるとぐんぐん背丈が伸びたそうだ。それはお八つ代わりに煮干しを毎度齧《かじ》ったせいだろうと笑い話に紛らわせて言った。

並の娘と違っていたせいで、嫁の貰い手もなく、大滝は年頃になっても男達に混じって浜で網を引く手伝いや、弟妹の世話をしていた。浜育ちだから泳ぎは大層、達者だと言った。助松は広い海原を巧みに泳ぐ大滝を頭に浮かべて愉快な気持ちになった。

大滝の家族は貧しかったけれど幸福で平和な暮しをしていた。ところが父親と兄の乗った舟が嵐で転覆して二人が死ぬと、家の稼ぎ手を奪われた一家は当然ながら路頭に迷うこととなった。大滝の下には五人の幼い弟妹達がいた。大滝は浜を訪れた女衒《ぜげん》に言われるままに品川の宿に働きに出たのである。そこで身体の大きさが評判となり、見世物小屋の座元の目に留まったのは、伊助の話してくれた通りであった。ただし、大滝は飯盛り女郎をしていたとは言わず、宿の下働きをしていたと言っていた。

「しかし、あの力は並じゃない。いや、いつも大したものだと思っております」

助松はほろりと酔った顔で言った。

「旦那、旦那はまさか米俵に本当のお米が入っていると思ってやしないでしょうね？」

大滝は悪戯《いたずら》っぽい表情で訊いた。

「違うのかい？」

助松は怪訝な顔で伊助やいろはの顔を見た。

いろはは、けたたましい声を上げて笑った。

「米俵をお手玉するなんざ、幾ら太夫でもできゃしませんよ。あの中は藁屑《わらくず》ですよ」

「……」

助松は鼻白んだ顔になった。

「千手屋の旦那は存外にうぶなお人でござんす。太夫と、どっこいどっこい」

いろはは、こましゃくれた口を利いて笑った。

「旦那、この際だから内輪話をお聞かせ致しましょう。太夫の七尺の背丈も三十貫の目方も大袈裟に言っているだけ」

いろはは得意そうに続けた。

「それはとうに察しがついているよ」

助松はむきになって応えた。

「だが、腹の上にあんたが乗って見得を切るところは本当だろう？」

「あれは腹の肉を鍛えなければいけませんよね？」

伊助が口を挟んだ。大滝はゆっくりと肯いた。

「幾ら形《なり》の大きさだけで舞台を勤めていると言っても、年とともに身体の力はなくなりますよ。さて、あと何年、この仕事を続けられるか……」

大滝は遠くを見るような眼になった。大滝は二十八になっていた。身体が大きいので年齢の見当がつき難い。十九と言われても三十と言われても、助松はそうかと思う。

いろはは十五、六に見えていたが、こちらは二十歳《はたち》であった。

「引退した後のことを考えているのかね？」

助松は大滝に酌をしながら訊いた。鯛《たい》のおかしら、刺身、吸い物、煮物、菜の花の煮浸し。膳にのせられた料理を大滝は上品に口に運んでいたが、いつの間にかきれいに平らげていた。反対にいろはは、ろくに食べた様子もなかった。

「いえ、全く……」

大滝はあっさりと応えた。

「千手屋の旦那がご新造《しんぞ》に迎えて差し上げたらどうですか？」

いろはは冗談とも真面目ともつかない顔で言った。伊助は笑ったが助松は笑わなかった。

それどころか「そうしてくれるなら嬉しいねえ」とまで言った。大滝の眉がきゅっと持ち上がった。

「旦那、嘘でも嬉しゅうござんすよ」

「わたしは嘘は言わないよ」

助松はそう言って大滝の顔をまじまじと見つめた。化粧もしていない素顔の大滝はつるりときれいな肌をしていた。大滝を妻に迎えた暁には、美人水を使えばこうなるのだと、助松は店の宣伝のことまで早くも考えていた。

大滝と深間になったのはその夜のことである。

伊助が途中で腰を上げると、いろはも、いつの間にか座を外してしまった。大滝はあまり酒に強い方ではなかったのだが、助松の勧めに、つい量を過ごし、夜も更けると座敷に鮪《まぐろ》のように倒れてしまった。助松が大汗を掻《か》いて寝間に大滝を引っ張り込むと、大滝はその太い腕を助松の首に巻きつけて来た。

「旦那、本当に本当？」

助松の気持ちが本気かと大滝は訊いていた。

助松は首の凝《こ》りを感じながら「ああ」と何度も応えた。閨《ねや》での大滝は女力持ちの大滝ではなく、一人の女に過ぎなかった。いや、むしろ、恥じらいを滲《にじ》ませた表情は並の女より純でさえあった。

六

それからの助松は間夫《まぶ》きどりで公然と大滝の楽屋に通い出した。菓子や弁当を差し入れて大滝ばかりでなく小屋の者達も喜ばせた。

舞台がはねると二人で晩飯を食べに行ったり、米沢町の助松の家に大滝が泊まっていくこともあった。

問題は大滝を小屋から身請けするために、幾らかの金を用意しなければならないことだった。なぜか大滝はその話になると、決まって話題を変えようとする。そのために埒《らち》もない痴話喧嘩《げんか》にもなった。

助松は見世物小屋の座元に会って大滝の話を進めることを決心した。座元はなかなか捕まらなかったが、ようやく繫ぎをつけて大滝の話を切り出した。座元は、あい、わかった、と存外にあっさりと応え、その時に助松は手付けのつもりで三十両ほどの金を差し出している。しかし、その後の具体的な話にはなかなか進まなかった。

大滝の楽屋の裏にある通路は、助松にとって、もはや見知らぬ場所ではない。そこを通って薦の隙間から「あばば」と驚かすことも珍しくなかった。大滝と小娘達がけたたましい声で笑えば、助松はだらしなく相好を崩した。

商売ひと筋にやって来た三十六の男に訪れた人生の春であった。それを笑わば笑え。助松は伊助の諫《いさ》める言葉も誰の言葉も聞く耳を持たなかった。いつしか、大滝と助松の噂は西両国広小路界隈《かいわい》でも評判になっていた。

――そいで、太夫は決心したんですかい？

いつものように細い通路を忍び足で入って行った助松の耳に、ひそめた声で話をしている男の声が聞こえた。太夫という言葉に助松の胸が自然に堅くなった。

――んなこと、太夫の気持ちは最初から決まっていることだがね。

――あんな馬鹿のためにまだ、義理立てするんですかい？

馬鹿と呼ばれたのは自分のことじゃなかろうかと助松の背中が粟立《あわだ》った。しかし、そうではないことが男達の話で次第に明かされていった。話をしているのは顔見知りの小屋の若い者と、もう一人は座元であった。助松は先に進むことも後戻りもできず、薦の陰に身を隠すように立っていた。男達の話は助松の胸を、まるで錐《きり》のように容赦なく刺した。

大滝には昔から言い交していた男がいたのだ。その男は銚子の浜で一緒に育った幼なじみのようだ。ろくに働きもせず浮かれ暮し、金に詰まれば大滝に無心するということが続いていたらしい。どうやら見世物小屋に大滝がやって来たのも、その男の口にほだされたためだった。助松の出した三十両の金も男のために遣われた様子である。

——千手屋のお内儀に収まるのが太夫の倖《しあわ》せでしょうが。

若い者は助松の肩を持つ言い方をした。

——あのへちま水売りの人のいいのにも呆れるよ。ほいほいと金を出す。まあ、うちとしては損にならない客だから、そこそこに愛想をすることだ。太夫もこれから上方行きだから、金を引っ張れるだけ引っ張ろうと算段しているのだろう。

もはや、後の言葉は聞いていられなかった。

助松は脱兎《だっと》のごとく通路を戻ると、通りを走りに走った。砂を噛《か》むような気持ちであった。騙《だま》されたと知ると、大滝を恨むより自分の馬鹿さ加減に腹が立った。夢は終わったと思った。

「もし、旦那。大滝でござんす」

米沢町の家の戸が控え目に叩《たた》かれた。床に就いていた助松はその声に動悸《どうき》を覚えた。

しばらく大滝の所に通っていなかったので、大滝が様子を見に来たのだろう。闇《やみ》の中で吐息をついた助松は、このまま知らぬ顔で過ごそうかと思ったが、大滝は軒下に佇《たたず》んでいる様子である。

助松はようやく決心して奥歯を噛み締めると戸口へ下りた。

「ごめんなさい。お休みになっておりました？」

大滝はすまなそうな顔で言った。普段着の上に縞《しま》の半纏《はんてん》を羽織っていた。

「なんだい？」

助松は不機嫌な声で訊いた。

「この頃、お見えにならないので、お身体の具合でも悪いのかと心配で……」

大滝は助松に気圧《けお》されたような表情で言った。その顔と、その物言いに助松はむっと腹が立った。自分が何も知らないとでも思っているのだろうか。

助松は大滝の腕を取り、中に引き入れると後ろ手に戸を閉め、ものも言わずにその頬を張った。大きな大滝の身体が寄り付きの板の間にどすんと倒れた。

「どこまでわたしを虚仮《こけ》にしたら気が済むんだ。え？　わたしから絞れるだけ絞ろうとする魂胆《こんたん》なのかい？」

「旦那……」

大滝は張られた頬を押さえて助松を見た。

「あの人だなんてことがわかったんですか？」

「あの人のことなんて言うな、けがらわしい。お前はそのでかい身体の中に真っ黒い下心を隠して、わたしを騙したんだ。この、このッ」

助松は怒りに任せて大滝を蹴《け》った。大滝は太い腕で助松の暴力を避けていたが、実際は助松にされるままだった。

「去《い》ね！　もうお前の顔なんざ見たくもない」

助松が荒い息をして吐き捨てると、大滝は顔を掌で覆って低い声で泣いた。

勘弁して下さいという言葉が何度も聞こえた。

激情を晴らして少し落ち着いた助松は、座敷に置いてある茶箱や行李《こうり》を押しやって座れる場所を作った。助松はそこに胡座《あぐら》をかいて大滝を見据えた。

「どうしてなんだい？ わたしはお前と真剣に所帯を持とうと考えていたんだよ。わたしが信用できないのかい？」

助松が低い声で口を開くと大滝はかぶりを振った。

「そうじゃありません」

「だったら何んなんだ。聞けば腐れ縁の男がいるらしいじゃないか。その男と手を切ることができないんだろう？」

「六《ろく》ちゃんは同じ村の出だから……困ったと言われるとどうしても邪険にできなくて……」

「いいかい、その男はお前を喰《く》いものにしているんだよ。いい加減、目を覚ましたらどうなんだ」

「知っています。でも、六ちゃんはわたしを最初に好きと言ってくれた人だから……他の男は誰もそんなことは……」

「……」

助松は呆れ果てて声も出なかった。そんなことなら自分が百万遍も言ってやると思った。

「わたし、十年前に旦那と出会っていたらと、何度も思いましたよ。十年前だったら旦那の言葉を素直に聞けたと思います」

「十年前も今も同じだよ」

助松は吐息をついて言った。

「いいえ。旦那はお内儀さんを亡くして、それから色々辛《つら》いことがあったから、わたしのような者にでも目を掛ける気になったんですよ」

「勝手なことを言ってくれるじゃないか。わたしも安く見られたものだ」

「わたし、このひと月、とても倖せでした。旦那のお蔭ですよ」

大滝はそう言うと土間口に正座して丁寧に頭を下げた。

「旦那が出したお金はお返し致します。小屋の御亭《ごてい》さんからお店に届けさせますから、どうぞ、旦那、勘弁して下さいまし」

「それでお前はまた、その六と縒《よ》りを戻すのかい？」

助松は心細い声で訊いた。これが別れ話だと悟ると、未練が助松を捉《とら》えた。

「もう一度、考え直す気はないかい？」

助松は土間口に下りて大滝の手を取った。

それは、ひどく冷たかった。

「旦那、後生ですから……」

大滝は膨れ上がるような涙を浮かべていた。

助松はぐっと大滝の身体を胸に引き寄せた。

大滝は低い声で泣きながら「旦那、最後に口をね、口をぎゅっと吸って。息ができなくなるほど」と哀願した。助松はやり切れなさに思わず眼を瞑《つぶ》った。

「上方に行くんだってね？」

「あい……」

「もう、会えないのかい？」

大滝は返事の代わりに今度は声を上げて激しく泣いた。その泣き声を封じるために、助松は大滝の厚い唇を塞《ふさ》がなければならなかった。涙混じりの大滝の唇は銚子の浜の海の味がしたと思った。

七

見世物小屋の興行は変わり、演目は豆蔵《まめぞう》という小人の芸になった。因果な身体に生まれついた者に好奇の眼を向ける人々は相変わらず多い。だが助松は、もはや、その木戸をくぐる気持ちが起きない。助松は見世物小屋から、きっぱりと手を引いたのだ。

大滝の舞台が千秋楽の日に伊助を楽屋に行かせた。これから上方に向かうのなら美人水に不自由すると思い、十本ばかりを土産に持たせた。大滝は泣いていたと伊助は助松に告げた。様々なことがあったように感じても、たかがひと月足らずのことでもあった。助松はこの短い日々で自分が大層老けたと思う。憑《つ》きものが落ちたように助松は小間物屋の主の顔を取り戻し、以前にも増して商売に励んだ。

助松は大滝から貰った梅の鉢はしばらく米沢町の家の台所に置いていたが、水遣《みずや》りが悪いのか次第に枯れてきた。捨てようとしたが、ふと思い直して近所の隠居の所に持って行った。

幾つか花を残している梅に隠居は「愛《あ》えらしいなあ」と言った。

「生かせるでしょうか?」

助松は心配そうに訊いた。

「ふん、根はまだしっかりしているから大丈夫だろう」

隠居はそう言って、戸口の横に設《しつら》えてある粗末な植木棚に梅の鉢を置いた。

それから隠居は枯れた枝を払ったり、土に肥料をやったりと、まめに世話を焼いていた。みすぼらしく見えていた梅はぐんぐん生気を取り戻して、愛らしい姿を見せるようになった。それは助松にとって僅かな慰めだった。

ぼんやりと薄陽《うすび》が射《さ》して、大川の水も温《ぬる》んで来たように感じられる。そろそろ梅の季節も終わりになろうとしていた。

助松は本所から両国橋を渡って西両国広小路に出ると伊助が店番をしている出店に来た。

「はい、ご苦労さん。どうだね、今日の売り上げは？」

助松はいつものように声を掛けた。

「旦那様、今日も美人水の売れ行きがよくて、品切れになってしまいました。やはり、容器を変えたのが功を奏したのでしょうね」

伊助はやや興奮した口調で応えた。

「そうかも知れない……」

助松は気のない返事をして出店から空を仰いだ。空は暮れなずんで茜色《あかね》に染まっていた。

大滝に出した金は結局、戻って来なかった。

大滝はきっと返すと言っていたから、途中で誰かの手に渡った恐れもある。だが、声高に騒ぎ立てたくもなかった。そんなことをした日には男が下がるし、大滝に慰められた部分も確かにあったから、助松はこれ以上、金のことには触れたくなかった。落ち着きを取り戻したが、助松はどうも身体に力の入らない日々を送っていた。胸の中を始終、風が通り過ぎているようで心許《こころもと》ないのだ。

大滝との別れが思わぬほど助松にこたえていた。

そんな折、酒屋で吉原の花魁《おいらん》の絵を写した徳利を見た。酒問屋の主が馴染《なじ》みの妓《おんな》の絵を入れた酒を売り出したのだ。粋狂な客なら、おもしろがって買うことだろう。

助松も、それに倣《なら》って美人水の容器に大滝の姿を入れたものを造らせた。舞台姿の大滝が片手に米俵を摑み、片手に美人水を持っている趣向にした。大滝が持っている美人水の容器にも大滝の絵が描かれている。

合わせ鏡をしたように、大滝の姿は絵の中で、どこまでも続くのである。新しい容器が届いた時、助松は不思議な心地がしたものである。

新しい美人水は一文値上げすることにした。

それでも毎日、飛ぶような勢いで売れている。西両国広小路を訪れた女達は大滝の肌の美しさに目敏《めざと》く気づいていたのだろう。あの肌にあやかりたいと出店に客が押し寄せるのだ。座元はそれを見ても文句は言うまい。

三十両の代わりにこう出て来たか、千手屋は転んでも只《ただ》では起きない男だと思うかも知れない。出した金は早晩、美人水が取り戻してくれるだろう。

「やはり、商いは工夫が大事でございます。わたしはこの度のことで、旦那様につくづく感心したものですよ」

伊助は昂《たか》ぶった声のままで続けた。

「ずい分、わたしを持ち上げるじゃないか。大滝の所に通っていた頃は小言三昧《ざんまい》だったくせに」

助松は皮肉混じりに言う。

「あの時は……」

伊助は言葉に窮した。

「何んだい？」

助松は小意地悪く伊助の話を急《せ》かした。

「太夫の舞台を見たら、とお勧めしたのはわたしですから、責任を感じていたんですよ。早く目を覚ましていただきたいと……」

伊助は俯《うつむ》いて応えた。

「伊助、わたしはねえ、後悔はしていないよ」

「……」

「大滝と知り合わなきゃよかったとは思っていない。そりゃあ、金を騙《かた》り取られたのは商売人として不本意だが、それ以上のことを大滝から貰ったと思っているし……」

「太夫の女の情けでございますか？」

伊助は訳知り顔で訊く。

「ああ。簡単に言えばね」

「太夫はあんなでかい形《なり》をしているくせに、滅法界もなく女っぽい人でした」

伊助は外の往来に視線を投げながら言った。

「だから、最初に好きだと言われた男に今の今でも義理立てしているのさ。わたしの出る幕はないよ」

「その男は果報者でございますねえ」

「全くだ。あやかりたいよ」

助松はふっと笑って「さてさて、今夜もそいじゃ、美人水の仕込みをするとするか。商いがうまく行ったら夜桜見物でも張り込もうかね？」と言った。

「やあ、それは楽しみだ。皆《み》んなに言っておきますよ」

伊助は途端に笑顔になり声を弾ませた。

「千手屋は、嘘はつかないよ」

「ごもっともで」

伊助は大きく肯いた。

寒い冬を越したというのに、隠居の金蔵は急に具合を悪くして、家族が八方手を尽くしたのだが、とうとういけなくなってしまった。

助松は見舞いに行かなかったことを悔やんだ。それほど悪いとは思ってもいなかったのだ。

最後に会ったのは倒れる三日前のことだった。いつものように家の前で「助松っつぁんよ、後添えはまだかい？」と、いつものように声を掛けてくれた。

「へい、この間、ちょいとよさそうなのを見つけたんですが、振られてしまいましたよ」

助松は冗談混じりに応えた。

「何んだ、だらしがねェ。なあに、女なんて者はなァ、ちょいとくすぐって、押し倒しゃいいんだ」

「ご隠居のおっしゃる通りにしたんですが、うまく行きませんでしたよ」

「そうかい……そいつァ、気の毒だったなあ。その女はよほどの変わり者なんだろう」

「へい、すこぶるつきの変わり者でございましたよ」

「いけねェ、いけねェ。女は変わり者は駄目だ。並でなけりゃあな」

「へい、女は並が一番です」

「また頑張りな。お前さんの祝言まで、おれも頑張って生きているからよ」

「お願い致します」

助松はそう言って隠居と別れたのである。

女は並でなければいけないという言葉が助松にこたえた。大滝に気を惹かれたのは、どこか心持ちが尋常ではなかったからだろうか。

助松は、そうだと認めたくはなかった。しかし、あれほど大滝にのめり込んだ理由が、今となっては助松もよくわからなかった。

助松は大滝に対する自分の気持ちを持て余していた。

八

隠居の通夜の日は雨が降っていた。

通夜には隠居の人柄を慕っていた近所の人間も次々に訪れて悔やみを述べていた。

助松はかなり遅くまで隠居の家に残って、家族と一緒に思い出話に加わった。旦那さんのことは気に掛けていたんですよう、と嫁に言われると助松は胸が塞《ふさ》がれるような気になった。まるで第二の父親を亡くしたような気持ちであった。自分の父親は銀蔵という名前だと言えば、金と銀だねえと家族は笑い、また新しい涙に咽《むせ》ぶのだった。

名残り惜しい気持ちで暇乞《いとまご》いを告げ、外に出ると雨はまだ止《や》んでいなかった。番傘を拡《ひろ》げ、自宅に踵《きびす》を返した時、ふと花の香りがした。あの時の香りだ。大滝に初めて会った時に誘われた香りである。

隠居に譲った梅の鉢が雨に濡《ぬ》れながら、植木棚にちんまりと置かれていた。それが提灯の灯《あか》りにぼんやりと照らされていた。もう、花はあらかた落ちて、最後の一つがかろうじて咲いている。花は隠居の供養とばかり、かぐわしい香りを辺りに振り撒《ま》いているのだろう。

助松はその香りを胸一杯に吸い込んだ。大滝の香りだと思った。

米沢町の家の前に人が立っていた。

助松は幻を見ているのかと思った。二間《けん》ほど前で足を止めると、俯いていた顔がこちらを向いた。傘もない。右手に風呂敷《ふろしき》包みを抱えていた。

「どうしたんだい？」

そんな素っ気ない言葉しか出なかった。

大滝は何も応えず黙って助松を見ているだけである。雨が大滝のたっぷりした髪に降り注ぐ。助松は近づいて傘を差し出した。大滝は助松より三寸ほど背が高いので傘も自然に高く持ち上げる恰好になる。助松の脳裏を先刻の梅の花が掠《かす》めていた。

「戻って来ちゃいましたよ」

大滝は助松を見下ろしてようやく口を開いた。助松の顔色を窺《うかが》って、おどおどした眼をしている。

「人の言いなりになるのが馬鹿馬鹿しくなって……」

大滝は、そう続けて俯いた。助松は何んと言葉を掛けていいのかわからない。黙って大滝を見つめていた。

「駄目？　わたし、戻って来ちゃ駄目？」

大滝は子供のような口調で訊く。

「いや……」

「でも迷惑なのでしょう？」

「少し驚いただけだよ」

「上方に行くと言ったくせに、小屋の御亭さんは違う所に連れて行こうとしたのよ。わたしはもう年で、使いものにならないなんて屁理屈《へこ》を捏ねて……」

「それで逃げて来たのかい？」

「ええ。言うことを聞かないと旦那に戻したお金、耳を揃《そろ》えて返せと凄《すご》んだから怖くなって」

「金なんて戻して貰っていないよ」

「じゃあ……」

「お前は騙されたんだよ」

助松がそう言うと大滝は、また俯いた。

「六ちゃんと御亭さんはぐるになっていたんです」

「それでようやく目が覚めたということかい？」

助松の問い掛けに大滝はこくりと肯いた。

「呑み込みが遅い奴《やつ》だねえ」

助松は呆れた声で言った。

「旦那、わたしを女中に雇って下さい。わたし、一生懸命働きますから」

大滝は傘の柄を掴んでいる助松の手をぐっと握って切羽詰まった声で言った。

助松はそれには応えず「すっかり濡れちまったねえ、ささ、中に入って着替えをしたらいいよ」と言った。

「いいんですか、旦那」

大滝は気後れした顔で訊く。

「いいも悪いも雨なんだから仕方がない」

助松はそんなことを言って戸口の錠を開けた。そのまま二階に上がった。大滝は濡れた足を拭《ふ》くと、後から上がって来た。

「お弔《とむら》い？」

行灯《あんどん》に火を点《つ》けると、大滝は助松の恰好を見て言った。

「ああ、近所の隠居が亡くなったんだよ。ずい分、気に掛けて貰っていたから、亡くなられて気が抜けていたところさ。あんたが来てくれて、今夜は賑やかに過ごせそうだ」

助松の言葉に大滝はようやく無邪気な笑顔を見せた。

「怒らないんですか？」

羽織を脱ぐ助松に大滝は後ろに回って手を貸した。部屋の隅の衣桁《いこう》に掛ける。羽織は雨の滴《しずく》をつけていた。助松は座って煙草盆を引き寄せた。

「本当にあんたが覚悟を決めてくれたら、わたしはこれ以上のことはないよ」

煙管に火を点けて白い煙を吐き出すと助松はそう言った。大滝は今にも泣きそうな顔になった。

「六ちゃんのことはもういいのかい？」

「ええ……もう、いいんです。わたしには旦那がいますから」

「そうさ、わたしは少なくとも六ちゃんよりは頼りになる男さ」

助松は反《そ》り身になって重々しく言った。ここで男の甲斐性《かいしよう》を見せなければ大滝はまた離れて行ってしまうと思った。大滝は「嬉し……」と呟《つぶや》いて袖で眼を拭った。

「着物が濡れているよ。着替えをしないと風邪を引く」

「ええ……」

大滝は手早く着物を脱ぐと、助松の羽織の横に自分の着物を掛けた。そうやって二人の着物が一緒に並んでいる景色はいいものだった。大滝は棒縞の着物にしごきをすると、火鉢の炭を掻き立てた。

「腹は空《す》いていないのかい？」

そう訊くと大滝は居心地の悪い顔で「少し」と応えた。

「通りに出ると二八蕎麦屋が屋台を出していると思うよ。すまないが、熱いところを二つ届けてくれと言って来ておくれ」

「あい」

大滝はすぐに立ち上がった。

「ああ、傘を差して行きなさい」

「平気！」

階段の途中で大滝がやけに元気のいい声で応えた。十文七分《ともんしちぶ》の大滝の駒下駄《こまげた》が、がっこん鳴る音を助松は幸福な気持ちで聞いた。

もうこれで思い悩むことはないと思った。

大滝が再び現れたのは、あの世からの隠居の采配か、あるいは梅の精の加護だろうか。

黙っていても唇がだらしなく弛《ゆる》んだ。伊助は何んと言うだろう。いや、大滝が千手屋のお内儀になったと知ったら客はどれほど驚くだろうか。その前に自分の姿が入った美人水を大滝に見せてやらねばならない。大滝がどんな顔をするのか見ものである。

助松はいそいそと階段を下りて、茶箱から美人水を一つ取り上げた。

「ええ、こっちです。そうそう千手屋ですよ。ああ、知っていた？　まあ、そりゃどうも」

大滝と蕎麦屋の親父がやり取りする声が聞こえた。美人水をきゅっと握った助松の胸に温かいものが拡がっていた。

のぼりうなぎ

山本一力

山本一力（やまもと　いちりき）
一九四八（昭和二十三）年、高知県生まれ。都立世田谷工業高校電子科卒。様々な職を経て、九七年「蒼龍」でオール讀物新人賞を受賞。〇二年、『あかね空』で直木賞を受賞。『大川わたり』『深川黄表紙掛取り帖』『だいこん』『八つ花ごよみ』など著書多数。

柝《き》が打たれたあとから、夜回りの長い韻《いん》が流れてきた。

深川黒江町の裏店で、掻巻《かいまき》を二枚重ね着した弥助《やすけ》が寝返りを打った。火の用心が町内を回るのは、木戸が閉じられた四ツ（午後十時）を過ぎてからだ。町は寝静まっていたが、弥助は寝つけず、寝返りを繰り返していた。

安普請の壁板を突き抜けて、真冬の凍えが忍び込んでくる。薄い壁のとなりからは、大工職人のいびきが漏れてきた。

日本橋近江屋の手代半七《はんしち》が昼間毒づいたように、弥助は五尺九寸（約百八十センチ）の大男だ。太筆で描いたような濃い眉、職人仕事でできた二の腕の力こぶと、節くれ立った手。そのどれもが、細面ぞろいの近江屋手代のなかでは浮き上がって見えた。

藪入りを翌日に控えた夜は、吐く息が白く見えるほどに凍えていた。そして、となりからひっきりなしに漏れてくるいびき。さらにもうひとつ、あたまのなかを走り回っている、奉公先で明け透けに聞かされる嫌味の数々。これらが重なり合って、弥助の眠りを妨げていた。

「旦那様は、いつまでこんな酔狂をお続けになるのでしょう」

「そう熱《いき》り立ちなさんな。折りを見て、あたしの口から話をさせていただくつもりだ」

「そうはおっしゃいますが、半鐘泥棒《はんしょう》のような、ただ背丈が大きいだけの、それも商《あきな》いにはまるで不向きな指物職人《さしもの》を通い手代に就けています。こんなことがお客さまにまで知れた日には、近江屋の暖簾《のれん》にかかわりますから」

日本橋の呉服大店《おおだな》、近江屋手代二番組組頭《くみがしら》半七との話を、一番番頭の利兵衛《りへえ》は弥助の耳に届くところでやり取りした。こんなことが、すでに三月《みつき》にわたって続いていた。

一

去年の十月二日朝、木場の材木問屋杢柾《もくまさ》に向かう弥助は、足早に大和町を通り抜けた。朝日に晒されて化粧を剝がされた色町など、見たくもなかったからだ。

仙台堀に架かった亀久橋を渡ると、木場の材木置場が広がっている。杢柾は木場でも大店で、小僧に手代、それに川並《かわなみ》（いかだ乗り）や木挽《こび》きまで合わせると、らくに五十人を超える大所帯だ。

杢柾の店先では半纏《はんてん》姿の木挽きが、大鋸《おが》で檜をひいていた。大鋸を使う木挽きは、いわば看板である。すでに何枚も重ねられた三尺幅の薄板は、杢柾自慢の売り物だった。

弥助が指物に使うのは桜、桐、樅《もみ》、柿、それに楓《かえで》である。杢柾はいつも選りすぐりを回してくれた。

「おはようございます」

弥助が声をかけると、昨夜あるじの言伝《ことづて》を伝えにきた小僧が飛び出してきた。

「どうぞこちらへ」

小僧は弥助を奥出入り口に案内した。

三十二歳の弥助は、ひとり立ちしてすでに十一年。親方についての修業時代から数えると、杢柾とは二十年の付合いになる。

銘木で知られた杢柾で木を選ぶ施主は、指物の誂えまで頼むことが少なかった。高橋《たかばし》の親方が三年前に亡くなったあとは、杢柾のあるじが名指しで弥助に仕事を回してくれた。それでも奥へ案内されたのは、この朝が初めてだった。

銘木商が暮らす奥は、さすがに見事な造りだ。敷台から上がった敷居は桜である。堅い板はすり減らず、ひとが通れば通るほど艶が出る。店と奥との境目に作られた庭からのひかりが、敷居をやわらかく照らしていた。

廊下は檜造りだ。厚みをたっぷり取った板は、五尺九寸の弥助が踏んでも音ひとつ立てなかった。

小僧に案内されたのは、庭を正面に見る十畳の客間だった。襖はさほどの造りではなかったが、天井板、欄間《らんま》から鴨居まで、木はどれも奢《おご》った使い方をしていた。

座ると間をおかず茶が出てきた。菓子鉢には干菓子が山盛りである。仕事を回してもらう身の職人への扱いではない。弥助は落ち着かず、茶にも菓子にも手をつけずにいた。

ほどなく顔を出したあるじは、驚いたことに羽織を着ていた。

「宇治をいれさせたんだ、冷めないうちにやんなさい」

大店のあるじだが、ここは深川木場だ。日本橋や尾張町の旦那衆とは、言葉遣いが大きく違っていた。勧められて弥助が茶碗を手にした。ひと口すすったところで、あるじの柾之助《まさのすけ》が口を開いた。

「ぜひともあんたに聞いて欲しい頼みがあるんだ」

「お世話になっているこちら様のことですから、あたしにできることなら何でもやらせていただきます」

「できることならと、正面からいわれたら何とも言いにくいんだが、とにかく話を終《しま》いまで聞いてもらおう。そのうえで何とか聞き入れてもらいたいんだが、いいかね？」

大恩ある杢柾のいうことである。弥助はうなずくしかなかった。

「今年の春先に離れの普請で、檜と杉をご注文いただいた日本橋の近江屋さんを、あんたも覚えているだろう」

「もちろん覚えています」

忘れるはずがなかった。座敷の水屋から長火鉢まで、材料を惜しまない誂え注文を幾つももらった客先である。

「押入れには、作りつけの桐箪笥も納めさせていただきました」

「そのことなんだよ。あんたは仕事に夢中で気付かなかったようだが、近江屋のご当主が、しっかり仕事ぶりを見ていたそうだ」

「……」

「話というのがそこなんだが、近江屋のご当主九《きゅう》右衛門《えもん》さんから、ぜひともあんたを手代として欲しいから、間を取り持ってもらえないかと頼み込まれたんだ」

思いも寄らない話を切り出されて、弥助はすぐには話が呑みこめなかった。

近江屋九右衛門が供の小僧も連れず、いきなり杢柾をたずねて来たのは、四日前の九月二十八日昼過ぎだった。

「深川お不動様にお参りしたついでに、立ち寄らせていただきました。ご迷惑でしょうが、一刻（二時間）ほどお付合いいただけませんか」

月末《つきずえ》を控えて忙しいさなかだったが、近江屋は春の普請で二百両からの注文をもらった相手だ。柾之助はすぐさま応じた。

八幡宮参道わきの茶屋で、九右衛門は固辞する柾之助を上座に座らせた。九右衛門は黒羽二重五つ紋の身なりだった。

「不動参りのついでと申しましたが、じつは折り入ってのお願いでうかがいました」

なにかわけがあると察していた柾之助は、余計な口を開かず相手に話を始めさせた。

「うちは権現《ごんげん》（家康）様が駿府《すんぷ》から江戸に銀座をお移しなされた慶長十七年に、いまの日本橋で商いを始めました。わたしが当主に就いたのは昨年の春ですが、すでに江戸での商いが百年を過ぎております」

現当主の九右衛門は近江屋七代目だった。創業以来、駿府城下で呉服屋を営んできたが、四代目九右衛門は家康を追って江戸に出た。

四代目は駿府以来の伝手《つて》で、幕府重鎮の諸家を得意先として切り開いた。五代目が受け継いだのは江戸での開業から三十三年後の、正保《しょうほう》二年のことである。

五代目も先代に劣らぬ才覚を見せ、さらに近江屋の間口を大きくした。ところが十二年後の明暦《めいれき》三年、本郷丸山本妙寺から出火した火事で、江戸中が丸焼けになる災難に遭った。

幸いにも蔵はすべて無傷で焼け残った。さすが近江屋の蔵は違うと評判を呼んだが、五代目は店を興す無理がたたり、新店の棟上を見ないままに病没した。

あとを継いだひとり息子の六代目は、歳こそ二十歳を迎えていたが、商いの才覚は皆無だった。

九右衛門襲名から十六年後、同じ日本橋本町に呉服の越後屋が店開きをした。間口も近江屋と同じ三十間《けん》（約五十四メートル）。しかも越後屋は、店先で呉服の正札売りを始めた。これが江戸中の評判となり、越後屋から人が途絶えることはなかった。

近江屋は馴染み客相手の掛売りである。通りすがりの客が店に入ってきても、小僧ですら相手にしないような商いぶりだった。越後屋のやり方を苦々しく思った六代目が、意固地になって奉公人にさせたことだった。

長命ながら子宝の授からなかった六代目は、昨年二月、七十六歳で病没した。近江屋親戚筋は幾度も談合を繰り返したのち、七代目を養子で迎え入れた。それがいま、柾之助に頼みごとをしている現当主である。

「先代をわるくいうのは憚《はばか》られますが、いささか商いの在り方を間違っておいでした」

「思わしくないんですか」

「商い高はわるくありませんが、奉公人に先代のわるいくせが染みついています」

先代は五十年以上も六代目を譲らなかった。いまの奉公人は一番番頭の利兵衛はもとより、他の手代も小僧もすべて先代のやり方で育てられてきた。

「あるじのわたしがいうことではありませんが、頭《ず》が高過ぎます。ふたこと目には近江屋の暖簾を口にして、お客様を粗末にする姿が目に余るのです」

苦渋の表情で近江屋内情を話したあと、九右衛門は弥助に手代勤めを頼めないかと切り出した。黙考したあとで口を開いた柾之助は、目元に力を込めていた。

「しかし近江屋さん、そのことと、指物職人の弥助を手代に欲しいということとは、なにひとつ繫がらないように思いますが」

「弥助さんに来ていただいて、うちの奉公人の手本となっていただきたいのです」

「なんでまたそんなことを……弥助とは二十年の付合いで人柄には間違いはありませんが、小僧のときから職人ひと筋の男です。商いのいろはも知らない男に、手代が務まる道理がないでしょうが」

柾之助がわずかに気色ばんだ声を出した。

「おっしゃることはごもっともです」

「でしたら、はなっからない話でしょう。腕のいい弥助を畑違いの手代にさせて、しなくてもいい苦労を背負わせる片棒は、幾ら近江屋さんの頼みでも聞けません」

気が昂ぶった柾之助から目を逸らさず、九右衛門は訴えを続けた。

「わたしは弥助さんの仕事ぶりを毎日見させていただきました。箪笥の拵《こしら》えで桐を貼り合わせたときには、糊づくりに四半刻（三十分）も糯米《もちごめ》を潰していました。何人もの指物仕事を見てきましたが、あれほど念入りなことをする職人は覚えがありません」

「……」

「これも初めて見たことですが、水屋の抽斗《ひきだし》には酒で溶いた樟脳《しょうのう》を塗ってくれました。おかげで虫がまったく寄ってきません。毎日の仕事仕舞《じまい》には、鉋《かんな》くずひとつ残らないように、隅々まで掃き清めています。それが弥助さんの流儀でしょうが、できないことです」

九右衛門が言葉を区切って茶に口をつけた。柾之助も続いた。茶をひと口すすったことで、柾之助の気が幾らか鎮まったようだった。

「腕の良さは、桐箪笥ひとつを見れば分かります。あれほどの腕ながら、驕《おご》ったところがありません。普請場にいた大工手元の小僧さんにも、穏やかな口で話していましたし、ときには手を止めて手伝いまでしていました」

「弥助は、昔からそういう男です」

「奉公人がいまのままでは、遠からずうちは傾きます。杢柾さんは商いと職人とはまるで畑違いだとおっしゃいました。わたしもその通りだと思います」

「……」

「しかし、ひとつことに秀《ひい》でたひとは、畑が異なってもかならず頭角をあらわします」

九右衛門は切々と、近江屋の病《やまい》がどこにあるかを説いた。商いは違っても、柾之助も大店のあるじである。聞くうちに、九右衛門の胸の内を察することができた。

「そういう次第なんだ。藪から棒の話で戸惑いもあるだろうが、あたしの見たところ、近江屋九右衛門は並の器量じゃない。この場で答えを聞かせてくれなくてもいいが、二日のうちには返事をきかせてくれないか」

「そうは言われましても、あたしは職人です。読み書き算盤は、指物仕事に欠かせませんのでひと通りはやりますが、商いはまるで知りません」

「それも言われたよ。あんたは普請場に算盤を持ち込んで、寸法を測るたびに珠を弾《はじ》いて確かめてたそうじゃないか。そんな職人は見たことがないと、しきりに感心していた」

「仕事をしくじらないためには、当たり前のことです。自慢にもなりません」

「それはそうだろうが、あちら様はそう言っている。それと言葉遣いも誉めていたよ」

「言葉遣いとおっしゃいますと……」

「職人らしくない、そのていねいな話し方ができれば、すぐにでも手代が務まるそうだ。とにかく近江屋さんは本気だ。はなはあたしも断わる気だったが、いまは受けてもらいたいと思っている」

「指物の誂えであれば、どんなにむずかしい工夫でも夜鍋続きでもやらせていただきます。しかしこのお話だけは荷が重過ぎます」

両手づきで断わりをいう弥助の肩に、庭の向こうから秋の陽が差していた。

二

弥助の暮らす深川黒江町は、大川につながる堀沿いの町である。小橋を渡り、まっすぐ行けば富岡八幡宮の境内だ。弥助は左に曲がって深川山本町へと歩いた。

十月の暮れ六ツ（午後六時）すぎは、すでに暗い。細道沿いの堀が灯りに映えていた。木場の川並や、すぐ近所の海辺町に暮らす職人相手の呑み屋の灯りだった。

ほとんど毎夜、弥助が顔を出す「柿の葉」の七坪土間は込み合っていた。酒の四斗樽を幾樽も積み重ねてある土間の隅が、弥助の定席である。朝方、柾之助から聞かされた話があたまのなかを走りまわっている弥助は、いつになく浮かない顔で腰をおろした。

柿の葉は、親爺の膳吉《ぜんきち》が包丁を使い、ひとり娘のこまりが客あしらいをする。

「今夜はせたやき芋があるけど、弥助さん、食べる？」

弥助は黙ってうなずいた。店が込み合っていることもあり、こまりは一合徳利と焼きあがった料理を出したあとは、弥助のそばには寄ってこなかった。

魚皿に載った、せたやき芋が弥助のまえにあった。おろした山芋に四つ切りの海苔をのせ、ごま油で揚げる。それを串に刺してタレを塗り、焦がさぬように焼きあげたのがせたやき芋だ。蒲焼に見立てた膳吉自慢の一品で、うなぎの半値で食べられた。

いつもなら、焼きあがりにすぐさま箸をつける弥助だった。しかし柾之助とのやり取りがあたまから消えないいまは、とても手をつける気にはなれなかった。

「いまの近江屋九右衛門さんは、一年半まえに急ぎ縁組した養子さんだ。近江屋とは遠縁筋だといってたが、もとは柳橋の料亭の三男で本当の名前は龍蔵《りゅうぞう》さんというんだ。生家《さと》ではおもに帳場を見ていたそうだが、近江屋はあれだけの大店だ、親戚にはうるさがたがそろっているに決まっている」

なんとか話を断わろうとする弥助の口を柾之助が抑えた。

「そんななかで畑違いの近江屋に入るだけでも難儀だろうに、あの男は奉公人の在り方に手をつけようとしているんだ。あんたは、古株の番頭や手代がどれほど扱い難いかは知らないだろう」

　弥助は黙ったままうなずいた。

「うちにも番頭はふたりいるが、なかのひとりは親父の代からだ。いまはあたしもそれなりの歳になったし、木も読めるようになったからうるさい口は挟まないが、以前はあたしに指図までしたもんだ。しかもそれが的を射ているから、ぐうの音《ね》も出ない」

　当時を思い出したのか、柾之助がめずらしく渋い顔を見せた。

「業腹だったが、あるじのあたしが番頭の機嫌をとったりもした。古手の番頭の扱いは、こんな木場のような荒っぽいところでも厄介なものだ。それをわきまえたうえで、九右衛門さんは奉公人をいじろうとしている。半端な肚ではやれないことだ。その話を聞かされて、あたしも身につまされたんだよ」

　大きな息が吐き出された。

「あたしが近江屋さんの話をつなぐ気になったのには、じつはもうひとつわけがある」

　手文庫を引き寄せた柾之助は、ひと綴りの帳面を取り出した。それをぱらぱらめくると、見開きにして弥助に見せた。

「今年の四月下旬から、あたしが木曾に出向いたのはあんたも知ってるだろう」

柾之助は二カ月近く江戸を留守にした。奉公人から聞かされていた弥助がうなずいた。

「これを見せるのは、番頭のほかはあんただけだ。そこに書いてある通り、あたしは妻籠《つまご》村の杣頭《そまがしら》と一万二千両の商いをまとめてきた。今年の暮れには、檜が廻漕されてくる段取りだが、あたしはこれに身代を賭けた」

木曾は尾張藩の飛地《とびち》である。材木は年に一度、藩が競売にかけた。入札できるのは木曾に住む杣だけである。

彼らは伐採から製材、木曾川を使った水運までのすべてを取り仕切り、尾張熱田湊で廻漕問屋に引き渡した。柾之助が結んだ杣との約定は、今年の競売応札の代金だった。妻籠村の杣頭、林以左衛門は柾之助の指値《さしね》で落札した。それを確かめてから江戸に戻ったので、木曾行きは二カ月もの長旅となった。

「札は落としたが、江戸に材木が届くまでは気が落ち着くものじゃない。本所の易者に見立ててもらったら、十月の手前で戌亥《いぬい》の方から来る客を大事にすれば運をくれるというんだ。近江屋さんは、うちから戌亥に当るんだよ」

「……………」

「そんなわけで、あんたがこの近江屋さんの頼みを聞く聞かないには、うちの身代もかかっている。ぜひとも引き受けてくれないか」

重たい足取りで杢柾を出た弥助は、しばらく亀久橋から仙台堀を見詰めていた。

易者の見立てで、おれを近江屋への奉公に出そうというのか……。

やりきれない気分だった。

いつの間にか客がひいていた。

「そろそろ、ごはんをつけましょうか」

こまりが弥助の背中から問いかけた。自分で仕立てた紺絣に、端切れを縫いあわせてこしらえた前掛けをしている。顔のつくりは小さいが、笑みを絶やさない瞳は大きい。

一合の酒とひと皿の料理が終わると、めしになるのが弥助のお定《き》まりだ。いつもだと、問いかけたこまりにうなずき返す弥助が、この夜は返事をしなかった。炭火の向こうから膳吉が怪訝そうな目を向けた。

ひと晩考えさせて欲しいと伝えて帰ってきたが、思案が定まらない。酒を呑んでも味がない。こまりの問いかけも、弥助の耳には届いていなかった。

「具合でもわるいの？」

こまりが顔をくもらせて寄ってきた。めずらしく、ほかにはだれも客がいない。ひとの目を気にせずにすむと思ったのか、弥助の脇に腰をおろした。心配顔をしたこまりの髪から、椿油が漂っていた。

「膳吉さん、知恵を貸してもらえませんか」

膳吉は炭火で握り飯を焼いていた。真っ赤な熾火《おきび》で焙られた飯が、前餅のような香りを放っている。

「これが焼きあがるまで待ってくんねえ」

網のうえで握り飯を転がす手を止めずに膳吉が答えた。

弥助は十年前、高橋の親方からひとり立ちを許されて以来、黒江町の裏店暮らしを続けている。柿の葉とも、すでに十年越しの付合いだった。

弥助の両親《ふたおや》は、生まれながら相州藤沢で百姓暮らしだ。野良仕事しか知らない六十過ぎの父親には、江戸の大店のことなど相談のしようもない。親方もすでにいない。ひと晩で返事をすると伝えたときから、弥助は相談相手を決めていた。

十年の付合いで、弥助は膳吉の人柄を呑み込んでいた。膳吉も客である弥助を呼び捨てにするほどに、間を詰めた付合いをしてくれている。弥助は、だれに話すよりも膳吉に相談することが良い思案に思えた。

「待たせたぜ」

手拭いで汗を押えながら、膳吉が板場から出てきた。弥助と並ぶと、肩ぐらいまでの背丈だ。今年が厄年だと気にしていたが、引き締まった身体は病とは縁がなさそうだった。

「だがよう、おれの知恵で足りる話かい？」

膳吉のおどけた口調で、弥助も気を楽にして口が開けた。

「日本橋の近江屋さんをご存知ですか」

「越後屋か近江屋かといわれるほどの大店でしょう……近江屋さんがどうかしたの？」

口を挟んだこまりを膳吉が睨みつけた。

「そちらの旦那様から、とりあえず一年の年季で、お店《たな》に入ってくれと言われました」

「お店にへえれってのは、建具職人のおめえに、お店勤めをしろてえことかい？」

「はい」

「はいって……おめえ、呉服の商いにわきまえがあるのかよ」

「とんでもない。あたしは根っからの指物職人です。お店勤めなど、まるで知りません」

「よく分からねえ話だぜ」

この日柾之助から聞かされたことを、木曾がらみのほかは、なにひとつ省かずに話した。こまりが膳吉に調《ととの》えた酒にも、まったく手がついていない。弥助の話が終わったときには、徳利がすっかり冷めていた。

立ち上がった膳吉が、六畳の居間で行李をかき回し始めた。戻ってきたときには、油紙の包みを手にしていた。

「これからいうことが思案の足しになるかどうかは、おめえが決めな」

冷めた酒を猪口についだ膳吉は、包みが何であるかは触れずに話し始めた。

「二十年以上もめえのことだが、おれは柳橋の料亭で修業をしてた。洗い場だけで十人はいる大層な店だったが、そこにひとり、飛びっ切り腕の立つ花板がいた。当時のおれは二十てまえの駆け出しよ、包丁なんぞ触ろうもんなら、兄弟子に半殺しにされただろうさ」

こまりも初めて聞く話だった。弥助のとなりに座ったまま、父親の話を食い入るようにして聞いていた。

「ところがおれは包丁を持ちてえんだ。目を盗んじゃあ、大川端で芋のくずやら魚のあらに包丁を入れて覚えようとした。それでもお天道さまがたけえうちは、だれが見てるか知れやしねえ。板場がはねた夜中に、月星のぼんやりした明かりで包丁を握ってた」

真冬の深夜、かじかむ手に息を吹きかけながら膳吉は包丁を使っていた。だれも見ていないとおもっていたが、うしろに花板が立っていた。気配を感じて振り返った膳吉は、うろたえて包丁を滑らせた。砥ぎ澄まされた出刃だ。すぱっと左の中指を切り破った。花板は首の手拭いを細く裂き、素早い手つきで膳吉の傷口に巻き付けた。

「おれのところに膏薬紙がある」

部屋に連れ戻った花板は、手焙《てあぶり》でやわらかくした膏薬紙を膳吉の中指に巻きつけた。

「包丁を見せてみろ」

手当てを終えた花板が、膳吉の包丁を手にした。行灯《あんどん》を手元に引き寄せて、刃の砥ぎ具合を丹念に見たあとで、四枚重ねにした反故紙を切り裂いた。

「おまえが砥いだのか」

うなずく膳吉の中指から、血がにじみ出していた。

つぎの日から花板は、板場の隅で包丁を握らせてくれた。まわりの職人も花板のすることには文句が言えない。膳吉は陰で散々にやっかみを言われたが、包丁の腕は駆け足で磨くことができた。

「その花板さんは、すぐとなりの料亭の三男坊さんだった。四年ほどで、自分の店に帰って行かれたが、そのひとに教わったのはおれだけじゃあなかった」

料亭の三男坊と聞いて、弥助がえっ……、と声を漏らした。

「あとで分かったことだが、磨き甲斐のあるやつを見つけ出すのがうまいひとでさ。あのひとのおかげで腕をのばした職人が、両手いっぺえはいるだろうよ」

膳吉がもう一度、冷えた酒に口をつけた。猪口をからにすると、弥助に油紙を手渡した。

「開けてみな」

包みを開くと、手入れの行き届いた出刃包丁が出てきた。

「餞別代わりにくれた包丁だ」

柄元には鏨《たがね》で龍蔵の名が刻まれていた。

「江戸で何人と言われた包丁を置いて、帳場に座ったてえことまでは聞いてたが……」

あまりのめぐり合わせに、弥助も茫然としていた。

「どんなわけで、おめえを近江屋に欲しがってるかは知らねえよ。だがよう、あの龍蔵さんが、商いにはずぶの素人だてえのを承知のうえで言ってることだ。そこをかんげえな」

弥助は、大きな身体をふたつに折って礼を言った。少しだけだが、迷いが薄れたような顔色だった。

三

「職人仕事しか知らないのをご承知いただけるなら、お世話にならせていただきます」

杢柾を早朝からたずねた弥助は、約束通りひと晩の思案で返事した。

「そうと決まれば善は急げだ。これから近江屋さんにうかがおう」

小僧を呼びつけた柾之助は、仲町の駕籠宿まで二挺呼びに走らせた。

「あたしも駕籠ですか」

「当り前だろう。あんたは先方から請われて奉公に出るんだ、こちらには何の負い目もない。宿駕籠で乗りつけて、木場の威勢を見せようじゃないか」

木場の旦那衆が乗るのは、檜の薄板で屋根を拵えた別誂えの駕籠だった。半纏姿の駕籠舁《か》きは、息も乱さず四ツ（午前十時）過ぎに日本橋のたもとで客を降ろした。

日本橋本通りは、二丁目の辻で江戸城呉服橋への大路と交わる。近江屋はその辻の一角を占めていた。春先に離れ普請で出入りしたのは、路地を曲がった勝手口からである。表通りから店を見たことはなかった。

「これが近江屋自慢の三十間《けん》間《ま》口《ぐち》だ。三十三間堂とほぼ同じ幅がある」

柾之助も間口の大きさに見とれていた。いつだか深川で通し矢を見たとき、的が遠過ぎて見えなかった覚えがある弥助は、あらためて近江屋の大きさを肌身で感じた。

間口に垂らされた紺地の日除け暖簾一枚が、長さ六尺で弥助よりも大きい。それが何十枚と並んでいる。暖簾から顔をのぞかせる小僧が、置物のように小さく見えた。

「さっ、入ろうか」

柾之助がさきに入り、弥助が続いた。

手代と客との話し声。湯飲み盆を持ち、忙《せわ》しなくひとの間を抜ける小僧。履物を揃える小僧。手代の指図で反物を運ぶ小僧。これらの賑わいが弥助に向かって押し寄せてきた。

おもての通りには、秋の陽がたっぷり溢れている。しかし近江屋の売り場座敷が深すぎて、外の陽が行き渡らない。昼にもならないうちから、座敷の雪洞《ぼんぼり》には灯が入っていた。その明かりのもとで、色味ゆたかな反物が商われていた。

店の端の敷台から柾之助がさきに上がった。脱がれた雪駄の藺草《いぐさ》が、一本ずつ色違いで杢柾の家紋を織り成している。弥助はそんな雪駄を見たことがなかった。

下足番の小僧も目の色が変わった。甲高い声で手代を呼んだ。が、すぐ近くにいた見るからに手隙《てすき》の手代は、一見《いちげん》客に知らぬ顔を決め込んでいた。

柾之助は手代の無作法にも顔色ひとつ動かさず、目顔で弥助に上がれと指図した。柾之助も五尺七寸の偉丈夫だ。背の高いふたりが座敷に突っ立っていても、ひとりの手代も寄ってこない。

「待っていても仕方がない、さっさと奥に入ろう」

柾之助は案内も待たず、帳場に向かって歩き出した。弥助はその場を動かなかった。

すぐそばで小僧が茶釜番をしていた。炭火が豪勢に燃えており、差渡し一尺はある釜から、強い湯気が立っている。紋入りの湯飲みに茶を注ぐ手つきを見ている弥助と、小僧の目が合った。弥助は軽い会釈をした。ところが職人身なりを見取った小僧は、あごを上げて横を向いた。

柾之助が、ずんずんと奥に向かっている。あとを追おうとしても、弥助はどうしても売り場に気が行った。

座敷の端に立つと、敷き詰められた畳のへりが、長い帯のように見えた。柱で区切られた四角い十八畳間が、店の端まで吹き抜けで九区切り。それが三列、都合四百八十六畳もの途方もない座敷が、ひとと反物とで埋まっていた。

鴨居からは、何枚もの半紙が吊りさげられている。五番清志郎、十二番藤吉、八番清之助……半紙は手代の名札だった。

客の身なりも、丸髷《まるまげ》の新造あり、女中が付き添ったお店のお嬢様あり、襟元から贅沢な襦袢がのぞく旦那風ありと、とりどりである。武家の姿も何人か見えた。

手代と客との話が聞こえてくる。言葉は耳に届くのだが、中身が呑み込めなかった。手代の世辞に、四十見当の新造が嬉しそうに相好を崩している。そのさまがいかにも楽しそうな分だけ、弥助は気持ちが滅入った。

「わきに寄ってください、通り道ですので」

手代の言葉遣いはていねいだったが、弥助には目もくれなかった。

おれには、とっても務まらない……。

広い売り場に最初は度肝を抜かれたが、見馴れるとさほど気にはならなかった。出入りした武家屋敷のなかには、近江屋より大きな造りが幾つもあった。

弥助が怯《ひる》んだのは、商いの中身だった。

雪洞に照らし出された反物の柄や名前。手代たちが交わす符丁。そしてお大尽風なお客との、仕立てのやり取り。

客と手代とが醸し出す品の良さは、弥助の暮らしとは無縁のものだ。言葉遣いにしても、手代のものに比べれば、弥助のそれは借り物同然に思えた。

大店の商いを間近に見て、大きな足が畳のへりから動かなくなった、そのとき……帳場で算盤をいれていた奉公人が、慌しく立ち上がった。

九右衛門と柾之助が売り場に出てきた。

四

近江屋をたずねた日の七ツ（午後四時）。深川黒船橋たもとの草むらに座りこんだ弥助が、定まらない目で大横川に小石を投げていた。波紋の内は薄墨色だが、外が茜色に輝いている。夕陽と黄昏《たそがれ》とが、川面で擦れ違おうとしていた。

「弥助さんなら近江屋の暖簾に寄り掛からず、知恵と工夫を使った商いの道を、うちの奉公人たちに示してくれるはずだ」

ふたりで話をさせて欲しいからと柾之助に断わって、九右衛門は弥助と庭に出た。

「あたしも元は包丁を使う職人だった」

一瞬だが、九右衛門が昔を懐かしむような目を見せた。

「ところが商いをみていた兄が急な病に倒れたことで、否《いや》も応《おう》もなく帳場に座った。その舵取りがなんとかできそうだと思え始めた矢先に、今度は呉服屋のあるじに就かざるを得なくなった」

ちぎり取った熊笹で、九右衛門が舟を造った。そのまま料理の飾りに使えそうだった。

「包丁を置いてから随分経つが、あたしはいまでも職人仕事が好きだ。新しいことを思い付くのが、当時のあたしには生き甲斐だった。工夫した趣向を誉められたときの嬉しさは、弥助さんも同じだろう」

弥助のうなずきには力がこもっていた。無地のあわせを着流してはいても、九右衛門からは大店のあるじのみが放つ威厳が漂い出ている。その九右衛門が、一介の指物職人でしかない自分に、ことわりを尽くして来て欲しいという。もったいぶらず直截《ちょくせつ》にものを言い、いまでも職人仕事が好きだと言い切る九右衛門に、弥助は強く惹かれた。

しかしその傍《かたわ》らで、近江屋の商いを目《ま》の当たりにしたときに感じた不安は消えなかった。

それなのに、別れ際には十一月一日からのお店勤めを引き受けてしまった。

引き受けたわけには、柾之助の心中をおもんぱかったということもあった。いま杢柾は、一万二千両という途方もない商いを成し遂げる大事なところにいる。

易者の見立てで……と、胸の内で愚痴をこぼしもした。しかし木場旦那衆の縁起かつぎは、弥助も充分にわきまえていた。

奉公を引き受けたものの、深川に戻る道々、不安ばかりが膨らんできた。近江屋から渡されたお仕着せ用の反物が、わずか一反巻きなのに重たかった。ときが経つにつれて、引き受けたことの重さに押し潰されそうだった。川に投げたのが少し大きな石だったのか、どぼんっ、と鈍い水音が立った。

「弥助さんじゃないかい?」

水音に重なるようにして、うしろから呼びかけられた。草むらに座ったままの弥助が、上体をひねって振り返った。夕闇が橋の赤い欄干や白い土蔵を、ねずみ色ひと色に染め替えていた。

「あっ、源兵衛さん……」

墨絵のような夕暮れのなかに、木綿を尻端折りに着た汁粉《しるこ》の担ぎ売りが立っていた。天秤棒のまえうしろで、荷箱が振り分けになっている。うしろの箱のわきでは、真っ赤な行灯に明かりが入っていた。

「ちょうど一服したかったところだ」

荷箱をおろした源兵衛が、行灯を手にして寄ってきた。となりに座ると、行灯でキセルに火をつけた。

「おまいさんが拵えてくれた桐の荷箱だが、軽くて楽だ。あんたに強くいわれた工夫を聞きいれて、ほんとうに助かってる」

「それはどうも」

「おまいさんも知っての通り、この商いは年寄りばかりだ。荷箱が軽いと、遠くまで足がのばせるからね。おかげで、いい稼ぎをさせてもらってるよ」

仕事を誉められて、塞いでいた弥助の気が幾らか晴れた。源兵衛がキセルをぽんっと叩き、腰に手をあてて立ち上がった。

「一度、きちんと礼を言いたかったんだ。商売ものでわるいんだが、一杯ごちそうさせてもらうよ。甘いのもいけるだろう？」

「ありがとうございます」

弥助は素早く立ち上がった。朝からなにも口にしていない。いつもは食べたいとも思わない汁粉だが、いまは口が欲しがっていた。

「口開けの一杯だ、甘味が馴染んでないかも知れないが、うちのは深川の芸者衆に評判がいいんだよ」

おだやかな甘さで自慢するだけの味だった。碗の半分ほどを食べたとき、源兵衛が猪口に盛った紫蘇の実漬けを取り出した。

「これをひと箸つまんでごらん。残りの汁粉を違う味で食えるはずだ」

甘味に馴らされていた舌が、塩漬けの紫蘇の実でぴりっと覚めた。源兵衛のいう通り、あとの汁粉が新しい口で味わえた。

「この紫蘇の実を工夫したおかげで、あたしの稼ぎが倍になったんだが……きっかけは弥助さん、おまいさんだ」

唐突に名指しをされて弥助は面食らった。

「あたしぐらいの歳になると、言われたことを素直にきくのが億劫《おっくう》になるんだ」

箱を拵えたのは去年の夏だった。源兵衛の歳が五十三だと知った弥助は、値は張るが、樫より桐を勧めた。ところが源兵衛はきかない。銭はあるが樫にしろと言い張った。弥助も折れなかった。

汁粉は秋から冬場の夜鳴き売りだ。寒いなかで重たい荷箱は身体にきつい。

「荷は軽い方がいいんです。気に入らなければ手間賃はいりませんから」

弥助は桐で押し切った。

「あのときは意地を張ったが、軽い桐箱担いでみて、つくづくひとの勧めは素直にきくもんだと身にしみたよ」

「……」

「あたしは桐箱がきっかけで、商いの工夫をこの歳になって覚えた。おまいさんにきっちり礼が言いたかったのは、このことだ。どうだい、もう一杯？」

弥助はていねいに断わった。一杯の汁粉を振る舞ったことで気がすんだらしい源兵衛は、それじゃあ客が待ってるからと、仲町に向けて歩み去った。

工夫することでよければ……。

まだ口に残っている紫蘇の実の味が、九右衛門の言葉を思い起こさせた。

源兵衛のうしろ姿を見送る弥助の顔が、わずかながら明るくなっていた。

五

近江屋では毎月一日と十五日に、番頭四人と、手代組頭六人が寄合を持っていた。場所はだだっ広い売り場座敷の片隅で、煎茶と甘いものが出された。

十月十五日も集まりは開かれた。しかしこの夜は様子が大きく違っていた。日本橋魚河岸そばの、小体《こてい》な料理屋の奥座敷に十人の顔が揃っていた。

近江屋で奉公人に酒が用意されるのは、正月の祝い膳ぐらいだ。大店の手代といえども普段は口にできない酒肴に、場が大いに沸いた。しかし膳がさげられ一番番頭の利兵衛が話し始めると、賑わいが消え失せた。

「そんなわけで、来月一日から弥助さんという指物職人を迎え入れるかも知れない。確かなことは、ここ一両日で決まるはずだ」

手代のだれもが気にしていることだ。一同は息を詰めて利兵衛を見た。

「そう黙り込まれても困るんだが、みんなも思うところがあるだろう」

丸顔で太い眉毛、団子鼻の利兵衛は、相手の用心を薄めてしまう得な容貌だ。しかし、いまは両目に険があった。

「てまえも言わせていただけましょうか？」

手代二番組組頭の半七が口を開いた。近江屋の手代は総勢百一名。去年の夏、利兵衛は手代を五組に分け、それぞれの組にかしらを置き、晴次郎《せいじろう》を手代総代とした。

　半七は二番組を束ねる手代で三十一歳。二番組は他の手代たちとは異なり、客との商いにはかかわらない。仕入と絵描きへの柄作り指図、それに上絵職人への紋描き指図などを仕切っていた。

「遠慮はいらない。なんでも言いなさい」

　半七が膝を揃え直した。

「指物職人の弥助さんというのは、離れの普請に入った職人さんのことでございますか」

「その通りだ。六尺近い大男だ」

「それなら仕事ぶりは、てまえも存じております。たしかに腕の立つ職人さんだとは存じますが……」

「どうした半七、なんでも言いなさい」

「腕は立っても――」

　所詮は職人です、と半七が吐き捨てた。

「てまえは小僧のころから都合二十年、奉公に励んで参りました。それでもまだ、通いのお許しは頂戴できておりません。ですが藪入りでうちの縦縞を着て本所に戻りますと、近所では近江屋の手代というだけで、大層いい顔ができるようになりました」

ほかの手代たちも、神妙な顔を利兵衛に向けてうなずいた。

「ところがいまのお話ですと、弥助さんはいきなり近江屋に入られて、てまえはともかく、晴次郎さんや番頭さんたちのなさることにまで口を挟まれると……てまえの思い違いでございましょうか」

「いや、違わない。おまえの言う通りだ」

「承服いたしかねます」

半七は年下の組頭に対しても、窮屈なほどていねいに話しかける男だ。その半七が声を荒らげた。まわりが驚きの目を向けた。

「どれほど腕が立つひとだとしても、どうして、てまえどもがそんな……たかが指物職人に指図をされる謂《いわ》れがございますので」

みなの思いを半七が口にしていた。

「旦那様は、なにを血迷われて職人ごときに近江屋のお仕着せを着させようとなさるのですか。しかも通いを許されるなど、正気ともおもえません」

「まあ待ちなさい。もっともな言い分だが、なんだか、あたしが責められてるようだ」

「そんな……滅相もないことでございます」

「いや、いいんだ半七。半七だけじゃない、あたしを含めてだれしもが同じ思いだろう」

利兵衛は座を見回してから、キセルに煙草を詰めた。

「先代がお亡くなりになって、かれこれ二年になる。親戚筋のなかには反対もあったが、結局のところ柳橋から板場あがりの龍蔵さんを、七代目近江屋九右衛門様としてお迎えした。二年近くの間、呉服の商いにはあまり通じておられない旦那様のもとで、みんなも色々と難儀を重ねてきたはずだ」

物音の消えた座敷で、利兵衛が雁首を叩《はた》く鈍い音が、ぼこんっと鳴った。

「来られた当初は、商いをどうなさるおつもりかと案じたこともあった。だがねえ、手代を五組に分けたらどうかと言われたことや、こども衆《し》の読み書き手習いに、浜町から師匠を迎えたことなど、新しくなさられたことには、あたしも得心できた。だからこそ仕《つか》え甲斐もあった」

利兵衛が、いつになく強い調子でキセルを叩きつけた。

ゆるんでいた火皿が座敷の真ん中に抜け飛んだ。が、利兵衛の話が話だけに、だれも拾いに動けない。自慢の朱塗り八寸の羅宇《ラウ》だけを握った利兵衛に、ばつのわるさが見えた。

張りつめていた気配が、微妙にゆるんだ。

「このたびもあたしは、旦那様がなさりたいようにしてもらうつもりだ」

「えっ……そんな……」

断わると言ってくれるものだと思って聞いていたらしく、一同が不満の呟きをこぼした。

「あたしなりに思案があってのことだ。商いを知りもしない素人に、うちの縦縞を着させるなど、もってのほかだ。さりとて旦那様のお言い付けには逆らうつもりもない。そこであたしは思案した」

身をのりだした利兵衛が声の調子を変えた。

「旦那様が、すぐにでもお仕着せを着させようという男だ、よほどに商いに通じているんだろう……そうじゃないか、晴次郎」

利兵衛の謎かけに、晴次郎と四人の手代がしたり顔でうなずいた。

「半七、次の仕入はどこになっている」

「一日《ついたち》に甲州屋が参ります」

「それはいい。絹定めに立ち会わせてみなさい。もちろん、ひとりでやらせてはうちの暖簾にかかわるから、おまえが一緒に……そうだ、そうすればいい」

利兵衛が雁首のとれたキセルを突き出して指図した。

「それから新三郎、十一月に入れば、中村座で顔見世狂言が始まるだろう」

「左様でございます。きょうもそのことを、晴次郎さんと話したばかりでございます」

「五番組の手は足りているのかね」

「できましたら、せめてあとひと組、この時季だけでも外回りを控えて、店売りを手伝っていただきたいのですが……」

「そうか。細かなことは晴次郎と詰めればいいが、弥助も店に出そう」

「えっ……まさかそんな」

呑み込みのわるい新三郎には取り合わず、利兵衛が他の手代たちに腹案を聞かせ始めた。

六

十一月一日は朝から気持ちよく晴れた。町木戸が開く六ツ（午前六時）にお仕着せ姿で裏店を出た弥助は、回り道をして黒船橋に出た。源兵衛との出会いで、あらためて近江屋勤めを決めた場所だ。橋を渡り、初日の縁起参りに黒船稲荷に賽銭を納めた。

近江屋が五つ（午前八時）からの商いだと聞いていた弥助は、六ツ半（午前七時）には店のまえに立った。

まだ戸締まりがされていた。日本橋の表通りに面して、数十枚の雨戸が連なっている。雨露のしみはあるものの、木目の揃った杉板だ。朝日に照らされた雨戸からも、大店の風格が感じられた。

ほどなく小僧たちが雨戸を開け始めた。

「おはようございます。きょうから奉公させていただく弥助と申します。利兵衛さんにお取り次ぎくださいますか」

言われた小僧は、開きかけの雨戸から店のなかに飛び込んだ。べつのこどもがその雨戸を開き、さらにべつの小僧のふたり組が踏み台を使い暖簾を吊し始めた。

ところがすべての暖簾が張られて通りの掃除が終わっても、取り次ぎの小僧も手代も顔を見せない。弥助は竹ぼうきを手にしたこどもに、ふたたび頼んだ。

今度は間もなく手代が顔を見せた。

墨で描いたような細い眉。朝の起き抜けでも、月代《さかやき》は青々としている。薄い唇には紅をひいたような艶があり、まるで役者のように整った顔だ。痩身の背丈は弥助の首筋ほどで、茶献上の帯を締めていた。

「手代総代の晴次郎です。よろしくお願い申し上げます」

細い眼が弥助を値踏みしているようだった。

「よそさまは存じませんが、うちの番頭は、いちいち奉公人に会うことはしません。明日からは端の潜り戸から入ってください」

「存じませんことで失礼いたしました」

「弥助さんには、今日から絹の買い付けと、止め柄の指図をお願いします」

「えっ……絹の買い付けをですか」

「なにか不都合でも」

「……」

「あなたなら手慣れていらっしゃるでしょう。とにかく中へどうぞ」

黒船稲荷で引き締めてきた気持ちが、のっけから砕けた。代わりに悔いが胃の腑を締めつけた。

近江屋通いを始めるまでに、反物や小物などをこまりから教わるつもりでいた。その片方で、指物の誂えを七つも抱えていた。夜鍋を続けて仕上げたが、呉服回りのことは学べないまま奉公が始まった。それを悔いていた。

晴次郎から弥助を預けられた半七は、絹定めをするようにと指図した。弥助はとてもできませんと断わった。半七は耳を貸さず、いきなり掛合いの場に連れて出た。

「今回から、この弥助も一緒にうかがわせていただきます」

「それはそれは……甲州屋太兵衛です。半七さんとご一緒なさるほどの手代さんだと、さぞかし厳しい目利きをなさるんでしょうな」

弥助に目を向けた甲州屋は、言葉の区切りごとに唇を舐める太った男だった。

「このたびの絹は、ことのほか出来がいい。まずはこの十四番の中を見てください。どうです、この細さ、この艶。どこにも節《ふし》がないでしょうが。これならどんな織物でも、お好み次第というものです」

甲州屋は半七の目の動きで、絹を弥助に差し出した。十四番のなか、節がない……なにを言われているのか見当もつかなかった。隣の半七は知らぬ顔で黙っている。

「春の新柄に打って付けの糸でしょう。五十括《かつ》ならすぐにも納めます……どうなされました弥助さん、黙ってないで少しは糸を見てくださいな」

近江屋は信州、甲州、上州の商人から絹をじかに買い付けていた。連中は一斤《きん》でも多く、一匁《もんめ》でも高く売り込もうとする。甲州屋は、とりわけしたたかなことで知られていた。

弥助は手渡された絹糸束の、なにを見ればいいかが分からない。戸惑い気味に絹を握った手つきを見て、甲州屋が目を尖らせた。

「申しわけないが弥助さん、もう少し柔らかに持っていただかないと絹が傷みます」

弥助が慌てて糸を返した。

「余り気乗りがなさらないご様子ですが、これのどこが気にいらないんでしょう」

近江屋の手代相手だからなのだろう、甲州屋の口調は慇懃《いんぎん》だ。しかし自慢の品を吟味しない弥助に、明らかな苛立ちを見せていた。

「あたしにも見させてください」

わきの半七が束を取り上げた。掌にのせて艶と重さを雪洞にかざして見たあと、右手でそっとつまんで手触りを確かめた。

「これは大した糸です」

「そうですとも。近江屋さんじゃなければ、倍の値をつける品です」

細めた目を弥助に向けたまま、尖り気味の声で甲州屋が応じた。

「弥助もうちでは今日が初めてですから、目利きも念入りになったんでしょう」

半七が庇《かば》うようなことを言えば言うほど、弥助は胸のうちがざらついた。

「でもねえ甲州屋さん、ものがよくても五十括ぐらいでは幾らも織れないじゃないですか。弥助さん、五十括を紬《つむぎ》に織ったとして何匹とれますか？」

「この糸の染めですが、あなたなら何を選びますか？」

「一斤あたり、幾らの値で甲州屋さんにお願いしましょうか？」

半七が矢継ぎ早に問い掛けた。弥助はなにも答えられない。仕入れ値すら口にできない手代を、甲州屋が呆れ顔で見詰めていた。

「来たばかりで気が張ってるんでしょう。あとはこちらでやります。あなたは下がってください」

突き放すような半七の言葉に、間違えようのない底意を感じ取った。

「わけがあってあのひとを引き受けたのですが、糸には明るくないようです。どうも失礼をいたしました」

場を立った弥助のうしろで、半七が詫びめいたことを言っている。弥助が両手をぐっと握り締めて帳場に向かうと、晴次郎が待ち構えていた。

「ここで見ていましたが、うちのお仕着せを着ようというひとが、呉服のことをなにも知らないとは思いませんでしたよ」

「……」

「これではとても、止め柄は任せられません。旦那様とどんな取り決めをしたかは知りませんが、しばらくは新三郎の指図で、店売りの手伝いをしてください」

晴次郎の言葉に、帳場の奥で利兵衛が何度もうなずいた。

七

二日目、弥助は売り場に出された。堺町中村座で顔見世狂言が始まり、店の座敷が歌舞伎見物の得意客で溢れ返った。どの手代も手一杯、小僧は客の履物をそろえたり、湯茶を運ぶのに追われていた。

入口の暖簾わきで立ち番を始めた弥助に、初老の夫婦者が寄ってきた。身なりを見ただけで、江戸者ではないのが明らかだった。

「おまさんところの小物を、江戸みやげに買《こ》うてこいと頼まれたきに、銀五匁までなら構わんぜよ。ええもん選んでや」

西国《さいごく》訛りがよく分からなかった。とりあえず暖簾内に招き入れ、弥助は何度も聞き返した。茶を運ぶ小僧が、顔をしかめてわきを通り抜ける。夫婦者は人込みに酔ったのか、脂汗が浮いていた。弥助はふたりを座敷の隅に招きあげ、茶を出そうとして小僧を呼んだ。

ところがだれも寄ってこない。目が合っても外すのだ。弥助は茶釜番に近寄った。

「お茶をふたつ欲しいのですが」

「座敷のこどもに言いつけてください」

新吉と呼ばれている年嵩の小僧は、にべもない。

「小僧さんたちは、だれもが手一杯のようです。わたしが運びますから」

「うちにはうちの仕来《しきた》りがあります。こどもの手があくのを待ってください」

どう頼んでも取り付く島がなかった。その間にも何人もの小僧が茶を取りにくるが、弥助を見ようともしない。仕方なく座敷に戻ると、晴次郎が夫婦者を追い立てるようにして座敷から下ろしていた。

「おあいにくさまでした」

肩を落とし、暖簾をくぐって出てゆく客の背に座敷から晴次郎が声を投げた。

「どうしたんですか」

昨日からの出来事にいささか苛立っていた弥助は、店先であるのを忘れて声を荒らげた。まわりの客が弥助を見た。晴次郎は知らぬ顔で、帳場の方に歩いてゆく。追いかける弥助が、広げられた反物を踏みそうになった。

手代が顔をしかめた。詫びを言って帳場へ向かおうとしたとき、髷が名札に触れた。鴨居に吊るされた、十七番栄太郎と書かれた半紙が舞い落ちた。

「なんとまあ、大きな手代さんだこと」

「あいすみませんです」

おもいっきり顔を歪めた手代と呆れ顔の客に、ふたたび詫びた。名札を貼るには糊がいる。弥助は半紙を片手に、帳場まで晴次郎を追いかけた。

「待ってください……お待ちなさい」

帳場格子の内側で、弥助が鋭い低声で呼びとめた。あごを突き出して振り返った晴次郎は、薄い唇の端が歪んでいた。

「どうしてお客様を追い返したのですか」

「お客様とは？」

「さきほどの御夫婦です」

「ああ、あれ……あれは客ではありません。たったの五匁で買えるものなど、うちでは商っていませんから」

晴次郎の言ったことに、算盤をはじいていた三番番頭の多吉がぷっと噴いた。

「弥助さんも店に出るなら、少しはうちの商いをわきまえてからにしてください。一杯六文の宇治を、五匁しか買わない山出しに二杯も出していると、近江屋の身代を潰します。もっとも、職人さんのお昼に出す茶は安物ですから、弥助さんが知らなかったのも無理はありません」

帳場のそこここから、あざけるような目が弥助に集まっていた。利兵衛は薄くなった髪に手を当てて、晴次郎に笑いを向けている。

震える右手を固く握り、左手に半紙をさげた弥助は、なんとか気を鎮めて背を向けた。

「まったく旦那様は、なにを考えてこんな酔狂をなさるのやら」

抑え気味の嘲笑《あざわら》いが帳場に溢れた。

弥助が深川黒江町に帰りつくと、五つ（午後八時）を大きく過ぎている。火の気のない真っ暗な六畳間で弥助は考え込んでいた。

手代たちの悪意に満ちた振舞のもとが、一番番頭にあるのは明らかだった。奉公にあがる手前で、九右衛門はこうなるだろうと弥助に隠さず伝えた。弥助も肚を決めた。

しかし嫌がらせの酷《ひど》さは覚悟を超えていた。唯一の支えである九右衛門は、一切の取り成しもせず、店は利兵衛に任せている。

この有様《ありさま》を九右衛門は分かっているのだろうか。いざとなったら九右衛門が乗り出してくれるのだろうか。

弥助は考え込んでいた。が、半刻もしないうちに、まだ二日目じゃないか、と迷いを振り切った。

行灯に火を入れると指物道具を取り出した。薄い樫板を削り、大型の将棋駒風のものを四枚作った。丹念に鉋《かんな》がけをし、さらに木賊《とくさ》で磨きあげた。板の上部に穴をあけ、飾り紐を通して手首に提げられるようにした。

この札に、近江屋で商う反物や襦袢、足袋、帯などの値を書き留めようと決めた。

三日目の朝、弥助は仕切り直しの意気込みで黒船稲荷にお参りした。駒板の上首尾も祈願した。しかしことはうまく運ばなかった。

手代たちは、なんのかんのと言い逃れて教えないのだ。利兵衛に掛け合っても、商いのことは手代に聞けの一点張りだ。

「下っ端には味付けなんざ、おせえやしねえ。言葉はわるいが盗むしかねえんだ。下がってきた皿の残り物を食ったり、鍋の煮汁を舐めたりして味を盗み取ったのよ。めっかると、柄杓《ひしゃく》で思いっきりひっぱたかれたがね」

膳吉の話を思い出した弥助は、お得意様と商談する手代のうしろに座った。

薦める反物は、いずれも新柄だ。弥助は片っ端から駒板に書き留めた。

四枚では足りなくなり、さらに四枚。都合八枚に新柄の反物から小物、履物まで、およその名前と売り値とを書き留めた。

弥助の振舞に客から文句でも出ていれば、手代たちは突き上げることもできただろう。しかし大柄な男が愛想良く筆を遣うのを、怪訝な顔はしても、咎める客はいなかった。

八枚の駒板を手首に提げた弥助が動くと、鳴子のような音が立つ。客は面白がった。しかし奉公人たちは小僧にいたるまで、まともに口をきかなくなった。昼夜の賄いどきも、弥助が駒板を鳴らして近寄ると、だれもが膳を抱えて離れた。

ときには弥助の膳がなかったりもした。

「あたしの膳が見当たらないのですが」

「もう片付けましたよ」

「えっ……まだいただいてませんが」

「だって新三郎さんに、弥助さんは深川の宿で食べるからいらないって言われましたから。弥助さん、そう言ったんでしょう?」

賄い女中とのやり取りを、女中頭のかつえが冷ややかに見ていた。

黒江町の小橋に立つと柿の葉の提灯が見える。弥助の足が毎晩、橋で止まった。

雨のなかを戻った夜は、橋を渡らず柿の葉のそばまで歩いた。膳吉に愚痴をこぼす姿を思い描いたことで、なんとか思い止《とど》まった。

勤め始めて十日、夜風が日ごとに寒さを増していた。

八

「弥助さんは、なにかありますか」

十一月十五日の寄合で、晴次郎が問いかけた。

「越後屋さんをのぞいて参りました」

「なんでそんなことを……」

新三郎が、髷のさきから出てくるような頓狂《とんきょう》な声をあげた。

「大層な賑わいだと聞いたものですから、見ておくのも役に立つかと思いまして」

江戸には名人と賞される建具指物職人が何人もいた。本所は留吉、聖天町の源助、芝なら靖六。弥助は親方が亡くなったあと、これらの職人をたずねて教えを乞い、名人の工夫を自分の仕事に取り入れてきた。商いも同じだと考えた弥助は、晴次郎に断わったうえで、日本橋を渡って越後屋を見てきた。

「それで、どうでした」

「正札のついた反物が店先に並んでいました。あれなら懐具合を心配せずに、好きなだけ手に取って見ることができます。それが受けている様子で、半刻ばかり見ていましたが客足は途絶えませんでした」

耳の穴を穿《ほじ》る徳三郎、矢立をもてあそぶ半七、仕入帳をめくる新三郎……弥助の話を聞いている者はいなかった。

「帰り際には買ってもいないあたしにも、手代さんがこの手拭いを、今後ともごひいきにと言いながら下さいました。これも評判になっているようでして」

「待ちなさい」

キセルを突き出して利兵衛がさえぎった。

「したり顔で聞かされなくても、そんなことは、みんなとっくに分かっている」

番頭たちは腕組みをして天井を見ていた。晴次郎は明かりの落ちた座敷奥に目を泳がせている。利兵衛の丸顔が、上気したのか赤くなっていた。

「おまえさん、うちの縦縞を着たままで越後屋に行っただろう」

「はい」

「ゆうべ仲間内の寄合であちらの番頭さんと隣り合わせに座ったが、おかげでたっぷり聞かされた」

「それはまた、どんなことをでしょう」

晴次郎が煽り立てるような口調と大げさな身振りとで、利兵衛に問いかけた。

「うちの商いをお知りになりたければ、なにひとつ隠すつもりはありません……陰で見ないで座敷にお上がりくださいと、散々な言われ方だった」

弥助を除いたみなが、調子を合わせたように大きな溜め息をついた。

「鳴子みたいなものを提げたり、越後屋をのぞきに行ったりと、おまえさんがすることを止めるつもりはない。だがねえ、近江屋と言えば、江戸で知らないものがない老舗《しにせ》だ。頼みもしない余計なことをして、うちの暖簾を傷つけるような真似は……いいかね……二度としないでもらいたい」

ぎゅうぎゅうと音が立ちそうなほど、利兵衛が煙草を詰めた。

「どれほど越後屋に客が入ろうと、あちらさんは日銭目当ての商いだ。そんなものを見てきても、役に立つどころか却《かえ》って迷惑だ」

強く吸われて火皿が真っ赤になった。吐き出された煙が弥助をめがけて流れた。

「手拭い欲しさに来るような連中は、近江屋では客とは言わない。まえにも晴次郎がおなじことで叱ったはずだが、相変わらず呑み込めていないんじゃないか」

どうぞ見てきてくださいと言った晴次郎が、だれよりも大きくうなずいていた。

師走に入ると、商いがさらに忙しくなった。しかし弥助はなにもできなかった。手伝いたくても、仕事を与えてもらえなかった。

暮れも押し詰まった十五日は、師走にはめずらしく暖かな日だった。番頭、手代とも節季の掛取りに出払っており、店には弥助と小僧と、応対に追われる九人の手代しかいなかった。

「貞次郎さんをお願い。いらっしゃるんでしょう？」

店先に出ていた弥助に、丸髷の客が忙《せわ》しげに問いかけた。濃茶の小紋に、おなじ色の道行を羽織っている。細身仕立ての襟元からは、甘い香りが漂い出ていた。

「あいにく外回りに出ておりまして」

「それならあなたで結構です。おなまえは」

「弥助と申します」

「手代さんでしょう」

「さようでございます」

「うちのが羽織に鉤裂《かぎざ》きをつくってしまったのよ。お正月に間に合わせて、三枚誂えてくださいな。寸法は先《せん》のままで結構ですから」

「あっ、お待ちください……」

客は気ぜわしげに、名前も告げずに出て行った。慌てて追いかけようとしたが、履物がない。弥助は足袋裸足《たびはだし》で飛び降りた。

「いまのお客様なら伊勢町河岸の餅菓子屋、升屋様だと思います。貞次郎さんに言えば分かりますから」

めずらしく小僧の松吉が教えてくれた。安堵した弥助は、松吉になんども礼を言った。

師走最後の寄合は、他行の利兵衛と晴次郎不在で開かれた。始まりに先立って弥助が羽織の誂えを伝えた。

「紋の数を聞かなかったのですか」

「あっ……」

弥助はあとの言葉を失った。

「升屋様には三つ紋と五つ紋を、お納めしていますが、なにも升屋様に限ったことじゃない。羽織のお誂えをいただきながら、紋の数を確かめない呉服屋がいるとはねえ」

寄合の場で、組頭から散々に笑われた。どう嘲《あざけ》られても弥助の落ち度である。

「明日確かめに行かせますが、まったく、この暮れの忙しいときに」

弥助は頭をさげるしかなかった。翌日、ふたたび大騒ぎとなった。

「弥助さん……あんたいったい、どちら様からお誂えをいただいたんです。升屋様では、そんなこと頼んじゃいないといってます」

「それは……」

松吉といいかけて口を閉じた。松吉は升屋だと思いますといった。しかし客が名乗ったわけではない。小僧の当て推量を鵜呑みにしたのがわるいのだ。

「申しわけありません。お客様におたずねしなかったのです。升屋様だと思い込んでしまいました」

「なんともまあ、ご念の入ったことだ。うちに来てまだ二月《ふたつき》にもならないひとが、お得意様の顔を覚え切ったとでもいうつもりですか。弥助さんの鳴子には、さぞかし大層なことが書いてあるんでしょうよ」

貞次郎の得意先は三十二軒。そのなかから商家だけ十七軒を洗い出し、順繰りに訪ね歩く羽目になった。正月に間に合わせなければならない誂えである。三番組の手代が手分けして当たり、なんとかその日のうちに突き止めることができた。

この騒動の一件は、利兵衛の口から九右衛門にも知らされた。あるじから問い質《ただ》された弥助は、みずからの口で過《あやま》ちの顚末を話した。

松吉の名は出さなかった。庇ったわけではない。おのれの迂闊《うかつ》さを恥じたからだ。

「明けない夜はないという喩《たと》えもある。かならずおまえの値打ちが染み透る日が来るはずだ。店のことは利兵衛に任せてある以上、庇い立てはできないが、焦らずに、おまえらしさを見失わないでいなさい」

九右衛門から言葉をもらった。しかしまわりの冷ややかさは、おもてを吹き渡る木枯らし同様、厳しさを募らせていった。

九

師走の二十日、この日は昼まえから大通りに威勢があった。通り一丁目から日本橋南詰にかけての大店が、申し合わせて餅搗《もちつき》を行なったからである。

搗《つ》くのは魚河岸の若い衆、揃いの半纏と股引で身なりを拵えていた。差渡し二尺（約六十センチ）もある大鉄釜の脇腹に、焚き口を穿《うが》った別誂えのかまどを、五人掛かりで運んできた。そのかまどが都合五つ、通りに並べられた。

三十間間口の近江屋まえにはふたつが据えられた。かまどに大釜がかぶさり、その上に蒸籠《せいろ》が三段重ねられた。釜も蒸籠も、見たこともない大きさである。魚河岸と老舗の見栄がかかった餅搗だった。

搗きあがるとその場で丸餅にされて、見物客に振舞われた。この餅をどれほど搗くか、何刻《なんどき》まで搗き続けるかが店の格になる。近江屋はかまどふたつで、五俵（約三百六十キロ）もの餅を振舞った。

七つ（午後四時）には陽が落ちて暮れ始める。ほかのかまどはすでに火を落としていたが、近江屋の蒸籠は勢い良く湯気を立てていた。店の小僧が臼のわきで、高張り提灯の竿を握っている。その明かりを浴びて、真冬に諸肌《もろはだ》脱ぎになった若い衆が気合声を出し合っていた。

そのとき見物客にざわめきが起きた。みんなが橋に目を向けている。餅搗の連中までもが手を止めた。

檜屋根が作り付けられた駕籠が九挺、橋を渡り、近江屋の店先まで真っすぐに来た。駕籠の長柄には、抱き若松の紋が描かれた小田原提灯が提げられている。九挺の駕籠舁きは、同じ紋が染め抜かれた半纏を着ていた。

先頭の駕籠の、細竹で編んだ垂れが開かれた。出てきたのは、五つ紋の黒羽二重を着流した杢柾柾之助だった。開いた胸元からは、重ね着した瑠璃《るり》色の絹襦袢が見えている。

師走だというのに素足で、白木の桐下駄を履いていた。五尺七寸の柾之助が下駄を履いた偉丈夫ぶりに、餅搗見物の連中から溜め息が漏れた。

柾之助が残り八挺の駕籠舁きに目配せをした。息を合わせて垂れが開けられた。一瞬の間をおいて、近江屋のまえがどよめきに包まれた。

駕籠から出てきたのは、五つ紋の黒留袖を着た芸者衆だった。帯と髪飾りに銘々が趣向を凝らしている。駕籠から出た八人の芸者衆は、柾之助に従って近江屋の暖簾をくぐった。

なかの手代たちには、おもての騒ぎは届いていなかった。店の土間に立つ黒《くろ》拵《ごしら》えの九人を見て、晴次郎が急ぎ足で寄って来ようとした。が、客が柾之助だと分かって身構えたのか、足の運びがわるくなった。

「杢柾様ではございませんか。本日はまたお揃いで、いかようでございましょう」

晴次郎は柾之助が近江屋に弥助をつないだことを知っていた。木場で名高い銘木商であることも分かっていた。しかしどれほど大尽でも川向こうの客だと見切ったらしく、晴次郎の声音には冷ややかさが含まれていた。

「春を迎える反物を、少々見せてもらえればありがたいんだが」

「さようでございますか。お見立てはうしろのお客様がなさりますので」

「ああ、そうだ。それにわたしも少し見てみたいと思っている」

「うけたまわりました。それでは早速手代をつけさせていただきます」

「いや、それは弥助さんにお願いしたい」

「弥助でございますか」

晴次郎の口が渋くなった。柾之助が相手を見据えた。いかに近江屋手代総代といえども、木場大店のあるじとでは格が違う。柾之助の目には、晴次郎に有無をいわせぬ力があった。

一礼して引き下がった晴次郎と入れ替わりに、駒板を鳴らして弥助が出てきた。

「杢柾さん……」

「元気そうじゃないか」

「はい。つつがなく励んでおります」

弥助の答えを柾之助は無言で受けとめた。わずかの間《ま》、ふたりは黙って見詰め合っていた。口を開いたのは柾之助だった。

「今日はあんたの景気づけに大勢で繰り出してきた。この芸妓《ひと》たちに、春の新柄をみせてやってもらえないか」

「ありがとうございます。どうぞそちらからお上がりください」

弥助が案内《あない》したのは、十月初旬に柾之助とともに上がった敷台だった。師走も二十日から二十五日ごろまでは、近江屋は暇になった。正月晴れ着の誂えはすでに終わっており、新規の注文は新春二日の初売りに集まる。

客のまばらな売り場で、弥助を取り囲むように九人が座った。弥助が手を動かすと、鳴子が響いた。

「見慣れない趣向じゃないか。それには、なにか呪《まじな》いでもあるのか」

問われた弥助は、商いの心覚えを書き留めたものだと話した。店に当り障《さわ》りがないように気を配って伝えたが、柾之助は弥助が省いた正味を見抜いた様子だった。

「この姐さん方は、反物やら履物やらの誂えには煩《うるさ》いひとたちだ。総代さんをここに呼んで、細々と聞かせてもらおうじゃないか」

柾之助がかけた謎を、芸者衆も弥助もすぐさま解いた。

「晴次郎さんに頼んできます」

幾らも間をおかず晴次郎が顔を見せた。あとに続く弥助は、半紙と矢立を手にしていた。

「総代さんをわずらわせて済まないが、少しまとまった注文をさせてもらいたいんでね。このひとたちの誂えを聞いてもらいたい」

神妙な顔でうなずいた晴次郎だが、たかが辰巳芸者じゃないかと、見下したような目の色を隠さなかった。

ところが話し始めて間もなく、晴次郎の顔つきが引き締まった。芸者衆の求めるものがいずれも逸品ばかりであり、晴次郎に問い質す中身が素人離れしていたからだ。

反物、襦袢、帯、それに小物や履物から足袋に至るまで、なにひとつ外れがない。晴次郎は何度も手代組頭を呼び付けて、蔵からとっておきの品を運ばせた。

四半刻も経たないうちに、晴次郎のまわりには反物の山が築かれた。熱のこもった口調で説く晴次郎は、さすがに総代だけの器量をそなえていた。

芸者衆と晴次郎とのやり取りを、弥助はひとこと漏らさず書き留めた。半紙が見る間に膝元で枚数を重ねていた。

商談は一刻（二時間）近くも続いた。誂えは地元深川の仕立屋に出すということで話がまとまり、求めた品物はすべて近江屋の風呂敷に包まれた。座敷には四十近い包が山積みになった。

「手間をかけるが、宿駕籠を二挺呼んでくれないか」

「すぐに呼び寄せますが、杢柾様たちのお駕籠は、おもてでお待ちなのでは……」

「ひとが乗るんじゃない。買ったものを深川まで運ばせる駕籠だ」

「かしこまりました」

晴次郎が帳場に立った。戻ったときには、伝票の束を手にした利兵衛を伴っていた。

「近江屋の番頭頭取を務める利兵衛でございます。このたびに大層なお買い求めをいただきました。あるじに代わりまして厚く御礼申し上げます」

「弥助さんの景気づけにと思ってしたまでだ。それで締めは出来たのかね」

「こちらに書いてある通りでございます」

伝票を差し出す利兵衛の手を、柾之助が押し止《とど》めた。

「細かなことはいい。締めて幾らだ」

「ここで申し上げますので？」

「構うことはない。言ってくれ」

「二百三両と三分二朱でございます」

二百三両と聞いて、座敷がさっと静まり返った。二百両といえば近江屋極上得意先一年分の商いに相当する。が、柾之助は顔色も動かさなかった。

「端数は丸めまして、二百両ちょうどでいかがでございましょう」

「結構だ。それぐらいなら、ここに持ち合わせている」

「滅相もないことで。杢柾様でございますから、来年六月の節季払いとさせていただきます」

「分かった。あんたの好きにしてくれ」

利兵衛、晴次郎、弥助の三人が深々とあたまをさげているところに、駕籠が用意できたことを手代が伝えにきた。

利兵衛を筆頭に、おもだった近江屋奉公人が総出で見送りに立った。弥助はいちばんうしろに従って店先に出た。

何度もあたまをさげる利兵衛たちを掻き分けて、柾之助が弥助に近寄った。

「今日は気持ちのよい買い物をさせてもらった。弥助さん、鳴子の知恵には感心したよ」

柾之助の吐く息が真っ白だ。ますます凍えがきつくなっていた。

十

杢柾が二百両もの買い物をしてくれたことで、わずかだが奉公人の風当たりが弱まった。弥助は除夜の鐘を、おだやかな気持ちで聞くことができた。

明けて元旦。すでに多くの人で賑わう富岡八幡宮に初詣を済ませてから、弥助は六ツ半（午前七時）に近江屋に顔を出した。

「明けましておめでとうございます」

真っ先に利兵衛に新年のあいさつをした。ところが利兵衛は、吊り上った目で弥助を睨みつけた。

「旦那様を迎えての祝い膳をすませたら、すぐに帳場奥までできなさい」

奉公人はだれも弥助には近寄らなかった。わけが分からないままの祝い膳は、屠蘇《とそ》を口にしても味がしない。一刻も早く、どんな話であれ利兵衛から聞きたかった。

九右衛門は四半刻ほどで奥に戻った。例年なら、このあと一番番頭からお年玉が配られるのが習わしだった。しかし今年は二番番頭の徳三郎に任せて、利兵衛は帳場に引き返した。すぐさま弥助があとを追った。

小部屋では利兵衛と晴次郎とが待ち構えていた。

「おまえは杢柾さんがいけないことを、知っていたんだろうが」

利兵衛が前置きなしに、言葉で斬りつけてきた。杢柾を様ではなく、さんと呼んだ。

「なんのことでしょうか」

「ほんとうに知らないのか」

「ですから、なんのことでしょう」

弥助の問い返しが尖り気味になった。

「ゆうべ遅く、越後屋の番頭さんがあたしを訪ねてきた。おまえは知らないだろうが、あちらは呉服商いの傍《かたわ》らで本両替の株も持っている。そこの番頭が、親切めかしてあたしに注進してきた」

「……」

「近江屋さんは木場の杢柾さん相手に、大層派手な商いをされたようですが、あちらは木曾で買い付けた材木がすべて駄目になったそうです、取り逸《はぐ》れのないようにお気をつけくださいと、舌なめずりしながらほざきおったんだ」

弥助は息が止まりそうだった。晴次郎の眼は、おもての木枯らしよりも冷たいひかりを帯びていた。

「木場の大店だというから、あたしもうっかり節季払いといった。だがねえ弥助、越後屋がいうには、杢柾さんの内証はこのところ火の車だったというじゃないか」

身代を賭けると聞かされた材木が……口のなかがカラカラに乾いた。

「それを隠して派手な買い物をするというのは、騙《かた》り者の遣り口だ。仕立てもせずにすべて反物で持ち帰ると聞いたときから、あたしは胸騒ぎがしていた。いまごろ杢柾は、反物はどこかに売り払ったに決まっている」

杢柾を呼び捨てにした利兵衛が、丸いあごをぐいっと弥助に突き出した。

「旦那様にはすぐにお伝えした。あとの始末はすべてあたしに任されている。おまえはいますぐ杢柾に行って、反物を引き上げるなり、御代を取り立てるなりの始末をつけてきなさい」

「ですがお支払いは……」

乾いた舌がもつれてうまく喋れない。

「利兵衛さんが六月の節季払いとおっしゃいましたが」

「なにを寝言をいってるんだ。そんなことは身代がきちんとしていればの話だ」

「杢柾様がまことにいけなくなったのかどうなのか、番頭さんはお確かめになったのでしょうか」

「くどいぞ、弥助。四の五の言わず、さっさと木場に行ってこい」

杢柾に顔を出す手前で、弥助はふたたび八幡宮に詣でた。小粒銀を賽銭で投げ入れて、杢柾の安泰を願った。

いつもは白粉《おしろい》臭い大和町が、元旦は路地まで掃き清められている。ここまで来れば、杢柾は目と鼻の先だ。あたまのなかでは利兵衛の雑言が渦巻き、抑えていた気が昂ぶった。

柾之助を騙り呼ばわりした利兵衛を、弥助は許せなかった。すべてを利兵衛に任せたという九右衛門にも、同じ意趣を抱いた。

柾之助は九右衛門の胸中に感ずるところがあって、弥助に奉公話をつないだのだ。利兵衛にすべてを任せて、取り成しも指図もしないということは、柾之助を悪し様《あざま》にいう番頭と同じではないか。

そんな薄情なひとのために、なぜ奉公を続けなければならないんだ……。

柾之助との成り行きによっては、近江屋に戻り次第、暇乞《いとまご》いを伝える肚を固めていた。

木場の町筋に入ると、景色がいきなり豪勢になった。六尺もある門松、おとなの太ももほどもありそうな注連縄《しめなわ》が、通りの両側に飾られている。日本橋にも、これほどの正月飾りはなかった。

杢柾の店先には、ひときわ大きな門松と注連縄が飾られていた。それを見て弥助は大きな吐息を漏らした。

「おめでとうございます」

ひと声で小僧が飛び出してきた。弥助を見ると嬉しそうな顔を見せた。十月初めの夜、弥助に言伝を運んできた小僧だった。

「おめでとうございます。弥助さんがきたら、奥へ案内するようにいわれてますから」

「えっ……旦那様がそういわれたのですか」

「はい。朝方、町飛脚が届いたあとでそういわれました」

小僧は店から奥へ弥助を案内した。柾之助は、三月《みつき》まえに話をした客間で待っていた。

「明けましておめでとうございます。本年もなにとぞ宜しくお願い申し上げます」

「こちらこそ。まずは屠蘇を祝おう」

屠蘇を干した柾之助は、膝元の巾着を弥助の膳わきに置いた。

「これは何でございましょうか」

「あんたにも余計な心配をかけたようだが、先に用をすませよう。話はそのあとだ、なかに二百両入っているのを確かめてくれ」

言われるままに弥助は巾着袋の紐を解《ほど》いた。本両替大坂屋の封紙に包まれた、二十五両の切り餅が八個出てきた。

「さすがに大店だけのことはある。耳の早さには感心したよ。あんたも元旦早々、番頭から嫌な指図を受けて災難だったな。これで験直《げんなお》しをしてくれ」

杢柾の焼印がされた白木の枡を差し出した。両手で受け取ると、柾之助が徳利の酒を軽く注いだ。

「木曾で買い付けた檜が、江戸に運ぶ途中で時化《しけ》に遭ってね。豆州下田湊の沖で半分ほど流されたそうだ」

弥助が枡に酌をした酒を、柾之助はひと息で呑み干した。が、顔つきはおだやかだった。

「三千両をすぐに調えて欲しいと、下田にいる杣頭から急の知らせが届いたのが、暮れの十八日だった」

材木が流されたことで、船主が態度を豹変させた。江戸までの廻漕賃をすべて下田で前払いしなければ、船は一杯も出さないとごね始めたのだ。

木曾の杣頭林以左衛門は、杢柾との商いを喜んでいた。それで、より速く運ぼうとして、馴染みの廻漕問屋を使わず紀州の水夫《かこ》と船を雇った。紀州の船は頑丈な造りで知られていたし、水夫は腕利き揃いで評判が高かったからだ。ところがこれが裏目に出た。荷が流されても船主は責めを負わない約定だった。二十杯雇った船の、最初の三杯が半分近くの材木を流失したことで、船主も水夫も支払いを案じ始めた。

江戸湾到着を確かめてから支払うと取り決めた廻漕賃を、先払いしなければ湊から動かないと言い出した。以左衛門がどう掛け合っても頑として聞き入れない。これが師走半ばのことだった。

このまま湊に留まっていては、出銭が増えるのみだ。年を越すと凍えがきつくなるし、江戸湾の風も逆風になる。

進退きわまった以左衛門は、早飛脚を仕立てて柾之助に送金を求めてきた。それが三千両だった。

ところが杢柾は、木曾で支払った一万二千両がすべてに近かった。五百両ほどの蓄えは手元にあったが、これは商いと暮らしのカネだ。材木が江戸に届きさえすれば、三千両ぐらいはどうとでもなる。

柾之助は知らせを受けた十八日に、江戸でも名高い高利貸しの伊勢屋に融通を頼んだ。しかし伊勢屋は暮れのどん詰りまで引っ張った挙句、カネは貸せないと断わってきた。

のみならず、大晦日になって日本橋の本両替に、杢柾がいけないと噂を流した。下田の材木を安値で買い叩こうとした、伊勢屋の計略だった。

それが元旦早々、風向きががらりとよくなった。木場で杢柾と肩を並べる木下屋と柏原銘木のあるじが、顔をそろえて杢柾を訪れた。まだ除夜の鐘が撞かれているさなかだった。

「あたしも柏原さんも、伊勢屋の噂をきいて飛びあがったよ」

横の柏原が静かにうなずいた。

「お互い木場で見栄を張ってきた仲間じゃないか。商いの場ではおたくとも木下さんとも競《せ》ることもあるが、生き死ににかかわることなら別の話だ」

「そこだよ杢柾さん。木場で一、二のおたくが潰れるようなことになったら、仲間の息が詰ってしまう。このたびのカネは商いにかかわることで、あんたが道楽で使い果たした穴埋めじゃない」

「あんたも水臭いじゃないか。そんなカネなら、因業な伊勢屋を頼ったりせずに、仲間にそう言ってくれればいいんだ。うちと木下さんとで四千両を調えた。足りなければあと五千両なら都合がつけられる。利息なしで遣ってくれ」

代《かわ》る代《がわ》るに言われて、柾之助は両手をひざに当ててあたまを下げた。

大晦日夜の町木戸は開きっぱなしである。木下屋と柏原銘木は、ともに未明の本両替を叩き起こし、元日の朝に四千両を運び込んだ。

「杢柾さんはそんなさなかに、あれだけの買い物をしてくださったのですか」

「商いのことと、あんたのこととは話が別だ。慣れない奉公の口利きをしたあと、あたしはなにも手助けをしてなかった。さぞ難儀をしているだろうと思わない日はなかったが、いまも話した通り、うちも忙しくてあんたに構ってやれるゆとりがなかったんだ」

「……」

「気がついたらすでに二十日だった。辰巳の検番に話をしたところ、あすこの女将も気風《きっぷ》がよくてね。着物にうるさいのを選りすぐって、その日のうちに行きましょうということになった。反物はあたしが払うことにしたが、仕立賃は女将が出すといって、いまだに受け取らないままだ」

弥助は言葉がなかった。多くのひとが進んで力を貸そうとする木場と、噂ひとつで元旦から取り立てに出す近江屋の薄情さとの落差を、あらためて思い知ったからだ。

「この御代は間違いなく帳場に届けますが、あたしはその場で暇乞いをいたします」

「それは駄目だ。あんたが短気なことをしたら、九右衛門さんの面子《めんつ》を潰すぞ」

「あたしはあのひとを見損《みそこな》いました。面子が潰れようが気にはなりません」

「見損ったとはどういうことだ。あんた、何か思い違いをしてないか」

「いいえ、していません。元旦早々、こちらへ取り立てに出向くことを留《と》め立てもせず、奥に引っ込んだまま番頭さんの好きにさせていますから」

「ちょっと待ちなさい」

居間に立った柾之助は、手紙を手にして戻ってきた。

「これは今朝方届いたものだ。構わないから読みなさい」

差出人は近江屋九右衛門だった。手紙は書出しから詫びで始まっていた。

元旦早々、弥助を差し向けることになるだろうが、これは近江屋を預かる番頭の務めである。ゆえに利兵衛と弥助の振舞いを許して欲しい。万にひとつ、越後屋が伝えてきた話がほんとうであったとしても、近江屋九右衛門が杢柾柾之助に抱いた気持ちは毛一本もゆるがない。近江屋にかかわりのないカネで三百両ならすぐにでも用立てできる。ぜひとも近江屋への払いに遣って、面子を保って欲しい。これを遣ってもらえれば、弥助を近江屋につないでくれたことへの、せめてもの恩返しになる。

手紙は、杢柾の安泰を信じて疑わないと結んであった。

「九右衛門さんの気持ちが滲《にじ》み出ている」

朝から思いもよらないこと続きで、弥助は言葉が見つからなかった。

「あの男は、薄情で引っ込んでいるわけじゃない。ここにも書いてある通り、身代が潰れそうだという噂を聞きつけたら、すぐさま手を打つのが番頭の務めだ。利兵衛という番頭の好き嫌いは別にして、このたびの指図は間違ってはいない」

柾之助が手酌で枡を満たした。

「これが大店の商いだ。うちの番頭が同じ指図をしてくれればと心底から思うよ」

柾之助が徳利を差し出した。弥助は無言のまま枡で受けた。

「あんたも嫌なおもいを幾つも重ねているだろうが、職人仕事では知ることのできない道理も身につけることができているはずだ」

「はい……」

「鳴子の工夫もそうだったが、このまえ店で半紙に筆を走らせるあんたを見ていると、手代勤めがまんざらでもなさそうだったが」

「おっしゃる通りです」

弥助が枡を膳に戻した。

「毎日、反物の柄や帯の拵えを見ていますと、仕事に使えそうな指物の工夫が幾つも浮かんできます。糸の目利きも少しはできるようになりました」

「やはりそうだったか」

ふたたび座を立った柾之助が戻ったときには、別の手紙を手にしていた。

「これも九右衛門さんからのものだが、おまえの踏ん張りを誉めてくれている」

柾之助の目をまともには見られなかった。

「それを呑み干したら、急ぎ足で戻って番頭を安心させてやりなさい。九右衛門さんには、今日のうちにお礼状を書いておく」

膳の枡を見詰めたまま、弥助はおのれの思慮の足りなさを恥じていた。

十一

元旦の騒ぎはその日の内に片付いた。

利兵衛は確かめもせず杢柾を悪し様に言ったことを、九右衛門からきつく叱責された。

「弥助には気をつけた方がいい。あれはすぐに、旦那様に告げ口をする男だ」

手代を集めた座で利兵衛が吐き捨てた。陰で九右衛門に通じている男だと決めつけられたことで、弥助に対する奉公人の接し方が一段とひどくなった。

そんななかで松吉は、小声で朝のあいさつを口にすることがあった。また蔵で一緒に仕事をすると、素直な返事を返す子もいた。

こどもから憐れみをかけられているようで、小僧たちの変化が弥助にはもっとも応えた。

藪入りを控えた十五日の夜、弥助は明け方近くまで眠ることができなかった。が、元旦の出来事以来、暇乞いを考えたりはしなくなっていた。

藪入りの朝がきた。この日は終日、近江屋も店を閉じる。風呂敷片手に、弥助はいつもより早出した。ところが奉公人はいなかった。

「さすが通いの弥助さんだ。藪入りでも、のんびり構えていなさる」

店に残っていた二番番頭の徳三郎が、皮肉たっぷりの口をきいた。

「みなさん、もうお出かけに」

「藪入りは六ツ（午前六時）前には出かけるんだよ。あんた、利兵衛さんのあいさつにも顔を出さなかったねえ」

「ごあいさつがありましたので」

「知らなかったと言いたそうだが」

「そのことは存じませんでした」

「それはまた、気の毒な耳だ。あれだけ何度も触れ回ってたじゃないか」

またか、と気が沈んだ。弥助には、だれもまともに教えてはくれなくなっていた。

「それじゃあ、あたしも出かけます。あんたが来るまで、出られなかったんでね。店を出るときは、かつえさんに戸締まりを頼んでくださいよ」

徳三郎は、さっさと潜り戸から出ていった。閉じられた雨戸の隙間から、朝のひかりが差し込んでいる。白くて強い幾すじものひかりが、ひとのいない土間に突き刺さっていた。

「あんたにしかできないことを、焦らずていねいにこなしてゆけばいい」

今朝方、浅い眠りに落ちる直前に、柾之助が元旦にいったことを思い出した。だれもいない広い土間で、いまもその言葉を支えにするつもりでいた。

弥助は宿から提げてきた風呂敷を手にして、台所に向かった。人気《ひとけ》も火の気もない台所は、寒々しく静まり返っている。天窓から明かりが入ってはいるものの、暖かさは運んでこない。両手を擦《こす》りあわせてから、風呂敷を解いた。

鉋、鑿《のみ》、蠟燭、木賊《とくさ》などの道具が出てきた。賄い女中が、水屋の抽斗《ひきだし》の開け閉めに難儀をしていた。まともに口をきいたこともないが、使い勝手のわるさは見ていて分かった。

眠れない掻巻のなかで、思い至ったのが水屋の直しだった。喜ばれなくてもいい。使い勝手がよくなれば、台所仕事が楽になる。手入れができるのは、おれだけだ……。

冷え切った台所で、弥助は仕事にとりかかった。数カ月ぶりの建具仕事だった。鉋を手にすると寒さを忘れた。つい今し方の、いやな思いも失せた。

水屋を拵えた職人は、いい仕事をしていた。軽く鉋を当てて磨きをかけると、抽斗が生き返った。直し仕事は単調だったが、なにしろ大店の水屋である。すべての抽斗、戸棚を直し終えたときには、陽がすっかり高くなっていた。

台所には鉋くずが飛び散っている。裏店から持ち込んできた手作りの小さなほうきで、木屑ひとつ残さぬように掃き始めた。これをやると、仕事仕舞の区切りがつくのだ。掃きながら、いま直した水屋を見た。

天窓のひかりで、使い込まれた木目が渋く照り返っている。数十年は経た水屋だと直して分かった。しっかりと拵えられた戸棚、抽斗は、鉋で薄く磨いただけで、元の使い勝手がよみがえった。

掃き終えた弥助は、板の間に座り込み、大きな水屋を見詰めた。

これが大店だ。台所の水屋ひとつといえども、何代も使える拵えをする。おもての雨戸も木目がそろっていた……。

久しぶりの職人仕事で、弥助は見えなかった様々のことに思い当たった。どっしりとした水屋が、近江屋そのものに見えた。

すべてを終えて、ふうっと息をついた弥助は、かすかな香りに気がついた。

台所を見回すと、柔らかな湯気の立つ湯飲みが見えた。わきには升屋の餅菓子が添えられている。

あるじの内儀が、奉公人に茶をいれるはずがない。

かつえさんが茶を……。

仕事を終えて店の戸締まりを頼んだとき、かつえはいつも通りの無表情だった。それでも弥助は、いままでとは違う思いであいさつができた。

潜り戸からおもてに出ると、日本橋に冬の陽があった。風もなく穏やかな藪入り日和だ。いつもは大賑わいの通りなのに、どの商家も戸締まりがされていた。今日だけは人波が、両国、深川、浅草などに移っている。

久しぶりの職人仕事で気分の晴れた弥助は、軽い歩みで永代橋を渡った。渡り切ったたもとに松吉がいた。あたまを下げた松吉は、団子屋に飛び込み新吉と金太を連れ出してきた。

「こんなところで何を……」

言いかけて、弥助が顔色を変えた。

「あたしを待っていたのか？」

松吉がぺこりと辞儀をした。

「朝のうちに八幡様にお参りしました。そろそろ帰ってくるだろうと見当をつけて、代り番こで立ってたんです」

口を開いたのは年嵩の新吉だった。

「これで遊びに行けます」

蔵で一緒に仕事をした金太が言い終わると、三人の顔がほころんだ。

弥助はこころからの笑みを返した。松吉たちがもう一度、こんどはちょこんとあたまを下げて永代橋を駆け上った。こどもが見えなくなるまで、弥助はその場を離れなかった。

「今日は来るだろうとおもってたよ。藪入りの祝いだ、鍋でも突っつこうじゃねえか」

酒樽をひっくり返した台に、土鍋を乗せた七輪が置かれていた。

「おとっつあんが、うなぎを仕入れたんだって。鍋のあとは、せたやき芋じゃなくて、ほんとうの蒲焼きが出るみたい」

「まったくおめえは、ぺらぺら口が軽いぜ」

膳吉がおもいっきり顔をしかめた。

「せっかくのお楽しみをばらしたんじゃあ、なんにもならねえだろうによ」

「あっ、そうか……ごめんなさい」

こんなやり取りのあと、鍋が始まった。

「明日からは、元気に奉公ができそうです」

こまりに酒を注がれながら、かつえの心遣い、松吉たちのことを嬉しそうに語った。

「あたしのやり方がどこまで通るか分かりませんが、もう焦りませんから」

「そうか。小僧たちにおめえの気持ちが通じたってか……龍蔵さんがそれを知ったら、さぞかし喜ぶだろうよ」

小僧たちを見送った帰り道で、弥助は商いに使えそうな指物思案をしながら歩いた。反物を飾る台、小間物を持ち運ぶ小簞笥、白無垢でも掛けられる形の大きな衣桁《いこう》……どれも近江屋の商いにつながる。それを考えているおのれが嬉しかった。

「だがさ、気の晴れたおめえに水をぶっかけるようだが、この先も苦労は続くぜ」

「分かっています」

弥助は迷いのない返事をした。

「番頭さんや手代さんたちと話ができるまでには、まだまだ暇がかかるでしょう。ことによると、一年過ぎても、いまとおなじかも知れません」

こまりが大きな瞳を曇らせた。

「それでも何年か先に、松吉たちが手代になるころに、近江屋が変わってくればいいんです。今日のことで、こども衆に夢が持てそうな気になりました」

弥助の顔がほころんでいた。

「いまぐれえから桜のころまで、大川にはうなぎが上《のぼ》ってくる」

膳吉がいきなり話し始めたことがうまく呑みこめず、弥助とこまりが目を見合わせた。

「ところがまだ、ちいせえんだ。だから、二匹をいかだに組んで焼きあげるしかねえ。おめえにあとで蒲焼きにしてやろうと思ってたのも、それさ」

「……………」

「のぼりうなぎてえんだが、身がとろけそうに柔らけえ。うなぎ好きにゃあ、えれえ喜ばれる代物《しろもの》さ。だがよう、弥助」

「はい」

「おめえの話を聞いて気が変わったぜ。蒲焼きはやめだ」

「どうかしましたか」

「せっかくおめえが、小僧たちにさきの夢をかけようてえんだ。のぼりうなぎを裂《さ》いたんじゃあ話にならねえ。大川行って、こいつらを放してきな」

「わかりました」

「おめえも一緒に行っていいぜ」

瞳をまん丸にしたこまりが、もどかしげに前掛けの紐をほどき始めた。

作品解説

縄田一男

縄田一男（なわた　かずお）
一九五八（昭和三十三）年、東京生まれ。専修大学大学院文学研究科博士課程終了。歴史・時代小説に造詣が深く、文芸評論など広く活動を続けている。『時代小説の読みどころ』で中村星湖賞、九五年に『捕物帳の系譜』で大衆文学研究賞を受賞。著書に『「宮本武蔵」とは何か』ほか多数。大衆文学研究会会長。

昨年（二〇一〇）三月、学研M文庫から刊行した『江戸なみだ雨』が好評をもって読者諸氏に迎えられたので、ここに〈市井稼業小説傑作選〉の第二弾として、『江戸夕しぐれ』をお届けすることになった。

何故、副題が〝稼業小説〟となっているのか、その打ち明け話をすると、このアンソロジーは、当初、職人もので統一する予定だった。ところが、私が池宮彰一郎の「けだもの」をどうしても収録したいと思い、しかしながら、同心をまさか職人呼ばわりをすることもできず、では〝稼業小説〟ではどうか、ということになった。いささか硬いイメージとなったが、結果、今回も同心を主人公にした傑作を一篇、収録することができた。

泣ける――と一口にいっても、人情に泣かされる場合もあれば、稼業のきびしさに泣かされる場合もある。どうか選りすぐりの作品の数々を御賞味いただきたい。

「かあちゃん」（山本周五郎）

これはもう何度となく、映画化、TV化されてきた人情ものの定番である。毎月、十四日と晦日の晩には、必ず皆で儲けた金を勘定する、お勝の一家のことを、口さがない長屋の連中は、守銭奴扱いする。何故、彼らは執拗に金を集めるのか――。解説を先に読んでいる方のために敢えて詳述はしないが、この作品は、周五郎のいわゆる「下町」ものの一篇であり、同時に、時にきびしすぎるほどの認識をもって描かれる〝無償の奉仕〟を扱った一連の作品の、向日性のバリエーションの一つとしてとらえることも可能だろう。

また一方で、お勝の誠実さが一人の若者を更正させていく過程も微笑《ほほえ》ましい。周五郎は時に人間の弱さや偽善を容赦なく剔抉《てっけつ》するが、収録作品に登場する人々の心栄えは、この一篇をメルヘンの領域にまで高めている。

「金太郎蕎麦」（池波正太郎）

この一篇は、作品集『にっぽん怪盗伝』に収められたもので、テレビでは、「鬼平犯科帳」の挿話に改作して放送されたこともある。

不幸な生い立ちの中、遂には身体を売るまでになったお竹に、ぽんと二十両の金をくれた川越の旦那とは一体何者なのか――。そのお竹の「これで大手をふって世の中を渡れよう」というささやかな望みの何と切ないことか。

そしてお竹は、その左半身に彫ものの金太郎が抱きついている肌を見せながら、これを客寄せに、出前をする。が、彼女はそんな小手先の趣向で勝負ができないことは、充分、知っている。作者は、もろ肌ぬいで、彫ものを躍動させながら「懸命にはたらく彼女には、なにか一種の威厳さえもにじみでていた」と書く。人間が最も美しいのは汗を流して働いている時である、という主張がここにはある。

そして、最後にクロスしないで退場していく一団の男たちが哀愁をそそる。

「狂歌師」（平岩弓枝）
今日、あまり書き手がいなくなった〈芸道〉ものの傑作である。
いま、「広辞苑」で、〝狂歌〟をひけば「諧謔・滑稽を詠んだ卑俗な短歌。万葉集戯笑、古今集の誹諧歌の系統をおそうもので、平安・鎌倉・室町時代にも行われ、特に江戸初期および中期の天明頃に流行。俗語を用いた」歌とある。この〝卑俗〟なところが一種の諷刺につながるのが狂歌の醍醐味といえよう。

作品は、町人で日本橋本石町の料亭「江戸善」の次男坊・直次郎と、七十俵五人扶持の貧乏御家人・楠木白根という二人の狂歌師のライバル関係を描いている。但し、最後の入れ札の一首で本当に勝ったのは、直次郎なのか、白根なのか――。

なお、作中に登場する『万載狂歌集』は、一時、社会思想社の教養文庫に収められていたので、比較的入手しやすいものであることを、付記しておく。

「首吊り御本尊」（宮部みゆき）

宮部みゆき初期の人情ホラーの作品集『幻色江戸ごよみ』に収録された一篇である。

奉公が辛くて実家に逃げてきた丁稚の捨松。御店に連れ戻された彼を待っていたのは、大旦那の語る不思議な話。

宮部みゆきは、本来、魔物が出るという逢魔ヶ時に、人間性回復の活躍を仕掛ける書き手だが、この作品など、その好例というべきものであろう。

本来、ユーモア怪談というのは海外に多いものだが、宮部みゆきは、そのユーモアと紙一重のところにある人情を見事に怪談の中に取り入れた。首吊り御本尊さまが何度も繰り返していう「だけどここはいっぱいだよ」の一言は、幽霊のそれであるはずなのに優しく、逃げ道のないところまで人を追い詰めてしまう私たちの〈現在《いま》〉への痛烈な批判のようにも見える。

「生死の町　京都おんな貸本屋日記」（澤田ふじ子）

京都在住のアイデンティティーを活かして、斯界に独自の地歩を築いた澤田ふじ子の連作の一篇である。但し、この連作、どういう事情か二篇しか発表されておらず、私などは、もっと先が読みたくて仕方がないのだが——。

主人公のおんな貸本屋は、「——三年にして子なきは去る」のことば通り、京都東町奉行同心・沼田孫市郎のもとから実家へ戻った於雪。「おまえは沼田さまのところへ嫁入りしたんではなしに、本を読みに行ったんどすか」の一言から貸本屋をはじめることになる。作中にあるように、天明末期、京都人の識字率は約八十パーセントであった、というのは素晴らしい。当時の貸本業の詳細が書かれているのも面白く、これに元亭主の扱う事件が絡むという結構である。もしかしたら、今の日本人の識字率の方が下っているのではないか知らん。

「打役」(諸田玲子)

作中人物の人生における決定的な何事かがあった日を描いて、吉川英治文学新人賞を受賞した作品集『其一日』の姉妹篇『昔日より』に収録された一篇である。

代々、牢番同心をつとめる杉浦家の当主には、いつか自分の子から冷たい目で見られるようになる日がくる。主人公・杉浦吉之助は、頑是無い娘・佐代を「あわれな娘よ……」と思わずにはいられない。では何が〝あわれ〟なのか。作品は、囚人を笞で打つ〈打役〉の吉之助と、その際、数を数える〈数役〉の早瀬作次郎の回想を混じえ、この役目が罪人の家族に及ぼす奇禍をも描いていく。

吉之助はやがてはこの役目を担うことになる男子ゆえ、辛い思いを乗り越えて父のそれを理解するようになる。しかし、娘である佐代は――。「赤子の泣き声が聞こえたのだ」という作次郎の一言が痛いほど耳に残る。

「梅匂う」(宇江佐真理)

先頃、人気シリーズ〈髪結い伊佐次捕物余話〉の記念すべき第十巻目を刊行したばかりの、宇江佐真理、練達の一篇である。

小間物問屋「千手屋」の主・助松と、どこか助松の父に似た隠居の金蔵の、何ともほほえましい交渉から物語ははじまる。

その助松が、女力持ちの大滝太夫の姿をのぞいてしまったことからストーリーは正に急展開。つまりは惚れてしまったのである。助松が大滝と出会って、下ろした筵《むしろ》の傍に鉢植えの梅が三つ並んでいるのを見て、一つもらってくることになる。そして、さまざまな曲折の果て、その梅が育つ姿を見ることだけを僅かな慰めとした助松だったが――。

商売ひと筋にやってきた三十六の男に訪れた人生の春、その照る日くもる日を描いて、作者の筆は、男女の心理の綾、人情の機微を見事にとらえている。

「のぼりうなぎ」（山本一力）

さて、トリは、数々の作品そのものが、江戸職業づくしともいえる山本一力の作品である。そしてこの一篇、結論が出ないで終わっている物語である。物語は、呉服商・近江屋の主・九右衛門が、指物職人の弥助に、

「弥助さんに来ていただいて、うちの奉公人の手本となっていただきたい

んです」

というのが発端である。

が、老獪な番頭はじめ、商いには素人の弥助のいうことを奉公人たちが聞くはずがない。さまざまな困難を克服していく中で、ようやく曙光がさすところで物語は終わっている。

この作品のテーマは、九右衛門のいう、

「しかし、ひとつことに秀でたひとは、畑が違ってもかならず頭角をあらわします」

にある。

これは、換言すれば、たとえ職種が違うもの同士でも、本当に一流の人間ならば、互いに――たとえば、仕事に対する姿勢など――必ず学び合うものがある、ということではないだろうか。そして弥助は、いま、確実にそうなりつつある。

以上、八篇、さまざまな稼業と人間の息づかいが伝わってくる秀作を、心ゆくまで味わってもらいたいと思う。

本書に収録された作品の中には、今日の人権意識からみて不適切な差別的表現が使用されているものがあります。しかしながら各作品は決して差別を助長する目的で書かれたものではなく、時代背景、作者の意向などを尊重し、本書では無修正のまま再録しております。この点につき、読者各位のご賢察をお願い申し上げる次第です。

〈初出一覧〉

山本周五郎「かあちゃん」――『おごそかな渇き』一九七一年・新潮文庫
池波正太郎「金太郎蕎麦」――『にっぽん怪盗伝』一九七二年・角川文庫
平岩弓枝「狂歌師」――『江戸の娘』二〇〇八年・角川文庫
宮部みゆき「首吊り御本尊」――『幻色江戸ごよみ』一九九八年・新潮文庫
澤田ふじ子「生死の町」――『高札の顔』二〇〇七年・徳間文庫
諸田玲子「打役」――『昔日より』二〇〇八年・講談社
宇江佐真理「梅匂う」――『余寒の雪』二〇〇三年・文春文庫
山本一力「のぼりうなぎ」――『蒼龍』二〇〇五年・文春文庫

江戸夕《えどゆう》しぐれ　市井稼業小説傑作選《しせいかぎょうしょうせつけっさくせん》

縄田一男《なわたかずお》 編

学研M文庫

2011年9月27日　初版発行

●

発行人――― 脇谷典利

発行所――― 株式会社　学研パブリッシング

〒141-8412　東京都品川区西五反田2-11-8

発売元――― 株式会社　学研マーケティング

〒141-8415　東京都品川区西五反田2-11-8

印刷・製本 ― 中央精版印刷株式会社

★ご購入・ご注文は、お近くの書店へお願いいたします。

★この本に関するお問い合わせは次のところへ。

• 編集内容に関することは ── 編集部直通　Tel 03-6431-1511

• 在庫・不良品（乱丁・落丁等）に関することは ──
販売部直通　Tel 03-6431-1201

• 文書は、〒141-8418 東京都品川区西五反田2-11-8
学研お客様センター『江戸夕しぐれ』係

★この本以外の学研商品に関するお問い合わせは下記まで。
Tel 03-6431-1002（学研お客様センター）

落丁・乱丁本はお取り替えいたします。

定価はカバーに明記してあります。

な-17-2